真歇清了

林 黎——著

时间传奇

綫裝書局

图书在版编目（CIP）数据

真歇清了·时间传奇 / 林黎著．— 北京 ：线装书局，2018.6
ISBN 978-7-5120-3217-0

Ⅰ．①真… Ⅱ．①林… Ⅲ．①传记小说－中国－当代 Ⅳ．①I247.5

中国版本图书馆CIP数据核字（2018）第103517号

真歇清了·时间传奇

作　　者：林　黎
责任编辑：姚　欣
装帧设计：舒刚卫
出版发行：线装书局
社　址：北京市丰台区方庄日月天地大厦B座17层（100078）
电　话：010-58077126（发行部）010-58076938（总编室）
网　址：www.zgxzsj.com
经　　销：全国新华书店
印　　刷：北京虎彩文化传播有限公司
开　　本：787mm×1092mm　1/32
印　　张：9.5
字　　数：200千字
版　　次：2018年6月第1版第1次印刷

线装书局官方微信

定　　价：29.00元

真歇清了

时间传奇

林　黎——著

目 录

C o n t e n t s

真歇清了

时间传奇

林黎——著

一 即见

真歇清了(1089—1151)，宋代至今名满天下的禅宗祖师，俗姓雍，又称寂庵。11岁时在家乡蜀中安州城圣果寺依清俊和尚出家。

这是一段往事。

时间对不同的人，会留下不同的速度。

公元1104年，北宋徽宗崇宁三年，这年冬季，15岁少年沙弥僧寂庵跟随清俊师父来到一处深山之中，寂庵澄澈双目内蕴含坚定、智慧与活泼泼的无限生命力量。

此山一半还在蜀境内，最高峰海拔不过3000米，山外与山下的气温相差不大，可一进入深山，便觉得气温之低加倍于山外甚多。

清俊师父问寂庵："可觉得冷？"

寂庵笑道："寒风透达，分外凉爽。"

山径上铺满掉落的枯叶，山景却无一丝寥落，树草间好似换了新绿。

此行是清俊师父去见这深山中的一位老者，践行几十年前一句诺言。

方圆六七百里的大山，先前一两日路上还遇见打柴或者卖山药的男女，这两日遇见的人愈发稀少了，渐渐地这日一个人影也没看见，只偶尔听见有动物在寒风里长啸一声。山路崎岖本来已至无路可走处，清俊师父却能从荆棘下的山崖里寻出一个狭窄的石缝，师徒俩吸着气侧着身子通过好几个这样的石缝后，师父掸掸僧袍上的尘土，指着前方隐约可见的一处屋落对寂庵说："就是那里。"

植被轻轻柔柔反射着月光，屋落外的古树与修竹间有好些原木与大石块镶砌的长条桌，条桌上的竹筐里排放着谷物之类，一些人正在月光下专注地翻检谷物，他们的浅色麻质棉袄也在吸收与回射星月光芒。

待清俊与寂庵师徒两人走近，惊起停在枝杈上的夜鸟，翻检谷物的一位年轻女子抬头看见他们，在月光下打量清俊师父许久，方才笑着行礼问道："长者眼神中既有菩萨的慈悲又含大阿罗汉的神奇，请问可是清俊师父？"

清俊师父双手合十："阿弥陀佛！贫僧正是。"

年轻女子侧身引路："谷夫子早已望眼欲穿，清俊师父请，小师父请！"

沿着屋落木阶梯上去，便是长长回廊，回廊上间隔安放着一盏盏烛台，烛台外罩着素净月白色的灯纱。绕过几折回廊后三人在一道门前停下来，年轻女子一面轻轻推开虚掩的门一面对清俊师父笑道："这是谷夫子的房间，请进。"

屋内灯火通明，年轻女子口中的谷夫子，是位须发银白70多岁的清瘦老人，穿着浅色棉衣半卧在床上，背靠着两个厚软垫，身上盖着青色厚被子。

床前黑铁火盆内几块木炭正兀兀燃烧着，火光映在老人脸上。老人神色极为虚弱，眯着眼睛，似在打盹儿又似在昏沉中。

年轻女子走上前在老人耳旁轻轻唤道：“谷夫子！清俊师父到了！”

清俊师父对寂庵说：“这位老夫子在此谷中劳作了一辈子，人称为谷夫子。”

寂庵点头合十：“是，寂庵知道了。”

清俊师父听见谷夫子迷迷糊糊应了一声，便走上前躬身端详老人。

濒临死亡气虚体弱的谷夫子听见说话声，用了好一会儿力气才睁开眼看清楚了站在自己面前的清俊，便笑呵呵伸出双手摇摇晃晃地要用力撑起身子坐起来。年轻女子见了，上去搀扶着，清俊师父也忙伸手帮着谷夫子坐起身子，替谷夫子将被子搭好后坐在谷夫子身旁。

谷夫子微颤颤伸出双手放在清俊师父肩膀上，拍着清俊师父的肩膀、手臂以及手背，还细细查看清俊师父脸上丝丝风霜痕迹，慈爱的神色就如久未见面至亲一般。末了，谷夫子还摸着清俊师父的耳垂，呵呵笑道：“上一次见弟弟还是二十年前，哥哥心里牵挂得很！”

原来这谷夫子与清俊师父是一母同胞，长清俊十来岁，父母只生了兄弟两人，清俊自出生后便被这位兄长背在背上度过许多孩提时光，如今兄长鸡皮鹤发已是垂垂暮年。

清俊师父眼里透出慈悲的光芒，微笑着轻声问道："阿弥陀佛！施主身心可安好？"

谷夫子咳了几声，缓过气来再呵呵笑道："清俊啊，上天给哥哥的岁数到了，这口气我一直攒着，就等再见弟弟一面呢。"

清俊微笑着握住兄长干枯的双手："哥哥，弟弟当年出家时答应将来为哥哥念经一月，半月前接到哥哥书信便动身前来，一点也没有耽搁。"

谷夫子半含眼泪，笑着点头，又摇头，再叹道："清俊，几十年前你出家时，哥哥心中不舍便强要你答应将来为哥哥念经一月，以了结兄弟情分。这几十年过来，哥哥所见所为已经改变了当初的想法。"

年轻女子拿出一张小丝绢递给清俊师父，清俊师父接过丝绢轻轻拭去哥哥眼角泪水，笑道："哥哥所言甚是，哥哥几十年投身天下谷物种子库，为大宋农田、为百姓粮仓费尽心血，心量当然不再只是当初的那个少年郎了。"

谷夫子笑着点头，再指着年轻女子对清俊师父说："清俊啊，这是我最好学善思的学生，叫临谷。"

临谷听见，便再次谦恭地对谷夫子与清俊师父行一礼。

谷夫子点头对清俊师父笑道："我已到孱弱难行之岁，是该离世了，哥哥这一生是在追寻践行理想之中度过，我无遗憾，未竟的事业，还有临谷这一众人可以继续。"

临谷身量修长，十指修长，生命就是这样一茬接着一茬地生机勃勃青春年少。

临谷用火盆上黑铁壶内的开水沏了茶，将茶奉于谷夫子、清俊师父以及寂庵面前，清俊伸手拿起谷夫子面前的茶杯，轻轻替兄长吹着杯内滚开的茶水，就像小时候兄长吹凉了茶水喂自己喝一般。谷夫子笑眯眯地看着弟弟，此时眼里心里只有这位亲人，前一刻还在敬候死亡降临的老人忽然间充满了对亲人的缱绻不舍。

寂庵静静地看着谷夫子与师父。

临谷坐在一旁，轻声对寂庵说："小师父，一路辛苦。"

临谷年约二十三岁，眉宇间神采奕奕，一头乌发高绾成道士髻，灯光下肤色尤为白净，声音清亮语调却很低。

寂庵双手合十，浅淡一笑，并未说话只以礼为答。

寂庵见谷夫子对清俊师父笑道："小的时候，我也是这样给弟弟吹凉茶水好喝的。"

清俊笑笑，问谷夫子："哥哥可还有什么放不下的心事？"

谷夫子缓缓接过弟弟手中的茶杯，一口一口慢慢饮下。清俊看着哥哥咽水颇为费力，再看哥哥神色已是勉强着支撑。

谷夫子似乎很舍不得杯中弟弟亲自为自己吹凉的水，虽然费力，心里却是安慰至极，待一小口一小口艰难地饮完后，长嘘一口气，对清俊笑道："我生来便是乐观豁达的性情，若有什么放不下的，弟弟替哥哥放下便是。"

寂庵听见这话，心里默默思索，然后想道：清俊师父可以替谷夫子放下什么呢？

清俊对谷夫子点头，然后取下脖子上的念珠，开始为谷夫子念佛。

寂庵看见谷夫子极力忍耐着四大分离的痛苦，眼神随着清俊师父，渐渐地，谷夫子在亲人助念中走完了人生最后一程。

寂庵并不是第一次亲眼看见死亡之人，只是第一次面对清俊师父至亲的死亡。

这天夜里，临谷一直没有离开谷夫子房间，或者看守火盆，或者给清俊师父与寂庵奉茶，或者在门口低声吩咐门外其他的仆从。

清俊师父应该也有六十多岁了，看上去似乎是五十岁的模样。

床前的方木榻上摆放着厚厚的青色坐垫，寂庵盘坐在坐垫上，身上穿着半新已洗成月白色的僧袍，脖子上的佛珠里有一颗黑色鸽子蛋大小的椭圆形木刻吊坠，上面刻着观世音菩萨。寂庵随身的包里带着《金刚经》，他拿出经书默念。

门外有人轻声走动，远处房间里传出轻微地搬动物品的声音。

次日的黎明已经成为此刻，时光有没有意义是在于用它做了什么。

临谷起身轻轻打开房门，门外已有一众仆从候着，众人皆一式素袄，安静听着临谷吩咐。

谷夫子遗体安卧在他的床上，身上盖着棉被，两眼轻闭，体温已一点点消失。

清俊师父盘坐在床前榻上，临谷走过去躬身对清俊师父说：“清俊师父，谷夫子生前已将身后事吩咐，说若是清俊师父有事耽搁未到，便将他葬于谷中墓地，若清俊师父到了，一切后事由清俊师父做主。”

清俊师父点头听了，对临谷说：“谷夫子遗体就在此停放七日，任何人不得移动，七日后下葬。”

临谷答道：“是！”

清俊师父再对临谷说：“我答应为谷夫子念经一月，七日后你们照常下葬，之后你们继续工作，我在这房间念经满一月便自行离去。”

临谷答道：“是！一切按清俊师父所讲，清俊师父只放心在此，余事我会按照谷夫子生前制订的计划。天下谷物种子库再有几年就完善了，谷夫子一生心血不会付诸东流。”

临谷退出房间，各主事已在门口等候听命，临谷分别安排了谷夫子身后事、谷内衣食住行、谷物种子库工作以及调出人员一月内专候在清俊师父门前应答诸事。

临谷的身份不只是谷夫子最能干善思的学生，她还是奉旨来此继续完成天下谷物种子库的官员。这项计划在宋太祖时便开始进行，当时一位智者对太祖提出建立天下谷物种子库的想法，智者说，要让农田里的作物不娇贵难养，便要多多发现培育品种，并且将天下所有的谷物种子收集起来放在温度、湿度都很合适且安全的地方，这样即使天下哪一方的田地遭受不测，种子库都能及时拿出合适耕种的种子，以最快最准确的速度让国家走出困局。

几十年前谷夫子被选中前来研学，后因出色的专业能力被皇家任命为天下谷物种子库总管。

临谷自幼对各种谷物以及植物怀有强烈兴趣爱好，还未识字时就认识好些植物，孩提时便日日要去大宋主管农业的司农业寺，只因那里有各类植物、谷物标本，书籍以及学识丰富的专家。那时父皇神宗赵顼疼爱她聪慧，也不拦着她，由着她学习，还赐名“临谷公主”。临谷公主渐渐长大，得知大宋天下谷物种子库一事，便执意要来学习，增长见识。

父皇过逝后，哥哥哲宗赵煦也依了临谷的心愿，让她来深山中的天下谷物种子库，跟随谷夫子进行各种学习。

用一生来守护、收集、保存、完善天下谷物种子，是临谷的志向。

北宋第七位皇帝哲宗赵煦24岁时病逝，因为没有子嗣，由小哲宗5岁的弟弟赵佶继位，赵佶便是历史上的宋徽宗。临谷公主也是徽宗赵佶的亲姐姐。赵佶即位初对天下谷物种子库的重视一点也不亚于哥哥哲宗。

这是徽宗即位的第四年，徽宗这年22岁，临谷公主23岁。

临谷公主每年会来往于山谷与汴京，她不是将时光浪费在享受之中的皇家女子，她有自己的理想与追求，意志坚定，一旦有了目标就会锲而不舍。

徽宗深知临谷公主心愿，颁了两道令，其一是命门下省颁令：任命临谷公主为天下谷物种子库总管。还有一道是徽宗亲自写给临谷公主的密令，除了徽宗与临谷，再无第三人知道。

前年临谷公主回京述职后，徽宗便挑选了秦国公章楶身边名将元俊带领一队人马护送临谷公主回谷，并命元俊担任谷物种子库总护卫一职。元俊自出生后就被圣果寺清俊师父抚养教导，十岁时随一元道长进京求学历练。

元俊再三推辞说自己原本是来体验红尘之人，所以一直未沾染半点仕途，秦国公死后自己便要回安州城清俊师父身边出家为僧，心中于功名富贵无半点牵挂，还望圣上另择他人。

元俊跟随秦国公立下重重战功，却一直推辞名利，平时总念念不忘清俊师父，众人也知他心意，徽宗见劝说不动，也就打算不再勉强。

临谷公主却不放弃，亲自劝说元俊，将谷物种子对国家安定、对天下百姓生存的重要性娓娓道出，还对元俊讲述了自己心中理想。

元俊最后被临谷公主的责任心打动，答应担任总护卫，但不受官印，只听命于临谷，为期3年，期满后便离职回清俊师父身边。

临谷公主答应了，3年的时间转眼已过了一多半。在元俊身边与元俊一同工作，临谷公主刚开始以为3年会是很久，可是时间过得总是比她预料的快很多。

谷夫子死前半月，写了书信遣人送至蜀中安州城圣果寺清俊师父处，还将谷中事物一一交付于临谷。

临谷虽然年轻，处理谷中事物却很熟练利落，谷中大小主事皆是有品级的官员，众人虽身在谷中隔两三年才能回家探亲一次，但谷夫子与临谷公主总能尽力为众人争取到荣誉与福利，这些荣誉与福利是最能带给远方家人以安慰的。

谷夫子逝后的第一日，寂庵跟随清俊师父在房中为谷夫子念经，临谷带领一众人为谷夫子七日后的下葬做准备。

第二日，清俊师父让寂庵随临谷等人去做事，自己则在房中继续为兄长念经。寂庵出房门时，见房门外候着两位仆从，祭奠等物皆已齐备，只等清俊师父吩咐。

众人衣着素净，安静地跟在临谷公主身后，临谷见寂庵出来，便等寂庵，待寂庵走近了，对寂庵道："小师父！"

寂庵已从清俊师父处知道临谷公主身份，他合十还礼一如平常。

寂庵与众人随着临谷继续前行。

临谷问寂庵："这山谷常年寒冷，小师父可需要添加衣服鞋袜？"

寂庵穿着半厚的素净棉僧袍，脚上一双厚底僧靴，寂庵摇头笑道："多谢施主，小僧不冷。"

临谷笑道："我们在这里住得久了，对寒冷的感觉渐渐就弱了。"

寂庵道："云凝谷晓，三冬雪里，争芳全彰浩意。"

这山谷内的风冷，但不干燥也不过于湿润，气温虽低，可低得舒适、宜人。通常地在山内清晨行走会被露珠湿润衣衫，这山谷植被上也有露珠，也会打湿衣衫，可是在打湿衣衫之前却能被山谷内的风化为无形。山谷中古树名品参天，也有许多珍贵药材，众人走路时皆会避开不伤害药材。

临谷指着山谷间一处开垦出来的田地："小师父，那是我们的试验田，这里一旦培植出来适宜高产的谷物，我便会将它带回汴京交由司农业寺继续培植，这是我们的工作之一。"

临谷公主没有说明的是，这些试验田是为了更好地掩护谷物种子库的工作。

寂庵静静地听着，临谷说："这山谷可是好几代人不断寻找才发现的风水宝地。若在往朝，这里被发现了非得成为皇族或者达官贵人争夺之宅地，还好这里隐蔽难寻。"

寂庵说："这里已被用作苍生造福之所，这片心放在哪里，哪里就会成为宝地。"

临谷点头笑道："小师父所言甚是。"

寂庵说："师父说这山谷不仅地质好，这里的人更是难得。"

这句话让临谷想到元俊，元俊对她来讲，是难得之人。

临谷说："小师父，今天你会见到一位故人。"

无故人相也无新人相，寂庵点头笑道："阿弥陀佛！"

二　公主于库

清俊师父与寂庵到达时，临谷便告知了元俊。临谷的房间由谷夫子书房改成，里面有一处密道，往下走三里，直通极为隐秘的谷物种子库，库内千百年不化的冰岩是保存种子最理想所在，农作物种子可存千年不坏，冰岩地质极为坚固，即使外面发生大地震也不会损毁到库藏种子。

种子库的安全不亚于皇家金库，种子库大门有一把金刚锁，须得两把钥匙同时使用才能打得开。现在这钥匙一把在临谷身上，片刻不离，一把在元俊身上，万夫莫得。

元俊这年25岁，在秦国公章楶军中前后历练了近10年时间，意志坚定，身经百战，伤痕累累。被徽宗钦点委任谷物种子库总护卫一职，自然是大宋忠心耿耿、恪尽职守的不二人选。

临谷公主对元俊的一份情，元俊心中自然明镜一般，不过他自小的各种经历、求学以及在寂庵的母亲雍娘子处得到兵学奇书《九法》后随军多年的历练，生活的滋味他已领略了十之八九，儿女私情在他心中只是如这山谷中还未沾身便被风化为无形的露水。

元俊来谷中后，临谷有意地渐渐向元俊透露了谷夫子与清俊师父的亲人关系。爱屋及乌，元俊知道后对待临谷的态度也有了改变，不再是只将她看作受皇命的公主。他见临谷对谷夫子犹如当初自己对清俊住持那般敬爱、求学若渴。加之临谷见识广博处事果断为人低调，元俊还觉得临谷公主天生就是为了做这件事的。

可这世上最难得的还不是事物，而是看不透的变幻莫测的人心。

宋徽宗即位后，向太后在处理军国大事上完全将自己当作了国君，在向太后运作下，徽宗又任蔡京为相。

蔡京善于贿赂公行，卖官鬻爵，又巧立名目，增税加赋，搜刮民财。为了阻止他人议论，连诏书也不依中书省草拟、门下省复核、上奏后颁行的途径，而是请徽宗手书后即颁行，称为“御笔手诏”，有时蔡京甚至让宦官杨球代徽宗手书。

临谷公主与哲宗、徽宗是同父异母的兄妹，皇家亲情自然弱于权谋，临谷公主也不知何事得罪于向太后与蔡京，也许是因为先皇疼爱或者是因为临谷过于独立能干，再或者是因为天下谷物种子库的存在逐渐受到重视而引发各方势力角逐。

再有几年时间，谷物种子库里面的天下间各类谷物种子便能齐备，此库若在，大宋农田永远会有安全的谷物可以播种，大宋的每一寸土地皆可变为可以四时生长出粮食的沃土。国家在这里面所投下的心血与物力，不是可以用黄金白银来衡量的。

谷物种子库愈是到了后面这几年，所有的厉害关系也就愈发凸显。司农业寺是需要完全听命的，枢密院、户部、工部等都需要听命配合，必要的时候也可以调动军队一路护卫。

而谷物种子库如今与今后的主人，是一位有思想、能干的公主。

临谷公主如果与徽宗同母，临谷公主若是向太后亲生，临谷公主若是不那么能干不那么有理想、心怀天下，临谷公主若是喜欢物质享受、喜欢高广大屋、喜欢华服美食、喜欢美玉金银还好，若有这些爱好，她便会是个好控制的公主。

可这些她都不喜欢，她只是热爱谷物种子，痴狂般地将心血用在完善谷物种子库上，她甚至连首饰都不戴，也不喜脂粉，除了与谷物种子有关的人和事，其他的事她都不会理会，汴京城誉满天下的美男也丝毫不能让她动心。

这样一来，她与她这份事业的存在，自然成了权谋者的心结。

临谷公主曾说："无论什么朝代，每一寸土地都能栽种粮食，每一户人家的粮缸都能装满粮食，没有一个饿死的人，这才是最重要的。"

这句话，传到蔡京、向太后耳中，再被传到徽宗耳中时，完全变了味道。

京城里的风有意无意吹到山谷里，临谷听到后心中暗自叹息，每每从密道进入谷物种子库，环视冰岩间千难万难开凿出的仓库，一间一间观察、抚摸冷室中安静入眠的一粒粒种子，临谷叫得出这里每一粒种子的名字，知道它们来自什么国家，喜欢什么样的季节与土质，一年里可以播种几次，可以收成几次，可以养活多少人。

哪一间仓库的种子即使在沙漠也可以落地生根？哪一间仓库的种子大宋周边的哪一个国家一个季节也离不开？每一间仓库的种子，都是一代代谷中总管带领谷中众人加之强大的国家力量，呕心沥血所得，每一粒种子都是临谷的命。

南方一小国因为洪灾毁坏了农业仓库，后来在大宋皇帝处求到了谷物种子，带回国后及时下种，才避免千万人饿死的悲剧。

东边一国的王遣特使来大宋皇帝处求他们可以栽种的大豆与糯米的种子，以更好地解决国人在大地震与海啸后吃饱肚子繁衍后代的危机；还有那些大麦、小麦、水稻、豌豆的种子，这些种了，能救人活命又不会毁坏土地，以此种种。临谷曾对元俊说：“种子本就是上天赐予大地万物的，愿我们的所为能上合天心。”

在寂庵与临谷为谷夫子准备下葬诸事之时，元俊从密道出来后，按规矩又绕了一里路方才来到谷夫子房门前。

他知道这屋内有尊敬的清俊师父，他早已盼望见师父一面，可是他也知道生死事大，师父在为谷夫子念经超度时，是不能去打扰的。

元俊就静静站在屋落前，他身后的一丛用香椿木修建的屋落是谷内众人的居处。

元俊高高个子宽厚肩膀身板结实，军阵中风吹日晒变得皮肤黝黑，左颊上隐隐一寸长的剑痕，身上穿着昔年的军中战袍。这谷中的人身份很好分辨，一种是穿麻质棉袄的谷物专家与工作人员，如临谷公主之列；一种是穿半新战袍的护卫人员，如元俊之列。

元俊站在那里，便是一座坚固的城墙。

远远地，临谷只要看得见元俊，眼睛里的温暖便会传到心里。

元俊此刻的眼里却只注视着走在临谷身边的一位瘦高个少年僧人。

上一次见到寂庵还是在10年前，那时小寂庵只是个4岁多的孩子，稚嫩聪慧的娃娃，跟在自己身旁叫自己“元俊哥哥”的小孩儿。

临谷已告诉元俊随清俊师父来的还有一位少年僧人，叫寂庵。听见这两个名字，元俊心底也是温暖。

第一眼看见临谷身边的少年僧人，元俊心中就出现“小寂庵”这个名字，寂庵从小的梦想就是出家，要跟在清俊师父身边，要像佛陀那样普度众生，让数不清的生命脱离轮回，这一点与自己多么相像。

渐渐地，少年僧人寂庵走近了，元俊见他眉清目秀，静默神情中充沛着行云流水般毫无挂碍的智慧，再看见他胸前佛珠上一颗黑木雕刻的观世音菩萨吊坠，及至看清楚这颗吊坠，元俊更是欣喜地呼道：“寂庵，你是小寂庵！我是你的元俊哥哥！”

寂庵听临谷说会见到一位故人，渐渐走近凝视之后，他对眼前这位战袍在身的男子笑道：“元俊哥哥！”

元俊笑着使劲点头，伸开双臂紧紧拥抱寂庵后又拍拍寂庵的后背与肩膀，仔仔细细地看着寂庵的变化。

寂庵长得很快，15岁的少年，个子几乎与元俊同样高了。

寂庵笑呵呵地看着元俊哥哥，双手在胸前合十躬身向元俊行了问讯礼：“阿弥陀佛！”

宿世有缘，即使相隔很长岁月，元俊与寂庵之间也是有非常熟稔的无形牵挂。

元俊听见这句佛号，愣了一下，长叹一声感慨万分对寂庵说：“出家受戒跟随师父修行，是哥哥毕生最大的心愿，如今寂庵做到了，哥哥却还在红尘翻滚之中。”

临谷听见元俊这般感慨长叹，面色如常，心如刀割。

如今朝中已有很多对自己与谷物种子库不利的传言，一些传言正逐渐变为克制牵绊种子库最后几年工作的事实，临谷心如明镜，除缓和应对各方周旋外，临谷也在为最后的不测做准备。

种子库若落在心怀叵测之人手中，或者因为权势名利毁坏错乱种子，坏了农事，误了国策，那可是天大的事。什么地方什么时候播什么种子，什么地方播下错误的种子会有怎么样的后果，什么样的身体吃什么样的种子，什么身体状态不能吃什么种子，都是有根据有讲究，在几千年来的华夏典籍中有记载的。

临谷与谷物专家们清楚得很，所以谷物种子库的工作除了专业知识，还需要足够纯粹的良心与责任。

只有与元俊单独在谷物种子库时，临谷才会说很多话。元俊不允许临谷去触摸他的心。

元俊对寂庵说：“师父正在为谷夫子念经超度，我不敢去打扰，只盼着师父出来后给师父行礼问安。”

寂庵笑道：“师父一向安好，给谷夫子念经超度，也是圆满了谷夫子与师父两份心意。”

一位主事走过来将一封密函呈给临谷，临谷接过信看了其中所写，再看看元俊。

寂庵合十道："阿弥陀佛！小僧回房坐禅。"

临谷点头道："小师父请，一应生活起居我已安排妥当。"

一位仆人在前引路领寂庵回房，寂庵的房间就在谷夫子房间右侧，屋内洁净舒适，一应俱全却不显丝毫放逸享受的氛围。

这一天寂庵与临谷等人已将谷夫子的墓地整饬了大半，墓地中还有前几代谷中总管的墓，简洁肃穆。临谷说总管们或者火化后骨灰送回家乡，此处留下衣冠守望；或者就在此埋下遗骨，要千万年地守护种子的安全。

墓地在山谷里一处古树林中，寂庵没有见到丝毫的阴森与恐惧，他对临谷说："能寄于这样有益的事业，生死的过程是快乐的。"

寂庵静默片刻又说："快乐却不是究竟。"

寂庵回到房中端坐默念：

"居动而常寂，处暗而愈明。不堕二边机，当头谁敢触。正按傍提有据，真慈妙应无穷。虽然句在未萌，要且不离当处。"

未过多久，寂庵听见敲门声，说了声："请进。"

进来的是元俊哥哥，随后仆人进来给元俊也奉上清茶后关上房门出去。

他们的清茶中加了十多粒青青的谷物，这茶常饮可驱毒益中。

元俊本来神色颇为凝重，但进来看见寂庵后，眉宇间转而轻松多了，坐下来问了寂庵好多事情，包括清俊师父的行止安好，包括寂庵出家前后种种经过，一面听一面感慨不止。

不觉已快入夜，仆人进来将烛台点亮。

元俊起身笑道："已是夜晚了，我们去师父门前站站？"

寂庵起身笑着点头应道，不能贸然进屋打扰清俊师父，那便在门口站着，心里也是亲切的，寂庵深知元俊的心。

只一扇木板之隔，寂庵与元俊站在门外，元俊从怀中拿出一串佛珠，孩提时离开圣果寺到汴京求学那日清俊师父将自己用的佛珠给了元俊，15年来元俊一直贴身珍藏。

一位着战袍的护卫走过来对元俊低语禀报，元俊听后立即与护卫走向屋落外，寂庵透过穿插落错的廊间看见屋落前一队人马正站在临谷公主面前，这队人领头的那个服饰精致配着武器，身后的三十多人着华丽战袍装备精良。这些人显然不是谷中之人。

寂庵看见临谷在与带队的头领交涉什么，又见元俊站在临谷身边也在与那头领说着什么，皎洁月光下剑拔弩张的气氛越来越凝重，不远处的树林中影影绰绰盔甲与刀剑反射着寒光。

这谷地处人迹罕至的深山，入谷的路崎岖隐蔽，这一队人马如此齐备而来必定是有很重要的事情，一入谷就如此对峙，看来临谷公主真是遇见大麻烦了。

山谷的夜晚本来安静，寂庵稍微凝神，他们说话声就清清楚楚传入耳中。

细细听了，原来这队人马领头那个钦差拿了圣旨要来接替临谷天下谷物种子库总管之位，圣旨上还要临谷公主立即回京述职。

山谷的总护卫原本应该由一人担任，因为向太后与蔡京猜忌，不断向临谷身边调派换上自己心腹，最后将总护卫一职分为山谷总护卫与种子库总护卫，下一步更要将种子库总护卫一职也由他们的心腹担任。

在权力上架空临谷还不是他们目的，他们还要完全夺取天下谷物种子库，以此作为权力与敛财的宝库。

临谷的志向不在这些权力，她只是想完成种子库最后的工作，越到后来越需要咬紧牙关默默承受。为了种子库的安全，她向徽宗要了元俊来，这是她所尊敬的秦国公章楶亲自向她推荐的不二人选，她之前见过元俊也知晓元俊的身手与智略，对元俊的爱也在不知不觉中愈发深刻。

临谷与元俊知道身边有哪些人是向太后与蔡京的人，临谷行事也没有刻意规避这些人，谷里的一切工作堂堂正正按照规矩开展，种子库的入口所在也是按照规矩除了总管临谷与总护卫元俊，其他人不得询问打听。

元俊心中有兵学奇书《九法》，加上这些年的作战经验，只要临谷与元俊不透露，即使风也不会知道种子库入口在哪里。

仆从们点亮屋落中的灯盏，屋落前石柱中灯盏也亮了，一些谷物专家照常在屋落前的桌上翻检适合夜间观察的谷物，他们之中大部分的人才不管什么权力交接，他们心里只装着大宋土地上需要的好种子。

领头的钦差皇命在身，临谷将他请进议事厅，其余人则自有谷中其他负责人安排妥当，树林中的军队则就地安营扎寨。

寂庵看着这些，心里想这队人马之后应该还有在谷外接应的军队，崎岖难行的路也许已拓开了不少。

清俊师父在屋内为兄长念经超度，清早师父吩咐寂庵随临谷去做事，忽然想到这一点，寂庵觉得应该按照师父所说，跟在临谷身边去看看有没有什么事自己可做？

议事厅里灯火通明，临谷高坐主位，钦差坐客位。两旁站着谷内的仆从以及钦差带来的护卫。谷内的日常护卫主管是向太后与蔡京的人，原先跟随来的公主府的护卫们已逐渐被换掉。

寂庵从侧门进了议事厅，安静站在临谷座位不远处。

厅内没有人说话，只有冷冷茶杯盖的碰触声，片刻后，还是临谷说了句："这个时刻是谷中晚膳时间，谷中规矩，众人三餐均在膳厅，钦差一路辛苦，还是先去用晚膳吧。"

钦差抚着下巴上的短须，笑道："公主客气了，在下军中自有伙房，晚膳已准备妥当，只待与公主交接种子库总管职务后，在下即回帐中。"

临谷说："也不急在这一刻，老谷主昨日撒手人寰，七日后下葬，下葬前这七日谷内一应公事暂停。"

钦差笑道："公主所言也是人之常情，只不过这圣旨皇命是最要紧的，还请公主以皇命为上，即刻办理职务交接，谷内谷外上万大军也好早日护送公主回京复命。"

临谷淡淡看着钦差，唇边浮现一丝浅笑："钦差言重了，自我大宋太祖开谷以来，如此大军压境，还是头一回。"

钦差听见这话，站起来躬身举手向头顶一揖，以示对太祖尊敬。礼后钦差复落座，也淡淡笑道："太祖以来，历代官家对农业对谷物种子的重视从没有削减分毫，反倒是不断增加银钱与人力完善其间。当今圣上体恤公主辛苦，特命在下暂为换防，至于以后的诸般事物，还以圣命为尊。”

元俊在一旁，心如明镜。他很清楚钦差带领上万大军来接任临谷总管一职，不过是朝中权谋利益争夺的结果，临谷纵然再不将权力与金钱放在心中，她也还是处在大宋权力的中心，皇家儿女，成亦如斯败亦如斯。

当今圣上赵佶与他的哥哥先皇赵煦不同，赵佶对丹青、笔墨、蹴鞠、骑射、飞禽走兽、奇花异石自幼便有浓厚兴趣，尤其在书法绘画方面，更是天赋罕见非凡。可是作为国君，需要向先皇学习的还有很多很多。

元俊最终答应来此做种子库总护卫一职，还含有对秦国公在世时一同沙场征战的情义，及至来此后，其间暗潮涌动的权力之争是瞒不过元俊这样的明白人，他倒豁然，因为人世间原本这样，天下攘攘皆为利往。

不过，元俊此人对职责一词极为看重，他是种子库总护卫，他在一日便会护卫种子库周全。

此番钦差拿圣旨来换防，元俊看得清楚也听明白了，上面并未提及“元俊、总护卫”几个字，也就是说这一场皇族争斗，他们并未将普通百姓元俊打量在内，只当作换了总管自然就会换自己的心腹来接替元俊职务。

在两个月前，一批种子入库，照例在各冷藏室分量储存，是由谷夫子、临谷与元俊三人完成入库工作的，入库后，老谷主心中总是感到不安，临谷也有这样的感觉，三人在库内再三细致检查后，发现新入库的这批种子里面混入了毒种子。这好似晴天霹雳，老谷主当场吐血一病不起。

为了种子库最后几年的完善，老谷主嘱咐临谷与元俊千万不要泄露分毫，元俊一个人在库内另外挖了井道，逐渐地将有毒的种子粉碎深埋，令它们永远不能伤害农田与大宋百姓。临谷对外丝毫不提混入库中的毒种子。只是这谷中互相追逐的风令空气越来越紧张，有时甚至让临谷喘不过气来心疼加速。

前来接任临谷总管之位的钦差，是向太后亲表兄，处事以手腕狠辣著称，不要说一个公主，必要的时候皇帝也敢抗的。

山谷的夜间更为寒冷，议事厅几个大铁火盆中燃起的火焰烧成头狼的模样，没有人说话，钦差端着茶杯看着临谷。

临谷手中握着杯子，杯子里热腾腾的茶叶间还有几粒青青谷物，临谷慢慢地喝完了杯中茶水，将杯子放好后，说："钦差！"

钦差听了，也放下杯子，对临谷抬手行礼道："公主！"

临谷说着站起身："种子库职务交接，就定在谷夫子头七那日。"

钦差不想夜长梦多，赶紧着站起来半个身子拦在临谷面前："公主，下官皇命在身，若待七日之后，已经耽误了皇命，再说，上万大军也不敢在此停留耽搁太久，军令如山。"

临谷静静看着钦差，然后无声笑了一下。

临谷从怀里摸出一把精致的小匕首，这小匕首不过两指长一指宽窄，刀鞘是血红珊瑚雕成，临谷拔出小刀刃，蹦闪出冷冷一道寒光。

寒光逼得钦差退后半步，不由自主厉声问："公主这是干什么?!"

话音乍起，护卫唰地上来护卫在钦差身旁，临谷身边只站着元俊。

这谷中原先公主物色的护卫以及隶属公主府的护卫，已逐渐被调配换防出谷，属于临谷的只有屈指可数几人，就这几人还被临谷安排去谷夫子门前护卫里面的清俊师父，临谷身边只有元俊。

临谷伸出左臂，将袖内雪白手臂露出来，微笑着用右手握的小匕首在自己左臂上毫不犹豫轻轻划了一匕首，刀刃到处，肌肤裂开，鲜红的血瞬间喷出来，钦差躲避不及一股鲜血喷在他脸上。

钦差向后趔趄一步半，身边的护卫伸手扶住他。

钦差厉声问:“公主这、这是为何?!”

临谷盯着钦差眼睛，慢慢地、低声笑道:“我连自己都可以伤害，何况于你?!”

那匕首极锋利，也许是临谷心中对强行换防损害种子一事恨极，所以一匕首下去，伤口处看得见公主手臂肉内白惨惨的骨头。

鲜血与白骨让钦差后背开始发凉，临谷面上没有露出丝毫痛苦的神色，只是微笑地看着钦差。

钦差心底算是知道了，这个女子伤害起自己来都丝毫不犹豫不手软，如果真不计后果伤害自己，也是很有可能的。

元俊上前扶住临谷时，一旁的寂庵已在自己僧袍上撕下一长条布下来，快步过去将布条递在元俊手中。

议事厅内的主管见状早跑至门口急声大呼:“快叫昆班!”

昆班是谷里的郎中、四十来岁高个子的吐蕃男子。这里所处山脉是蜀中多民族聚居处，昆班精通藏、汉医药医学，深受临谷与谷内众人信任和喜爱。

昆班正在屋落中诊疗室内制药，听见急声呼喊，提起医药箱顺着呼喊声飞奔过来，他飞快拿出止血药，接过了元俊递过来的长布条，上药后很利索地将临谷的伤口包好。

临谷脚下的地面上淌了好多的鲜血，麻袄也染红一大片，血腥在空气中传播开。钦差嚣张之气灭于无形，神色暗淡许多，站在一旁看着昆班给临谷包扎。临谷神色依旧如常，还淡淡地笑看着钦差。

钦差此刻才真正体会到出发前向太后所给他的叮嘱，“对临谷这个人，不要太过于执强，她伤害起自己来丝毫不手软，对不喜欢的人更不会手软。”

钦差渐渐感到自己的背上似乎被汗水打湿了，他的手上染过鲜血，只是第一次有公主的鲜血喷在自己脸上与身上，这些鲜血让他的呼吸也变得那么不自然。

昆班对公主说：“公主伤口深及腕骨，包扎后还须得立即服药预防感染，请公主去诊疗室，随即服药不得耽搁。”

临谷点点头。

元俊对站在临谷身边的寂庵说：“寂庵，你先回师父身边。”元俊是担心这里如果有什么突变会伤害到寂庵。

寂庵说：“多谢元俊哥哥爱护，我还是按照师父吩咐行事吧。”

元俊听了点点头，不再说什么，若换作元俊自己，也会认真听从师父所说的。

一位仆人过来扶着公主出了议事厅，寂庵跟随在临谷身后。

议事厅里，元俊对钦差说：“钦差大人，谷夫子的墓地今日整饬了一半，明日是谷夫子逝后第三日，按照正常进度，明日墓地工事可以完成，还望大人稍缓一两日，待墓地一事完结，公主的伤稍稍好点，也许等不到谷夫子头七，大人与公主就可完成皇命交接。”

钦差往昔与秦国公交往时认识元俊，知道元俊的智谋与胆识远在数万人之上，此人最可怕的是能够一次一次拒绝入仕，还一直远离声色，他的弱点实在很少很少。

钦差凭直觉也知道临谷刚才自残与此时元俊一番话，说到底不过是缓兵之计，公主娇贵之身能如此决绝，自己一点不通商量反倒容易逼得她做出更加疯狂的举动，这样容易坏了出发前与太后及蔡京的一番商议。真逼死了公主，自己即便能掌握种子库，时间一长这事定会成为自己仕途与品行上永久的诟病。

元俊静静等着钦差回答。

片刻后，钦差对元俊说：“元护卫，请转告公主好生休息，还请转告公主，皇命如天军令如山，上万大军还得准时回京复命，明日还在这议事厅，我与公主职务交接一事定要如期完成！”

元俊听了，笑道：“我这就转告公主。”

元俊出去后，钦差阴沉着脸带一行人出了议事厅回到屋落前军帐中。

从来没有这样多的人，这样多的火把、帐篷将老屋落围得水泄不通，古树上的夜鸟早被架起来的火盆惊飞得不留踪迹。

屋落里诊疗室内，仆人扶着临谷在软榻上坐下，昆班在药柜前配药，临谷一转头看见跟进来的寂庵，她对寂庵说：“小师父，这一天你也累了，请回房休息吧。”

寂庵说：“师父吩咐我跟着临谷施主做事，事还未做完。”

昆班听了上下打量一番寂庵，再看见寂庵身上素净僧袍，昆班点头笑道：“是个老实的少年和尚，你过来帮忙熬药。”昆班说着很流利的汉话。

寂庵去接了昆班手里的小木盘，房间桌子上有黑铁小火炉与药罐，寂庵走过去拿了木勺将旁边小桶里的清水打了两勺倒进药罐里，先将药在罐子里泡散开，然后又添了两勺水，将药罐放在小火炉上，炉上的火一直留着，寂庵取了一旁的小扇慢慢将炉火扇红。

昆班拿出上等药膏再给临谷上了药，又重新细致地包扎了伤口，血已止住，看着深深的伤口，摇着头叹了口气。

寂庵一面给临谷熬药，一面轻声念着什么。

昆班仔细听了好一会儿，问道：“小师父念的可是观世音菩萨的大悲咒？”

昆班是吐蕃人，家中有一位大哥自幼出家修行，昆班在大哥处学会了藏语大悲咒，寂庵所念是梵语，语言虽然不同，发音与断句却很是熟悉，所以有此一问。

寂庵对昆班点头笑笑。

这个汉地少年和尚顿时让昆班生出好感，他亲自搬了高凳子让寂庵坐着熬药。

昆班对着窗户外面喊着一个人的名字，很快跑进来一个十岁左右的小男孩，穿着与众人相同的麻袄，圆脸上红红的很是可爱。

昆班用吐蕃语对孩子吩咐着什么，临谷也认真听着，末了也用吐蕃话吩咐了孩子几句，孩子睁圆了双眼盯着昆班与临谷，一个字也不落下，听完了使劲点头，一溜烟跑出去了。

寂庵的妈妈是一位十分好学的女士，寂庵自幼耳濡目染，有几年家中与吐蕃有贸易往来，吐蕃商人来安州城时常会在客栈住一些日子，爹爹与吐蕃商人商谈时寂庵会跟着去，吐蕃商人念佛时寂庵认真听，然后试着与他们交流，一两年下来寂庵就会听说好些吐蕃语，再一两年寂庵的吐蕃语基本上运用自如了。

寂庵听见这个孩子叫昆班“阿爸”，用汉话“姨妈”来称呼临谷。

原来临谷自幼的贴身侍女嫁给了昆班，几年前昆班与几位藏人去西藏萨迦寺做义工，这期间昆班的妻子思念成疾一病而终，这孩子就一直由昆班与临谷在抚养与教育，所以临谷与昆班之间的信任如坚固的岩石，孩子对临谷也极为亲热。

寂庵从窗户看见孩子灵活地跑出屋落后很快溜进夜色里不见了踪影。

临谷吩咐仆人在门外候着，再一会儿元俊来此，也许是为了明日一系列行动的安全，也许是为了不过多连累寂庵，昆班与临谷基本上用吐蕃话沟通，元俊来此后也用心学会了吐蕃话，只偶尔几个词语元俊用汉语表达。

寂庵听得懂他们在说什么，也能推断出他们明日的计划。

炉上的药渐渐熬开了，再一些时间，药罐里的四碗水熬成一碗药，里面飘出浓厚的药香，寂庵知道这药熬好了，便拿了厚布巾包住药罐提手细细地将药滤出来倒入托盘内的碗中。

临谷手不方便，昆班接过了寂庵端过来的药碗，看看元俊，昆班将碗放在元俊手里：“元护卫你给临谷吹一下，她要早点喝下去。”

元俊接过来照做。

临谷饮下药，接着说：“黎明后我去议事厅完成一件大事，这之前昆班就从暗道护送我遴选出来的那二十位谷物博士离开此地。”

元俊、昆班听后点头。

临谷说：“这二十位博士是大宋最宝贵的谷物人才，我宁可自己受苦也不愿这些博士有难。”

元俊说：“你放心，我已将你预备下的金银与交子悉数分装好放在暗道，他们出谷后会按照你的安排分散在各地，不会为生计担忧，只不过他们还得隐姓埋名一段时间才能与家人团聚。”

临谷说：“他们活着，心中除了谷物就是家人，我能忍的他们也能忍。”

昆班说：“我在暗道等他们来了就带他们走，外面我的兄弟们会骑马送博士们分散离开，出谷就安全了。”

临谷叹口气：“他们跟着我得罪了太后一方的权贵，所以要先替他们考虑。”

元俊劝道：“他们如你一般，只要有种子有块土地就能够找到乐趣与安慰。”

临谷看看元俊，唇边闪出心中的微笑。

昆班说：“我儿子现在就在暗道里面，如有任何状况，他会想办法来通知我们。”

临谷对昆班说："明日一别还不知何时能再见到你们。"

昆班说："送走博士们我会回来，你是我儿子最爱的姨妈，我不会让你独自面对危险。"

临谷说："我有自己的安排。"

昆班说："这里还有元护卫，我走后元护卫会保护你，等我回来我与元护卫带你走。"

元俊对昆班说："昆班，你以为临谷真的会离开这里吗？"

昆班看着临谷，叹口气，从怀里摸出一个瓶子递给元俊："这瓶药膏你拿着，临谷的伤口两日换一次药。"

元俊说："明日我会找机会回到种子库，死守。"

临谷点头说："清俊师父这里你放心，我已安排最信任的护卫在谷夫子房门口时刻护卫清俊师父的安全，必要的时候清俊师父会从密道出谷。"

元俊指指房间里坐在一旁心内默念佛号的寂庵："从我还是个婴孩时就生活在圣果寺，清俊师父与寂庵就如同我的父亲与弟弟，明日种子库与师父还有寂庵的安全都是我的职责。"

"只是，"元俊停顿了一下，看着临谷，"临谷，明日我不能时时护在你身边，是我失职。"

临谷对元俊说："元俊，你是知道的，天下谷物种子库不只是我的命，也是大宋农田的命，你若能护它周全，我便是死，也无遗憾。"

昆班说："你若死了，种子库还有什么意思？他们既然能将毒种子混进去一次，难保以后不会再来一次！"

临谷说："百多年前第一代种子库总管给种子库设计了死门，

死门一闭，这种子库就再无人能够打开，而里面的种子保存千年都不会坏。”

“所以，”临谷对元俊说，“元俊，必要时，你启动种子库死门，与其将来有人坏了里面的种子，还不如封了种子库，将它完整留给后人。”

听了这话，元俊与昆班都没有说什么。

屋内沉寂良久，临谷笑了一声：“元俊，这就是我的命运。”

这些话也在空气中一波一波地传入坐在一旁的寂庵耳内，寂庵手里握着念珠，昆班走过去坐在寂庵身边，也从怀里摸出自己的佛珠脱口就用吐蕃语问寂庵：“和尚，你可会念六字大明咒？”

寂庵对他点头，然后念道：“嗡嘛呢呗咪吽。”

这话一出，昆班与临谷齐声问道：“你听得懂吐蕃语？”

寂庵点头用吐蕃语答：“小僧以前学过。”

元俊说：“我若早些回到师父身边出家为僧，寂庵与我就是师兄弟。”

临谷知道元俊的意思，便说：“寂庵的师父是谷夫子的亲弟弟，自然也是我们信得过的。”

元俊点点头，笑着拍了拍寂庵肩膀：“寂庵，我们去给师父请安！”

元俊拉着寂庵起身出门，绕过几道回廊到达谷夫子门前，隔着门板向里面的清俊师父跪拜道：“师父，元俊与寂庵给您请安。元俊多年未见师父，师父一切安好？”

片刻后，清俊师父在里面说道：“阿弥陀佛！元俊，师父知道了，生死事大，你一切小心。”

元俊答道:“是，师父，我会照顾好寂庵。”

元俊与寂庵隔着门板听见清俊师父在里面叹了口气:“各人有各人的缘法，你们去吧。”

元俊一时参不透清俊师父这句话，就带着寂庵回到诊疗室，昆班在继续研制他的药膏，临谷闭目攒神。诊疗室门口只守候着一位日常伺候公主的仆人。

铁火盆让整间屋子温度高了很多，因为元俊在身边，临谷即使哀伤，心里也充盈了些温暖。

屋落四周驻军的火光映红百多年前的屋落，里面如往日一般安静，所有人都知道这里会发生大的变故，但是所有人都不敢随便出自己的房间，随便发声说话，前所未有的压抑自钦差带军驻谷后，就一直笼罩着整个屋落。

有人紧张等待黎明，有人怀着这几日后就可以飞黄腾达的梦，有人倒也无所谓，太后丞相公主斗，大家听天由命看戏吧，只是可惜了这风水极佳的山谷，还有前途未卜的种子库。

渐渐到了黎明时分，山谷清晨很冷很冷，值守在门口的仆人端了早餐进来，四人在屋内早餐后，临谷便按照计划让元俊招呼了谷内部分人员到议事厅集合，安排今日事物。

昆班待临谷、元俊、寂庵出诊疗室后，就端了一大盘药草到屋落前石桌上铺开，接着就是点火熬药。

围谷驻军篝火上的早餐冒出热腾腾的白烟。

没有人注意到昆班不见了。

昆班潜入暗道，那是一条昆班自己挖出来的暗道，只有他和他的儿子还有临谷知道，后来昆班也告诉了元俊。

二十位谷物博士在元俊安排下悄无声息进入暗道。除了身上衣服，什么也没有带，昆班的儿子昨夜已潜入暗道看守，昆班也潜入暗道等待这些谷物博士，二十袋金、银以及纸币已全部分好。

元俊将谷物博士带入暗道与昆班接头后，照计划在退出暗道时，一面退一面扳动机关，用土石将暗道全部回填。元俊再不知不觉回到屋落时，二十位博士已被候在出口的昆班的兄弟们分头安全带离。

没有人看见元俊是怎么回到屋落的。

屋落议事厅里临谷端坐上位，元俊站在临谷身边。

厅内两旁除了护卫，就是按照名单叫进来的人员，没有点到名的人就列了队在门外廊上候着。议事厅内外鸦雀无声。临谷公主虽然和善，但赏罚分明，也是在谷内开过杀戒的。

临谷让人去叫钦差来，钦差带了一队亲兵护卫进来，屋落外的军士齐刷刷站列。

钦差阴沉着脸入厅后向临谷抬抬手算是行礼，临谷没有理会这些，也许在钦差眼里，今日临谷也许只有半条命了，在临谷眼里，钦差又何尝不是暂时寄养个人头在项上？

临谷拿出一张写了十五人姓名的单子递给一位主管，主管读了上面名字，听见名字后这些人一一站出来。

临谷做了个手势，这十五人心怀鬼胎面面相觑，又不敢违拗公主旨意，只得慢慢走上前来。

临谷的贴身仆人端了一盘种子放在临谷手中，临谷站起身走到这排人面前，自己先从里面拿了一粒种子放入口中，细细嚼着，然后吞下去。

钦差心里已经知道临谷发现毒种子一事，而且也查出毒种子是一层层经过这十五人之手最后交与元俊入库的，看样子今日临谷是要处决这事。

钦差已是活成人精的，这样的时候自然不愿节外生枝，再说毒种子一事已被发现，自己多说一个字就会生出无限嫌疑。

钦差只是坐在那里看着。

临谷对面前十五人说："天下谷物种子库，是在为大宋百姓做万世储备。你们十五人竟然将毒种子私自混入库中，若不是被老谷主与元护卫察觉，大宋的农田就要毁在你们手中。"

临谷叹口气又说："也就是毁在了我的手中，是我监管失职。"

这十五人被临谷点名出来，不多不少就自己一伙十五人，又看见临谷手中这盘种子听这一番话就猜事情败露，其间几人心有不甘跪下对临谷说："公主，我等冤枉！谷中这许多人公主怎么就一口咬定是我所做？"

临谷的贴身仆人拿了个记事本走过来站在临谷身边，临谷点点头，仆人便打开记事本一一读着，这十五人听了，便知再无回旋余地，原来上面记载了这十五人何时在何人处收受多少金银珠玉，十五人因为职务高低不同，所受贿赂各个不同，原本他们之间是互不知道的，这一来各人所受贿赂也就全部曝光。

临谷说："你们不用惊讶，他能用威吓利诱你们，我也能这样对待他，只是我答应威吓利诱你们的那人，不再追究，罪不及他的家人，他的财产依旧留给他的家人，所以他什么都对我说了。"

临谷对仆人说："把盒子端上来！"

临谷的贴身仆人将大厅桌上一个漆木盒打开盖子端上来，将盒子依次让这十五人端详。

盒了里面是收买他们那人的头颅，脸上血糊糊，舌头外吐眼珠上翻死不瞑目，骇人至极！

这十五人顿时全部跪下，此时只是希望临谷能饶他们不死。

临谷说："两个月前你们混入的这一批毒种子，数量大种类多，这批毒种子一旦下种入地，会导致上万亩农田颗粒无收，会让百姓碗中无粮，将士军中缺饷，会毁坏土质影响下一次补种，你们这是兵不血刃！谁给你们的胆子要灭我大宋？！"

临谷说话声音一直不大，低低地，却一字一字冷得结成冰。

众人感觉议事厅屋顶都要滴下鲜血一般的紧张。

这十五人之中有十人都觉得项上头颅已经不属于自己了，还有几人自然不甘心如此就死。一人哆嗦着腿站起来对临谷说："皇上已任命钦差来接任种子库总管一职，我等的生死应该由新总管来决断。"

这人说完此话，扑着跪到钦差面前来，其余十四人也跟着跪过来，前前后后喊着："我等的生死应该由新总管来决断！"

临谷唇角笑了一下，说："那就听听钦差的意思吧。"

毒种子一事已经败露，钦差只做幕后之人，出面的自然另有他人，也是万一事情败露了可以用来顶包推卸责任的。这十五人哪里知道这些，还指望着新总管也许能从轻处置，毕竟此事还有隐情。

钦差看着面前这些人，他想这些人最好早点不会说话，这样，对大家都好。

钦差对他们说："下官与公主还没有完成职务交接，所以，还得劳烦公主。"

这十五人一部分没动，一部分又扑过去跪在临谷面前。

临谷依旧是低低的声音，额前青丝有些许零乱的凄美。

大厅内外一片安静。

临谷说："按《宋建隆重详定刑统》，你们还得押回汴京交由刑部，待你们一审、二审、三审，可能得等到下一个播种季节才定罪。"

临谷停顿了一下，众人提着心听着。

临谷又说："换作别的总管，或许就这样做了，可是，我不想这样做。"

临谷吩咐护卫："抬铡刀！"

临谷下令后，又跑上来了几位护卫将临谷面前的十五人用绳子牢牢捆住了。这十五人肉团一般瘫在地上，其中竟然还有人死都不明白为什么会因为一些种子送掉性命。

这铡刀是谷中用来铡大捆植物秆与药材的大刀，铡刀底座是山谷中拾来的大古树疙瘩改锯而成，沉沉的，四个护卫一同抬过来。

铡刀蹾放在议事厅中央，临谷下令："杀无赦！"

议事厅内外没有人说话，没有人敢走动，也没有人敢咳嗽一声。

不敢看的就用衣袖掩住双眼。

血飞溅出来，也没有人敢避让。铡到第四人时，那人忽然大喊："公主，小人有一心愿，望公主成全！"

临谷看着他的眼睛，那人便说：“小人今已犯下死罪，不敢奢求活命，来山谷前小人一直伺奉寡母身边，小人的母亲信佛，每日要念《金刚经》，小人若能在死前听一遍，小人死而无憾了，还望公主成全。”

临谷对那人说：“谷夫子倾其一生心血为国家为百姓，逝后能得我大宋名僧清俊师父亲自为其念经超度。你呢？你所做之事还配得到佛法超度？”

那人心中早已崩溃，回想自己几年一次回家探望时母亲千叮万嘱，要存善念行有益国家之事，自己却因为贪念渐渐走偏了路，最后还错得如此离谱，看见前面三人身首分离，铡刀四周鲜血已流淌到自己膝下。怕死是人的天性，可自己最愧对母亲养育与教导，此刻醒悟，却无机会忏悔了。

原本是万念俱灰的人鼓足死前最后的勇气有此一求，哪知得到公主如此回答，再想到自己犯下大错死得如此耻辱，家中母亲定会在难过中度过余生。那人的心顿时跌落地狱一般，前一刻是害怕，这一刻因为彻底绝望开始号啕大哭起来：“母亲！儿子错了！儿子不孝，儿子死前连听一遍佛经的心愿也不配了！”

那人号啕不止，泪光中似乎看见了一位和尚模样的人站在大厅一侧，那人赶紧甩干泪水再仔细看，果然一位少年僧人站在大厅柱子旁正合掌默念佛号。

他也认出这位少年僧人正是与清俊师父一同来谷中的寂庵和尚，昨日他们还一同为谷夫子整饬墓地。

那人身子被粗麻绳捆得死死的，也没有力气挣扎，便匍匐着移动身躯到少年僧人面前，仰头对少年僧人呼道：“小师父！小人有大错！百死难辞其咎，小人若忏悔，小师父可愿为小人念一遍佛经？”

念及寂庵与清俊师父以及元俊的关系，临谷没有阻止那人的举动。

寂庵蹲下身子对伏在地上的那人说：“你犯下大罪当伏法认罪。”

那人双手被绳子死死反捆在背后，只能抬起头看着寂庵使劲点头，眼中不断流出泪水，已是哽咽难语。

寂庵叹口气，对那人说：“你死前想听一遍佛经？”

那人点头流泪道：“母亲每日要念《金刚经》，若能得小师父为小人念一遍佛经，小人就如死前又见到家中母亲一般。”

寂庵对他说：“施主，假使百千劫，所做业不亡，因缘聚会时，果报还自受。”

那人听了，点头道：“若有来世，小人定不犯今生之错。”

寂庵伸手将那人的身子扶起来一些，让那人背靠着柱子坐在地上，自己盘腿坐在他面前，寂庵对那人说：“施主的母亲每日念《金刚经》，小僧就为施主念一遍《金刚经》。”

那人心中此刻已经没有任何念头，只是眼望着寂庵，在寂庵念出第一句“如是我闻，一时佛在舍卫国祇树给孤独园”时，那人的心瞬时如回到家里在母亲身边听闻母亲念此经一般。

元俊在几步远的地方，看着这一幕，看着寂庵为那人圆了这一世最后一个愿望。

议事厅里只有寂庵的声音。

寂庵念完一部《金刚经》只需要半盏茶的时间，寂庵快要念完时，元俊看见那人背靠在柱子上，面色中满含安慰，双眼紧闭，已然死去。

寂庵念完后也知道面前那人已死，便为他再念了“回向偈”。

元俊上前观察那人的尸体后，对临谷说：“此人已死。”

大厅里面还有十一人正捆在冰冷地板上引颈待死，这十一人看见那人竟然能得此善终，便大声对寂庵呼喊：“小师父慈悲！愿我等也能得此善终！”

寂庵站起身来，合掌念道：“南无阿弥陀佛！我佛慈悲！”

那人临死情景厅内所有人目睹之后，各有所思，临谷似乎也受到一丝撼动，临谷对元俊说：“十恶不赦之人，也配得佛法？”

元俊对临谷说：“正如公主刚才所见。”

临谷又问寂庵：“小师父，这是为何？”

寂庵说：“公主心中的国法，是维护世间正义，佛法可让世人思索自己心灵，以便更好在世间行事为人，这不相悖逆。”

临谷思索片刻，点头道：“小师父所言极是！”

临谷问元俊：“那人听经而逝，得了全尸善终？”

元俊对临谷说：“佛法加持不可思议，然而那人所做恶业，还需痛改！”

临谷又看着寂庵问：“小师父，那人所犯下的罪过，是否因为他这一死，就没有了？”

寂庵对临谷说：“人死并非如灯灭，此人所犯罪业还得他真心悔改，死并非是结束。”

临谷慢慢转身回到大厅高台主位坐下，皱眉思考良久，叹口气对元俊说：“元俊，将你的剑给我。”

元俊取下佩剑呈给临谷，临谷起身伸手从元俊剑鞘中取出宝剑，临谷手握宝剑走到十一个待死之人面前，用剑尖指着他们说：“种子库是国之根本，大宋百多年的心血与财力，如今传到我手中，我却不能保全，与你们一样我也是戴罪之身，愧对大宋基业。”

临谷说着，掉下泪来，泪珠顺着雪白脸颊而下。

顿了顿，临谷说：“在我本意今日定要将你等一一斩首，以祭我库，正我国法。”

临谷将手中剑尖指着其中一人脖颈，却没有去割他的首级，而是将剑尖下移，割断了捆绑的绳子。

临谷流着泪移动步伐，一剑一剑给十一人松了绑，临谷似乎用尽了全身的力气在与自己内心挣扎对峙，元俊在一旁看见临谷脸色苍白，便走过来接过临谷手中的剑将它归于自己身上的剑鞘内。

临谷说：“罢了！罢了！我今日留你们一个全尸。”

临谷两步走到议事厅公案桌前坐下，桌上有文书、案卷、签筒、笔架、朱砚、惊堂木等，议事厅主管见了忙上来研好墨，临谷提笔很快写好一份官文，再拿出官印盖了，又加盖了公主私印。

临谷将这份官文交与元俊：“元护卫，你遣人即刻拿这份文书回京面圣，这十一人也即刻押回京城交由刑部。”

临谷对十一人说：“这份文书中我已对圣上说明情况，现将你们送刑部，若刑部将你们发配边疆，你们就在北疆好好开荒耕种至老死吧。”

不到一个时辰，这十一人经历了生死之间无穷的恐怖惊吓，直到这一刻听见临谷这番话，愣了片刻才缓过神来，十一人跪拜道："公主活命之恩，我等终生难忘，定在边疆好好耕种。"

临谷挥手说："罢了，你等原本就是农业人才，在苦寒之地用心培育出好种子，戴罪立功吧。"

这句话说得十一人放声大哭起来。

元俊接了临谷文书后立即安排人员押送十一人回京一事。

这十一人跪拜公主谢恩后出议事厅时，看见站在一旁的少年僧人寂庵，一齐走到寂庵面前跪谢道："小师父大恩，没齿难忘！"

寂庵合十道："小僧不敢，是佛恩深厚，是公主大德给诸位改过机会，阿弥陀佛！"

十一人出议事厅这会儿，又来了一队护卫将厅上铡刀与三具尸首一一收拾了，只地上还留着半干血迹。

公主贴身仆人上前请临谷进内间换下身上溅了好多血迹的衣服，临谷点点头，跟着仆人走进厅后小间，片刻后换上一身雪白长袄，脸上的血渍也洗去了，一头青丝轻轻绾上，在谷里久了，临谷的美丽已蕴含了不少山川氤氲灵秀。

钦差坐在座位上一杯杯地饮茶，临谷的冷血、骄傲与任性他已全部领教了，谷内虽然已是自己带来的重兵在把守，但是临谷在这里这么多年，不可能没有预留手段，自己还是得小心谨慎，以免着了公主的道。

临谷归位后对钦差道："钦差久等了。"

钦差看着临谷回道："公主处理事物，下官自然应该等候。"

临谷站起来笑道："现在我们办职务交接吧。"

钦差也赶紧站起来笑道:“这个，下官听命。”

临谷说:“钦差是奉皇命圣旨到此接任天下谷物种子库总管一职。”

钦差从怀里拿出圣旨高举过头顶一下，以示皇命。

临谷笑道:“皇命如天!”

钦差点头。

临谷又说:“我这里也有一份圣旨。”

钦差以及厅内众人面面相觑，众人以为临谷会拿出圣旨宣读，她却先问:“元俊回来了吗?”

元俊命令安排好押解十一人回京事宜后已回到议事厅，听见临谷问，便上前道:“元俊在此!”

不知何时起，临谷需要时常看见元俊，心里似乎才得安定，可原本她是一位极有主见的女子。

临谷说:“父皇元丰改制后，圣旨由中书省起草，如果预拟不合法度，中书舍人可以封还词头拒绝草诏，这是我大宋法律赋予中书舍人的权力。草诏好了，皇帝签署画押，抄在黄纸上行下。可如果宣行的中书舍人认为诏书不当，他可拒绝在录黄上签名，驳回诏书。当年富直柔、苏轼等名臣都据理驳回过录黄。如果中书舍人签名通过，便再由中书省宰相署名，发至门下省审核。门下省机构给事中也有权力封驳，这权力也是大宋律法赋予的。最后这份诏书才交由尚书省执行，诏书生效之后，如再发现此诏书有失当之处，还可以台谏。如果御史弹劾有凭有据，这道诏书也能作废。”

听到后面，钦差与他几个亲信也就明白临谷的意图了，钦差背后一阵阵发冷汗，原来钦差手中圣旨是宦官杨球代徽宗手书，临谷第一眼就看出其中端倪。但临谷也知道圣旨内容也是经过太后与皇上同意，也加盖了玉玺，如果皇上与太后说这是真的，那它就是真的。宦官代帝手书圣旨，这是大宋开国以来从没有过的事情。这一点，临谷心里清楚，在场的人心里也清楚。

临谷问钦差："钦差手中圣旨是杨公公所写吧？"

钦差本来不是一个惧怕尴尬的人，哪知临谷如此直白问了一句，让他忍不住被自己口水呛了一回，咳嗽几声，而后说："是杨公公的笔迹，这是皇上令杨公公手书，玉玺就印在上面。奉天承运，皇帝所诏！"

临谷笑道："钦差所言极是，谁写的，怎么个发诏的程序，不重要，重要的是皇上的意思。"

钦差点头道："是！皇上的心意就是圣旨。"

临谷又笑道："钦差是太后的亲表兄，那我们也是亲戚了。"

钦差点头道："这个是的。"

临谷说："所以这个种子库总管无论是我来做还是钦差来做，其实都是一样的。"

钦差笑道："这是圣上与太后体恤公主辛苦，皇恩深厚。"

临谷说："那么，我就遵旨，今日将种子库总管一职与钦差做了交接，我也好无官一身轻。"

钦差笑道："公主正当轻裘宝马的年华。"

临谷笑笑，话锋一转："刚才我说了，我这里也有一份圣旨。"

临谷从怀里拿出一份锦绣圣旨，递给元俊："元俊，你来宣。"

元俊接过后打开，高声道："圣旨！"

厅内外众人齐刷刷跪下接旨。

元俊打开圣旨宣读:“奉天承运，皇帝诏曰：公主临谷，知书识礼，柔嘉维则，贵而能俭，深受先皇与朕关爱，故赐天下谷物种子库为临谷公主嫁资。钦此!”

圣旨一宣自然掷地有声，临谷有官职在身，应道:“臣临谷接旨，谢吾皇恩!”

临谷起身时，跟随临谷的寥寥几人也随之起身。

厅内外绝大多数是太后、蔡京与钦差的人，都等着钦差的行动。

钦差一行只觉得临谷这一招太阴狠了些，这道圣旨一出，天下谷物种子库成了临谷公主的嫁妆，成了她的私人财产。如此一来，自己费尽千辛万苦才得到的天下谷物种子库总管一职，等于只是在给公主看守私财，再则，既然种子库成了公主私财，公主想怎么样就怎么样，到时候，公主即使让个仆人来做总管，那也是公主家的私事，无人能说什么的。

钦差身旁一位心腹副将低声提醒了一声，钦差回过神站起身来，余下众人也站起身来。

钦差心内虽有疑惑，但也有更多不安，因为他也恍惚听说上次公主回京述职，皇上似乎悄悄给了临谷一份亲笔手谕，这手谕圣旨的内容皇上与公主都没有透露。

屋落外依旧是大军扎营，将这里围得水泄不通。

这些是临谷与元俊早料到的情景。

只是后面的事情变数太大，早已超出他们的预料，更或者是他们不愿意为对方做更难测的预料。

钦差身旁的副将们已悄悄握紧未出鞘的刀。

元俊沙场杀敌多年，万千敌军中也能出色完成任务，他若要从这里护着临谷脱身，不是难事。可临谷之前对他丁叮万嘱要以谷物种子库为重，臣为轻。元俊深知临谷将种子库的安全放在个人生命之上，若种子库再出现诸如毒种子入内的事件，临谷即使能被自己安全带出去，她也是过不了自小对种子库的责任心这一关的，她会毁了自己以血祭库，这也是元俊不愿意看见的。

元俊只得另外为临谷思量脱身。

临谷看着厅内的紧张，笑了一下，将圣旨拿在手中："皇上常拿自己的书法谦比王羲之，可是在我看来，皇上的字又何尝不是空前绝后呢！"

临谷将圣旨内面皇上手书内容对着厅内钦差与副将们，让众人看得再清楚不过，圣旨上面是皇上的笔迹。钦差与副将们也清楚，皇上将来若能被后世称赞，也就是因为书法与绘画了。

临谷笑道："一个太监代皇上手书的圣旨，叫作圣旨，我当遵旨而行。"

钦差也冷笑一声道："公主所言极是！何况公主手中是皇上御笔亲书！我等谨遵圣旨！"

钦差带了上万大军与几位得力副将，即便此刻在圣旨与接任总管一事上吃了如此大亏，他又怎肯善罢甘休？如果他就此作罢，那回去后在太后与蔡京处也是交代不了的，不仅自己仕途就此了断，跟随来的这几位副将也休想再有仕途可讲。

钦差心里暗恨临谷与皇上，心底暗暗发誓将来定要大大祸害一回这两人，出这口气。

元俊听见钦差说“谨遵圣旨”，心里暗暗知道不好。

钦差喊：“来人！”

副将们齐声：“在！”

钦差吩咐：“本钦差即刻与公主办理职务交接，大厅内除公主外，其余人不得在此打扰！”

副将们知道钦差是铁了心要做成这件事。

临谷虽然是公主兼种子库总管，但是这谷里的日常护卫与兵力早就换成太后与蔡京的人，再加上外面的上万大军，公主势力衰微确实不能抗争。

外面的军士得令，执武器进来将公主方面一干人等尽数押出议事厅。

最后这里只剩下了临谷与站在她身旁的元俊以及寂庵。

钦差知道元俊是个棘手的人，便说：“也请元护卫在外面稍等。”

元俊笑道：“我奉皇命任公主护卫，当寸步不离。”

钦差正要发话，旁边一副将深知元俊实力，不愿紧要关头节外生枝，迅速到钦差身边耳语几句。钦差听了，再对元俊说：“那就请元护卫留在此处吧。”

寂庵走过来站在元俊身边，钦差对寂庵说：“那和尚，你也出去吧。”

寂庵道：“阿弥陀佛！师父命我跟着公主，谷夫子墓地之事还未完成，小僧不能离开。”

旁边一副将对钦差说：“这和尚的师父清俊和尚是上代总管谷夫子的亲弟弟，此刻正在房内给谷夫子念经超度。”

钦差又问："是哪一位清俊和尚？"

寂庵道："蜀中左绵安州城圣果寺上清俊师父。"

钦差听后，沉思片刻吩咐副将："去安排一队最强的军士守护在清俊师父门外，任何人不得打扰清俊师父，违令者斩！"

原来四年多前钦差的独子突患暴病，寻遍汴京名医也未得治，命悬一丝的关头一位中书舍人推荐了恰来汴京参加法会的大宋名僧清俊师父，清俊师父推辞不得便去了钦差府上，望闻问切后开了药方，几服药下去，将钦差的独子从鬼门关给抢救了回来。钦差舐犊情深，心中自然十分感念清俊师父的恩德，此时不便表流出来，便下令要军士护清俊师父安全。

钦差看着寂庵，说："既然是你师父的意思，你便跟着吧。"

议事厅内，临谷身边只剩元俊与寂庵，临谷对寂庵说："小师父，这里危险，你回清俊师父处吧。"

寂庵说："临谷施主，小僧还没有完成师父交代的事。"

元俊对临谷说："临谷，就不要劝寂庵了，换作我，也会认真按照师父说的去做。"

大厅内刀光剑影，元俊一手拉着寂庵，一手拉着临谷，三人面上淡淡的。寂庵的淡是源于他的信心，元俊的淡源于他的战斗经验与牺牲精神，临谷的淡源于她为了保全种子库破釜沉舟的心。

元俊拉着临谷的手，似乎深切感受到临谷内心，他知道此刻临谷一心想的就是怎样牺牲自己去保全种子库，保全大宋几代人的心血。元俊心中深深叹口气，临谷的心他是知道的，只是他的心中首先装的却不是临谷。元俊在心里说：人生太过短暂，此生自己能遇清俊师父已是足够，只恐怕会永远辜负公主一片真心。抛开儿女私情，公主在大事上对自己的信赖，这份知遇之恩如同当初秦国公章粢对自己的知遇之恩，让自己能施展所学能有机会为国尽忠。

此刻，元俊心中已有了定夺。

议事厅里持武器的军士们盯着临谷、元俊与寂庵三人，副将们在等候钦差下令。

钦差正沉思，临谷见钦差此时沉思的表情，便料定钦差此刻正要下一个极大的决心，下此决心的心若铁了，这决定定会抢占先机，让自己与元俊陷于不能挽回的状况。

临谷见钦差眉心一铁正欲发话，临谷抢先道："钦差，我这就将种子库悉数托付与你，与你做各项交接。"

钦差听后，哈哈笑道："公主，不急，圣旨一出，这种子库已是公主私财，我即便接着也显尴尬。"

临谷佯作思索，然后笑道："人在生死关头是最容易想清楚事情的，我此刻便想清楚了。"

临谷说着，走到大厅火盆前，将圣旨扔进熊熊烈火里，瞬间一道锦绣书法化为灰烬。

临谷对钦差说："钦差看见了，世上已经没有什么关于公主嫁资的圣旨，种子库依旧是钦差大人的。"

钦差见此，抬手行礼道："公主此言差矣！率土之滨，莫非王土，天下万物都是圣上的，下官不过是奉旨办事而已。"

一副将上前两步在钦差耳旁耳语一句，钦差听了点点头。钦差心里所想与那副将所讲相同，他们对公主这番妥协是有怀疑的，这么容易就放弃了，根本就不像是临谷公主的行事，公主的冷血与烈性子是出了名的。

临谷也知他们怀疑不信，便又说：“我一个女子，如果皇上没有将元俊赐予我，我今日是不可能放弃种子库的。”

临谷轻轻举起被元俊拉着的那手儿，对钦差说：“现在，我才知道做公主做女人的好处，是可以在圣上那里要到我想要的人，元俊可不是寻常女子能遇见能轻易得到的。”

临谷看看元俊，莞尔一笑。元俊看着临谷眼睛，不知她还要说些什么，只知道临谷将要做的一切都是为了保全种子库。

临谷笑道：“钦差与我都清楚，今日这情形我若再不松手，也没有什么意思了，不如我退后一步。”

临谷看着钦差神色，又笑道：“何况，我现在已有了元俊的孩子。”

这话是临谷见钦差对她疑惑不信，心里也不知怎么就生出这种想法脱口而出，元俊听了心内一动，配合着临谷，对临谷温柔一笑。

临谷或许够冷血，但是皇族众人都知她对元俊情有独钟，临谷也应该知道今日这情形对她是百害而无一利，也许一位娇生贵养的公主是会在生死关头改变很多想法的，更何况她还大庭广众宣布了她已珠胎暗结，再看元俊刚才对公主的种种，若非有情，定不能如此做的。

元俊刚才的温柔一笑，彻底让钦差诸人相信了临谷公主因为有了元俊的孩子，而愿意退后一步行事。

临谷见众人的神情，便知这一步可行了。

临谷说:“接下来元俊去取各种官文办职务交接吧。”

钦差此时却不愿放元俊出去，担心元俊出去会节外生枝，他说:“官文诸事不急，我等做就行了，哪里非得要公主亲自劳碌呢?”

临谷看着钦差，知道下一刻钦差就要他们交出种子库的金刚匙了。

果然，钦差说:“请公主与元护卫将种子库金刚匙交与在下，这事不就完结了？公主有孕在身，也好早点回汴京公主府休养。”

临谷说:“种子库大门上那把金刚锁是需要我与元俊两人各持一匙，同时打开才能进入的，这两把金刚匙开锁是有讲究的，不是将钥匙给你，你拿着就能打开的。真这么简单，你也太小看历代种子库总管的智慧了。”

元俊说:“金刚锁上有密匙，需要两套密码同时转动才能打开，所以我们一同打开库门后，再给大人交代金刚匙的密码，交接一事就算彻底完成了。”

钦差听后与副将们点头说:“请公主与元护卫前面带路。”

种子库在地下三里处，通过两个密门可以进入种子库密道，过了密道便可到达种子库，一个密门在临谷的房间，另一个密门在众人居住的屋落外密林内。为了更好掩护种子库，通常元俊是从密林内那处密门出入的，有必要时此处密门可以回填泥土。

元俊说:“入库的密门在屋落外密林内，请大人随我来。”

钦差带着七八位副将跟在元俊、临谷、寂庵后面出了议事厅向屋落外密林内走去。副将们各自安排好自己所带军队，分营驻扎井然有序。

跟在临谷、元俊与寂庵身后的除了钦差就是八位副将以及这些副将们的亲兵。八队亲兵共八十人齐刷刷跟在后面。

入了密林再深入一里多地，元俊停在一处乱石前，乱石上面生长了好多蔷薇，寂庵看见漫石的野生蔷薇，这样的季节这样的山谷里野蔷薇竟然开得正是芳华。寂庵听见元俊对临谷说："在这里的一年多时间，是我最轻松的一段时光。"

临谷问："是因为这里清净的环境吗？"

元俊笑道："因为临谷让我感觉相处很轻松。"

临谷笑道："元俊哥哥这样讲，我自己都不太相信呢。"

元俊对临谷说："这是我心里的感受。"

元俊又说："你将山谷与种子库管理得很好，一切都井井有条。"

临谷笑笑："这里百多年来一直都很好，我在谷夫子身边学会了很多。"

元俊说："临谷，很多事情尽力就行了，你一个年轻女子，不要过于勉强自己。"

元俊今日温柔的态度与话语是从来没有过的，临谷知道元俊这样的态度主要是为了让钦差诸人多一些相信，两人会因为私情放弃对种子库的坚守。

那些植物上的露珠沾在临谷雪白长袄上，在它们欲浸湿临谷衣裳前，便被山谷里无处不在的风化得看不见踪影。

常年安静生长此处的野蔷薇，被众多来人打扰到，顺着风飘落下一些花瓣，这些花瓣飘在临谷身上又飘走，元俊微笑着，风里的临谷是山谷里多么美的生灵。

临谷唇角泛起丝丝笑意，怀着必死之心的此刻，元俊哥哥的温柔以待让她得到了顷刻温暖，正慰藉她冰冷的心。

元俊停在一处错落的山石前，他转过身对钦差等人说："密道就从此处进入。"

钦差与副将们仔细看了山石，元俊三人静静等他们商量一番，片刻后钦差对临谷说："公主，我等随公主入内，亲兵们在此等候，种子库乃是国之重地，所在之地便是国之秘密，下官既然接任种子库总管一职，也当以种子库安全为上。"

临谷对他点头以示同意。

元俊在最前面带众人走进一块错落岩石内，临谷与寂庵随在后面，再后是钦差与八位心腹副将。八十位随来的亲兵持武器奉命留在山石前守候。

初进岩石路仄难行，路面是上好的石板铺就，通道宽度只容一人，头顶岩石上还不断有水滴掉落，大约下行一里路后，路变得宽了些，可以两人并排着同行，也没有水滴再掉落，这样的路再向下行一里，众人觉得寒冷沁骨，但却不潮湿，不但再没有水滴掉下反而感到有阵阵带风的气流不断吹过，极低温不潮湿，正是适合长时间保存种子天地造化的极佳环境。

待走到接近种子库大门时，脚下的路也平坦了，地上铺满的石板越来越精美，两旁也有了石灯柱，石灯柱里的长明灯照亮了四周。

再向地下走了一段路，便逐渐进入一个宽敞大厅，通道两旁的石壁上刻着古朴典雅的雕塑。

最前带路的元俊停下脚步说："此处便是！"

众人停在一扇极高大的厚石门前，石门上刻着“天下谷物种子库”七个大字，落款是“宋建隆年”，临谷仰头看着这几个大字：“这是太祖建隆元年亲自题写的。”

众人听后跪下三拜以示尊重。

这极厚极高大的种子库大石门上挂着一把沉甸甸的金刚锁，这金刚锁虽然叫作“锁”，但它的模样却不是平常锁的模样，而是一道可推动的金刚齿轮，齿轮中央一圆形内是两条阴阳双鱼，双鱼身体上各有好些凹凸部位，这些凹凸部位便是需要用两把金刚匙来共同按下去切合了齿轮再推动复杂密码方能开启的金刚锁。

寂庵也在认真看着金刚锁，寂庵自幼便是算学神童，对密码一类器械有着天生的敏感。元俊走到寂庵身旁，拍着寂庵肩膀：“寂庵，你是知道元俊哥哥的，在哥哥心里，若能跟随师父修行，是第一等快意的事！”

寂庵听见元俊这句话，认真看着元俊哥哥神色，似乎看到了他内心正在计划的事件，寂庵说：“元俊哥哥，我知道哥哥的心！”

正在等待开启金刚锁的安静时刻，忽然一个清脆的孩子声音从众人身后传出：“姨妈！”

众人回头，见一个十岁模样的小男孩，红红的小圆脸上一双黑黑极其灵活的大眼睛，穿着谷中博士们一样的麻质棉袄。

这小男孩正是昆班与临谷贴身侍女的儿子昆班黎，临谷待他如同亲生。

昆班黎跑过来扑进临谷怀中，临谷亲切搂着他叫道：“昆班黎！”

元俊对钦差说："这是郎中昆班的儿子昆班黎。"

昆班黎将手中的小瓶子举起来给钦差等人看："阿爸说姨妈的伤口需要准时服药，让我将药拿进来，阿爸还说没有人会为难一个小孩子的。"

钦差听了，点点头。

昆班黎将瓶子里的药倒了三颗在自己掌心，将手掌抬得高高地挨着临谷的下巴，临谷对昆班黎笑笑低了低头将昆班黎手中的药丸含进嘴里。昆班黎又从怀里掏出一个小瓶子举给临谷："水！还是热的！"

临谷伸手接了小瓶子打开木塞，就着瓶中的水吞下嘴里药丸。临谷疼爱地揉揉昆班黎的黑黑微卷的头发，问他："冷不冷？"

昆班黎摇摇头："不冷。"

临谷担心昆班黎的安全，便说："回到你阿爸身边去吧。"

昆班黎送药来以及刚才说的几句话，其实也是在告诉临谷昆班已经将二十位谷物博士安全送出谷。为了安全昆班其实是不用再回返的，可昆班不但回来了，还让儿子给临谷送药进来，昆班也借此说明自己与临谷一同在为理想战斗。

临谷至此就更没有什么好担心的，谷物博士们安全了，谷夫子下葬一事有清俊师父会办理，昆班也会协助妥当，自己要处罚的人也已给予了最严重的警示，接下来，就是要趁种子库大门开启时，用尽全身力气推出元俊，紧接着扳动机关放下种子库死门，让自己永永远远留在种子库里，化成冰雪以身殉职。

临谷的心思早被元俊看穿，临谷却没能看穿元俊的心思。

临谷要做的事，也是元俊要做的事。

元俊只是担心临谷失去种子库之后，需要什么样的理由才能一直勇敢地活下去。

寂庵关注种子库大门上的金刚锁，心里成片成片开启运算，这是寂庵下意识地运算，答案也就一片一片跑出来，似乎并不需要寂庵刻意去计算什么。

元俊看见寂庵专注的眼神，想了想走过去悄声对寂庵说："待会儿看好公主，不要让她受伤。"

寂庵听了，真挚地朝元俊点头说："元俊哥哥，放心。"

元俊再看昆班黎时，小男孩的眼神也正转过来看着元俊，两个人互相笑笑。

钦差感觉很冷几乎要被冻僵了，便说："公主有孕在身，这里又如此寒冷，还请公主即刻开启种子库，交接了金刚匙，公主也好早点上去喝热汤暖和暖和。"

这里是地下三里深处，库门外虽然没有库内万万年不化的寒冰，但相比地面上也寒冷许多，临谷等人常年在谷内早已习惯如此寒冷，钦差等人对此寒冷的感受却更为加倍。

元俊对临谷说："临谷，我们去开门。"

临谷对钦差说："打开种子库事关重大，遵圣旨只能有钦差一人可得知开启密钥，在此锁开启前还请钦差与诸位将军（此次随同钦差来此的几位副将均为将军级）在十步外稍候片刻，开锁后再请钦差走近，我将开启密钥一点点讲与，你看这样可好？"

钦差与诸副将听临谷这番话，想想确实也是这番道理，钦差就与诸副将退至十步外。

昆班黎拉着寂庵僧袍，两人也退到十步外。

元俊与临谷走至大门金刚锁前，元俊双手握住齿轮用劲推动，临谷也将双手轻轻放在元俊手上，与元俊合力，元俊看了眼临谷，临谷正含笑看着元俊，眼里的泪珠似要蕴含不住了。

齿轮按方位转动数圈之后，听见金刚锁里面发出一声沉闷的“咔嗒”，两人的手在齿轮上停止，元俊看着临谷，好一会儿临谷才将冰冷的双手从元俊手背上慢慢放下来。

两人各自从怀里拿出鱼形金刚匙，这是一对太极图上的双鱼。

临谷知道与元俊哥哥相处的时间只剩顷刻，垂下眼帘怎么样也不愿将手心的金刚鱼匙按放上去，就这样站在元俊哥哥面前凝固自己。

元俊叹口气，抬起临谷的手，打开她的手指拿出手心的金刚鱼匙：“我来开吧。”

临谷摇摇头，含泪道：“还是我与哥哥一同来，就如往昔一般。”

元俊点点头，两人将手里的一双鱼儿按上去，合着密钥转了几圈，一双鱼儿停住后，种子库大门上的金刚锁就自动开启了，一对金刚鱼跃回元俊手心。

金刚锁开启后，大门也自动开了，元俊转过身轻轻地拥抱临谷，然后在临谷耳边说了三个字：“活下去！”

临谷听后不解地看着元俊的眼睛，元俊双手用力一推，将临谷推飞起来，衣袂飘飘向后飞至寂庵与昆班黎处，寂庵与昆班黎赶快地伸手将临谷稳稳扶住，临谷站稳的瞬间便明白了元俊是要代替她放下死门砸断种子库与外界，元俊要为她永永远远守着国家基业。

临谷哭着飞奔上前。

元俊在推出临谷后，两步进入种子库便用劲搬下死门机关，元俊向后退，半丈厚的死门巨石从上而下，临谷还未跑至死门前，死门巨石已经将元俊与她永远相隔。

钦差诸人见公主飞扑上前，跌在从上而降的巨石前，这块巨石就在种子库大门后方。

事发突然，钦差与副将们回过神飞奔至巨石前，虽有机关控制，但同样坚固的巨石狠狠落下时已砸入地内，浑如此处本来该有的山壁一般，将种子库永远关闭起来。

“这是怎么一回事？”钦差双拳捶在巨石上。

寂庵与昆班黎将跌落在巨石前如失去了灵魂一般的临谷扶起来。

钦差与副将们渐渐明白过来，原来公主为了不交出种子库，设计了这一步。

众人压制住心头愤怒，怒视临谷公主，见临谷公主失魂落魄盯着巨石，临谷此刻明白过来为何刚才元俊推出自己的时候在自己耳边说“活下去”，元俊定是看穿了自己心思，所以下决心要替自己去死。

临谷指着巨石说：“那里面是万万年不化的冰岩，这是死门，死门一闭，如山一体，元俊哥哥会化成冰雪再也出不来，我再也见不到元俊哥哥。”

钦差拍着脑袋恍然大悟：“怪不得此趟离开汴京前太后叮嘱下官注意传说中种子库的死门，我还以为死门是种子库里面一处暗门，没想到死门就是入门！”

临谷说：“种子库历代总管口耳相传都深知一个道理，种子如果出了问题，总管们非死不能谢天下！”

钦差说：“元护卫再也出不来了？”

临谷的心神渐渐回缓过来，刚才还如一段梦境，此时定定心神，觉得此处的寒冷似乎已浸入内心深处，梦魇变作眼前现实，临谷觉得还有事情要做，自己得将伤心收起来，收入寒冷的冰岩里面。

临谷对钦差说：“百多年来，第一次有毒种子混入库内，还好被谷夫子与元俊察觉，及时处理掉。可是我作为种子库总管却没有能力提前预警，也没有能力一直将种子库握在自己手中让它不受权力干扰腐蚀。钦差，我是不是一位很无能的总管？”

钦差看着临谷的眼睛，对她说：“正好相反，因为你太过能干、冷血，黄金白银、名满天下的美男也不能令你动心移情，所以有人不放心你。”

临谷说：“不放心我？我只是一介女身。”

钦差说：“你可以拥有极其能干的驸马，元护卫历经沙场有勇有谋，听说还学有一部华夏兵学奇书。元护卫正当年华，一旦倾心于你，你们大婚之后元护卫会逐渐成为大宋最炙手可热的将军，守边境立战功不过是探囊取物，加之你掌握的种子库可带动一系列皇家权力运转，公主，你说，你会让人放心吗？”

临谷细细想着这番话：“谁不放心？我与皇上血浓于水，不放心我的是太后与蔡京吧，你不是来接替种子库总管了吗？”

钦差冷笑一声：“自古以来，血浓于水这话真不适合用于皇家!”

临谷深深叹口气，修长的手指抚摸着冰冷的死门:“该殉职的是我，元俊哥哥本该活下来，跟着清俊师父，还有寂庵出家修行，这才是元俊哥哥最向往的人生。是我错了，不该任性介入，我害了元俊哥哥。”

临谷说这话时，她感觉种子库冰冷的寒气越来越深地浸入她的心，她发誓要这些人给元俊哥哥陪葬。

临谷放下双手，轻轻捂着自己心口:“我的心好痛!”

她走到一位副将面前拍了拍这副将的心口盔甲:“你能感觉到我今日彻底地失败吗?”

临谷的声音低低的似要滴出血来，这副将见临谷公主失落哀伤的眼神，知她心痛难受，见大局已定，也不愿多说什么，只抱拳低头向公主行一礼后退半步立好。

临谷再走至一位副将面前，再伸手拍了拍这副将心口盔甲，哀伤地问:“将军，你能感觉到我今日彻底地失败吗?”

这副将也抱拳低头向哀伤不已的公主行一礼后退半步立好。

临谷哀伤地移动脚步走至钦差面前，伸手拍向毫无防备的钦差心口，钦差穿着大宋最华丽的软缎袄，临谷对他说:“种子库在这里我将它给你，你得将元俊哥哥还给我。”

钦差看着临谷面容，心口一痛:“公主!”

钦差说完这话向后一退，临谷一松手，钦差一个踉跄后退几步，伸手靠着死门石壁稳固住自己身体。

众人觉得不妙，看见钦差软缎锦袄心口处插着一个红珊瑚刀柄，副将们下意识拔出各自所佩刀剑，临谷看着他们冷冷道:“将军们若是为了自己前途考虑，最好不要介入。这一刀，是大宋公主与他的私人恩怨。”

副将们面面相觑，估计着这一刀公主必定用尽了力气与恨意，瞧着钦差心口冒出、口中喷出的鲜血，他已断难活命，不如大家冷静片刻思量下一步，副将们刀剑归鞘。

临谷已知他们心思，冷笑着走近钦差，钦差满眼恐惧，看着临谷走近自己。临谷伸手轻轻一推，钦差背靠着死门石壁身体歪斜着倒下去，临谷俯身将钦差心口的刀拔出来，又狠狠插进去！再拔出来，再插进去！直到寂庵与昆班黎走上来劝止住：“他已死了！”

临谷拔出父皇赐给她的匕首，割下钦差身上一段锦衣，用沾满钦差鲜血的锦缎在死门壁上恨恨地写了个大大的“库”字。

扔掉锦缎布条，将手中匕首回鞘，放匕首回衣里一瞬间，临谷的手在衣服里面顿住了，她在怀里摸到一件东西，颤抖着拿出来看时，是一串佛珠。临谷说：“这是元俊哥哥的，元俊哥哥一直贴身、视若生命的佛珠！”

这串佛珠正是元俊幼年离开圣果寺时清俊师父送给元俊的，元俊从未离身，刚才在与临谷诀别轻拥时悄悄放入她怀中，这些都是为了让临谷心中有念想，能够遇此大变之后还能勇敢活下去，为自己的理想与所爱勇敢活下去。

临谷怔怔地捧着元俊的佛珠，她的双手沾满了鲜血，这些血正在极冷的种子库大门前凝固成掌上的冰，掌上一层血冰，血冰上的佛珠就是元俊哥哥，临谷读懂了元俊哥哥托佛珠带给她的信语。

临谷不敢流泪，如果流泪，心就会脆弱，心脆弱了还怎么能如元俊哥哥所嘱：“活下去！”

临谷心内已有了主意，她看着身边的寂庵与小昆班黎，元俊哥哥与自己视他们为亲人，自己一定要安全地将他们带回地面。

寂庵拉着昆班黎的手，昆班黎仰面对寂庵笑笑，他们心里想的是怎么样护着临谷。昆班在外面树林出口处等着儿子出来，让儿子送药下去是为了告诉临谷要想办法出来，出来了自己自然会帮着她活下去。

副将们见钦差已死不能复生，在一旁商量之后，对临谷说：“公主，钦差大人已死，我等不敢就此回京复命，还望公主体恤！”

临谷对他们说：“钦差是我亲手所杀，那匕首是太祖之物，父皇再赐予我防身的。我不仅是大宋公主，还是有官职、皇命在身的一品官员，我与你们回汴京面圣，你们放心，一切由我来解释。”

副将们听后，一副将说：“我等只要回京之后太后不降罪，一切好说。”

临谷说：“钦差以下犯上对我苦苦相逼，逼死我驸马，害我腹内孩儿成为遗腹子，你们恪尽职守，我修书一封说明实情你们拿着复命，其余事情若要细究……谁来细究呢？太后吗？蔡京吗？太祖以来大宋种子库百多年基业说到底是毁于他们之手。你们各有各的人脉基业，这事只要我承担，没有谁会因为一个平日里就不得人心的文职钦差降罪诸位。诸位都是沙场上杀敌边境上护国的将军，要这么多将军护着他来接任本来就是一件委屈将军们的差事。他若有能只需理直气壮带着圣旨来即可，他若无能，将军们还认为他能管理好大宋的国家种子库吗？将军们也都知道了种子库混入毒种子一事，这是谁在幕后指使？将军们也很清楚。种子出了事，大宋农田与百姓们就会出事，国家出了事，将军们与我一腔热血抛洒何处？助纣为虐我做不到，但是亲手杀死一位心怀不轨的钦差大臣，我做得到。杀死他，于国无害于社稷有益。"

临谷这番肺腑之言句句在理字字入心，以副将身份前来的将军们听后热血沸腾，面前的女子是他们年轻刚烈敢作敢为的公主，骄傲的大宋公主此刻正成为他们的骄傲，她的身上流着太祖传下来的血液，她有着冷血与临危不惧的性情，遇强敌冷静机智，遇所爱不言放弃，这与开疆拓土的先辈们多么相似！

将军们齐声高呼："我等誓死护卫国家宝库！誓死护卫临谷公主！誓死不悔！"

三 如日虛空住

昆班黎与寂庵走在临谷之前，临谷身后是八位将军，他们依次向上走三里出了通道，回到地面上。

昆班黎拉着寂庵的手，不知道为什么他很喜欢这位少年僧人，一双水灵灵的眼睛认真观察着寂庵哥哥。

通道出口旁边是一座山崖，如果站在通道口看过去，只会看见那里有棵古树，走近古树靠着古树，才可以看见古树后面其实是断壁悬崖，从古树悬崖处向下看，悬崖壁上挂有冰雪，悬崖下面白雪皑皑，有云朵一般浓厚的雾气被风吹着在悬崖的半空间游走。

而古树旁、悬崖上这一畔山的山谷与屋落，虽然同样是寒冷的冬季，却没有丝毫下雪的迹象。

种子库历代总管都曾感叹：如此绝佳风水，如果不能完成天下谷物种子的收集与储藏，真有愧于上天。

临谷与众人停住脚步，临谷转过身看着诸位将军与守候在出口的80位军士，还有不远处林林军旗，上万大军守候山谷待命。

郎中昆班一直在出口等着，见儿子昆班黎与少年僧人寂庵出来，又见临谷带着将军们出来，心就放下来了。昆班身旁还站着一位年轻的谷物博士陈夷，陈夷这年28岁，是临谷公主悄悄送出谷的二十位博士之一，他心中放不下聪颖骄傲的公主，便央求昆班将他再偷偷带回来，无论生死他都要在公主身边，他要远远地看着公主才会觉得生活有意义。

昆班与谷中很多人平日里就知道年轻博士陈夷在偷偷爱慕公主，见此危急时刻他牵挂不舍公主，便答应了带着陈夷悄悄从兽道犯险再潜入山谷。昆班让陈夷提着他的药箱，对军士们称是郎中的助手要在此处给公主伤口换药。

军中一向都有不伤及郎中的惯例，军士们便同意昆班与陈夷在此等候，同意了小昆班黎入通道去给临谷送药。

临谷身旁有一块平坦的大石，昆班便带了陈夷走过去在大石上给临谷手臂上的伤口换药。陈夷手里拿着药箱眼睛看着公主，关心公主的话一个字也没敢说。昆班提醒陈夷放下药箱托起临谷手臂方便昆班换药，昆班拆开旧纱条，陈夷看见临谷那么深的伤口，心里紧紧沉沉一痛。

昆班给临谷伤口处均匀倒入新药粉，再用新纱条缠绕七八圈包扎好，陈夷轻轻整理好放下临谷衣袖。

临谷看着面前将军与军士们，出通道的三里路途中，临谷恍如梦境，有体温气势与笑容的元俊似乎还在身边，及至此刻，看见头顶的天空与猎猎军旗，脚下坚硬岩石，元俊在深深的地下与自己人天两隔。自己遗落了什么在库内？细细地想，遗落的是自己一半的魂魄，那一半的魂魄还在库门前徘徊。

将士们静静地看着自己的公主。临谷从怀里拿出一张丝质手绢，陈萬博士知道了临谷所想，便走至临谷面前转过身背对着临谷，再弯下腰将背做成临谷的书桌。临谷将手绢展开放在陈萬博士背上，咬破右手食指，将这两日谷中之事，钦差的不敬、元护卫与自己的所遇书写出来一一报知皇上，字字在理句句入情荡气回肠。写毕，公主再拿出怀中红珊瑚刀鞘的精致小匕首，陈萬站起身来与将士们一同望着自己的公主，见临谷公主将手中绢信与先皇赐予的匕首举起。树林里安静极了，一点儿鸟声与草木生长的声音也没有，风也停在上面等着临谷公主 。

临谷说："将士们！钦差对本公主不敬，在接任总管一事上以一己之私屡次破坏大宋天下谷物种子库百多年来铁的纪律，对种子库造成不可挽回的损失，对大宋造成不可挽回的损失。刚才在种子库大门前，本总管按《宋建隆重详定刑统》，已将大不敬的钦差处以死刑，处死他的是本总管手中这把匕首，这是大宋太祖皇帝日夜不离身的匕首，也是父皇日夜不离身的匕首，父皇将它赐予我，是要我与将士们誓死维护国家宝库！"

临谷面前的将军们高呼："太祖皇帝万岁！皇上万岁！临谷公主千岁！"

三呼毕，临谷将手中绢信让一旁的陈萬博士送至面前将军的手中，临谷对将军们说："这书信上面记录了此事经过，匕首可替代我。将军们对大宋忠心不二，恪尽职守，在书信中我已禀明一切事由，将军们带着它们回去复命吧！"

将军们说："元护卫一事已不可挽回，公主有孕在身，还望多加珍重。"

临谷心中又是一痛，她是多么希望自己真的能怀有元俊哥哥的孩子。

不远处悬崖畔的古树，千年古树冠如华盖。

临谷说："将士们！如今的大宋是天下最强盛富庶的国土，大宋的儿女们胸怀宽广有最远大高贵的理想，我们为了理想奋斗，为了理想可以毫不犹豫抛洒鲜血与生命。我一直在为理想奋斗，这山谷的一切就是我的理想，也是大宋百多年来历代种子库总管们的理想，如今传至我手中，我却不能坚守与发扬，我有愧于国家宝库，有愧于历代先贤，有愧于元俊哥哥！我是这山谷的罪人！"

临谷说完这话，便向着不远处悬崖古树奔去。

顶中发髻散开，黑发瀑布般倾泻下来，临谷一身白衣翩若仙子飘如惊鸿向古树旁悬崖下纵身飞扑而去，飘来的风与白云并不能承受临谷心中之痛，看着她，由着她，一直掉落向悬崖中白雪皑皑不见底的深处。

临谷飞奔下悬崖之时，寂庵也奔向悬崖，他说了一句："临谷，元俊哥哥——"

临谷没能听见寂庵这话便已飞下悬崖，寂庵到了古树旁也毫不犹豫跟着飞扑下悬崖。

郎中昆班见了急得高呼："临谷你的伤口还需要换药！小和尚你——"昆班想也没想跟在临谷与寂庵身后奔向古树旁悬崖畔，纵身跳下悬崖，昆班怀里紧紧揣着临谷的药。

小昆班黎一下子惊呆了，赶紧拉着旁边陈聃博士的手，陈聃博士见状，想也没想拉着昆班黎向日常众人居住的屋落处奔去。

香椿树屋落自百多年前建成后，一直静默在祥和风水极佳的山谷之中，这是它第一次遇见的变故。

将军与士兵们见此突变惊愕不已，待他们走至悬崖畔古树旁时，向下望去，只见得悬崖下是吹不尽的风与厚厚薄薄的白云，悬崖下白茫茫一片哪里见得到底？

这悬崖崖壁积满冰雪寸步难行，悬崖下又深不见底，不断有悬崖下吹上来的冰凌，呼呼的风声灌满耳朵，风声中似乎有野兽吼叫不歇般说不出的怪声。

将军们在悬崖旁探望，面面相觑。

就在此时，从来不曾下雪的树林与香椿树屋落这一处山谷，开始刮起了刺骨冰冷的寒风，点点的雪花从天空飘落，落在树林上、枝杈上、树叶上、青草上，落在那些珍贵的药材上面。将军们与士兵们伸出手看着掌心的白雪，有人小声说："临谷公主与元护卫真是含冤而死的！"只一会儿工夫，雪花变成了雪片，愈来愈密集飘落下来，北风越发猛烈，吹透了将士们盔甲与里面的衣衫，将士们一阵阵的寒冷难忍。

领头的将军说："此次出来衣衫本已备足，奈何这忽然而至的寒冷，忽然降下这么多温度，如今公事已毕，我等又有临谷公主亲手所写陈情书信与红珊瑚匕首为信物，回去面圣，我等一同陈情，圣上自然不会因此责怪我等一众武官将军。钦差是冒犯公主被先帝所赐匕首处决，我等更与此无关，此刻我等只需要将钦差遗体运回汴京即便是了却了这桩差事。"

其余将军们点头道："此言甚是。眼见着这里风云变幻，还不知会不会有冰雹或者这雪停了会不会有大雨？这里地势接近高原，山里气候变化又大，我等应尽快下令拔营带着上万士兵们安全回京为重。”

领头的将军说：“可惜了大好年华的临谷公主。”

其余将军们皆摇头，一位将军指着光溜溜的冰凌悬崖说：“这里可有办法下去？”

又一位将军说：“看看下面刮上来阴冷的风，还有这样的崖壁，士兵们就算是有绳索，又能下去多深？再者这悬崖下面的气温定比悬崖上面还低许多，只怕士兵还没下到十分之一，便被冻死成冰棍。”

就这一会儿工夫，鸡蛋大的冰雹从天而降，还好战士们有头盔，不过肩上身上已被打中多处，这疼还能忍受，但是冷，越来越刺痛士兵们的身体，士兵们感觉已是快被冻僵。

诸将军也是刺骨之冷，大家看着领头的将军，领头的将军用力一顿脚：“这般情景之下，临谷公主已是以身殉谷，我等无法再派人下去施救。现在气温太低，再耽误下去士兵们有了伤亡我等反而会因此获罪，带上钦差遗体，拔营回汴京！”

此令一下，众将依次传令，这天黄昏时分山谷里的士兵们便已悉数撤出。

上万大军撤出，山谷却不能恢复至原先的宁静。

夜晚来临时雪渐渐停住，原先这一块儿是不会积雪的，现在这里落在植物与屋顶上的雪正在等待风，原先的无处不在能吹散湿气的风，也不知道这风什么时间还来？还来不来？留在山谷里的人都知道，这里的风水已被权力之欲破坏。

山谷中暗地投靠蔡京的人已随大军撤出，这些人一部分回了司农业寺任职，一部分人后来不知所踪。

留在山谷里已不足10人，到处是凌乱的泥泞脚印与匆忙离开落下的物品，香椿树屋落从来没有过如此的脏乱，廊下的灯也没有人来点燃，往昔一尘不染的地板上几乎无处下脚，不知道什么地方冒出来如此多零乱的衣物、书简、水杯、鞋子，还有种子，那么多的种子散在地板上，已被踩得零星碎乱。

屋落里只有两个房间亮着灯。

一间是谷夫子的房间，生死事大，清俊师父还在里面为谷夫子念经超度，黑铁火盆里的木炭依旧熊熊燃烧。

另外一间是杂物间，这是由三个房间打通的大杂物间，平日里整齐地码放些麻绳、轴轮、木条、谷物盒子、油桶、大堆木炭等。此时里面点着亮亮的灯，灯影下有七个人正忙得满头大汗，每个皆是焦急的神情。领头那人是临谷的贴身仆人，然后是返回来的陈夷博士、郎中昆班的儿子昆班黎，还有四个穿着相同素色棉袄的人。

临谷的贴身仆人三十来岁其貌不扬，是深藏不露的高手，听从临谷的安排要留在最后见了元护卫才能离开屋落。

那四个穿素色棉袄的人常年在大厨房与杂物间打杂做事，除了公主，再没有人知道他们是公主府极其隐秘的死士，他们听命于临谷的贴身仆人，那仆人甚至没有名字，有人问便说自己从出生开始便是仆人，众人便呼他为“蒲”。

蒲死守临谷密令，留在屋落里等待元护卫，按照临谷的计划，临谷是要让自己先元俊一步进入种子库，然后推走元俊，自己放下死门以身殉库。蒲的任务就是将临谷最后的财产守护好然后完完整整留给元俊，让元俊无忧无虑过完以后的岁月。

蒲一直在屋落里面等，等到看见窗户外的飘雪与冰雹，等到从临谷舍身那处狂奔过来的陈夷与昆班黎，陈夷与昆班黎狂奔进屋落，一面狂奔一面大声呼喊："蒲！蒲！你在哪里？"

此时屋落四周与里面尽是来来往往撤退的士兵与忙乱着收拾东西要离开的人们，这里刚一乱起来蒲就上了屋顶，在屋顶上能看清楚屋落周围的人事。蒲看见陈夷博士拉着郎中的儿子昆班黎狂奔过来，再听见风雪中陈夷叫着他的名字，蒲便从屋顶跳下来跑到陈夷博士与昆班黎面前。昆班黎与陈夷在乱糟糟的环境中用最简洁的字语给蒲讲了不久前种子库与古树悬崖上惊心动魄的事，蒲听见临谷跳崖，便对陈夷博士说："你们回来叫我，是要准备东西去救临谷公主！"

陈夷博士点头叹道："明白人！"

蒲让陈夷与昆班黎赶快随自己去杂物间，蒲是临谷最忠实的仆人与死士，也是临谷的耳朵与眼睛，平日里便要思考许多临谷将要面临的危险与破解之法。此刻的临谷在悬崖下面，无论悬崖有多高多险，没有见到临谷尸体之前临谷在蒲心里，就是一个等待他去救上来的活人。

屋顶上不断有冰雹砸落的声音，冰雹声渐渐停住后黑夜笼罩整个山谷，临谷公主的五个死士已将能够下悬崖救公主的所有物品准备妥当。陈夷博士与昆班黎气力没有他们大，蒲便让他们去屋落大厨房将里面的能做干粮的食物全部包起来。

下悬崖的麻绳与轮轴、扎冰崖的尖刀、照亮的火把、止血救命的药丸、干粮等准备差不多后，蒲等五个死士打着火把用车推着这些东西向悬崖走去，陈夷博士一直在安慰昆班黎，说他阿爸昆班还有少年僧人寂庵都会平安的，让他千万不要放弃对他们的信心。陈夷博士刚度过极度紧张之后的空无期，他此时根本不敢去想悬崖下面临谷、昆班与寂庵的情形，一切要等到蒲下去之后才知道。

七个人到了悬崖边巨大的古树旁，停稳车，将火把分别在几辆车上插好，蒲从一辆车上提起一个包袱打开，包袱里面是一整套极寒天气的装备，一件极其密实的反皮毛棉袄，反皮毛中裤、一双反皮毛高筒靴与手套、只露出眼睛与鼻孔的反毛皮头套，还有一件穿在最外面的软甲。这软甲上面有连如一体的小洞，绳索可从肩、背与腰上的铁环小洞中依次穿过，救人的绳索用轴轮逐渐下放，满满三车绳索是蒲得知临谷跳崖后召集死士在杂物间奋力集结好的，已用完了这里能够找到的所有绳子。

一个死士上来帮助蒲很快穿好这一套厚重紧扎的装备，蒲是死士中功夫最深厚的，下去救临谷自然非他莫属。其余三个死士在靠着结实无比的古树安装轴轮，陈夷博士与昆班黎在古树旁拿着火把帮忙照亮。

没有人说话，大家抓紧时间做事，众人将下去的绳索从蒲的软甲滑孔上穿过去，再将反毛皮头套稳稳戴在蒲的头上，头套额头处牢固镶嵌了颗鸡蛋大的夜明珠，夜明珠的光亮可以帮助蒲看清楚眼前的部分山崖情状。

一切妥当后，蒲将其余四人喊至面前，对四人说："我下去后最多三天内，必有结果，或者找到公主，或者没有找到，再或者见到公主前我已身死，一切是未知，所以三日内我若找到公主，必然会放出信号弹，你们见到信号便要按照计划从滑轮上放下食物与净水，还有药品。”

四人齐道：“是！”

蒲点点头，问死士中一位清秀者：“这几日谷内发生的事，你可写好了故事将消息发送出去了？”

清秀者点头道：“是！我已将消息飞鹰传书发送至成都，我的人一刻也不耽搁由成都再飞鸽传书发送至大宋各地，相信最多明日、后日清早，各地的小报上面便会出现公主的故事，公主的姓名虽然隐去，但是我的写法会让人们不费力就能猜出来。”

蒲叹口气道：“好！虽然现在死门永远关闭了种子库，但此事件知道的人越多，最相关的人也就会越安全。这里的一切将来不能由着心怀不轨之人胡乱瞎说。”

蒲转过身指着昆班黎与陈夷博士，对清秀者说：“昆班郎中的儿子昆班黎亲见种子库大门前发生的一切，陈夷博士也亲见公主是怎么跳下这悬崖的，你再跟紧些将这些全部写成故事。”

清秀者应道：“我连夜就写，明天就让飞鹰将这些事情带出谷去。”

蒲点头道：“如此甚好。”

四人再度检查了蒲身上装备的安全系数，将蒲身上的装备与古树上的装备紧紧连接起来。

夜明珠让蒲看清楚眼前一米，绝壁上的泥土也不知被冰封住多少年了。

古树上的轴轮慢慢放下绳子。

月亮前面的云层散开，远远的月光下，蒲就像在飘绳上移动的蚂蚁。

不知道像蒲这样的众生之一，那年从悬崖上的绳子往下缓缓滑落时，他可会感觉到寂寞？寂寞是很多人都绕不开的情绪。

虽然在同一片天空下，人们都会在生命中思维与行走，可是每个人都有着不同于他人的呼吸与境遇。

生物不断在进化，人物也同样在寻找进化的智慧与方法。智慧如同宇宙中的星星，人物的情绪却时常如同云层，一层一层遮住我们的眼睛与心灵。

临谷、寂庵与昆班在虚空中向下落去，耳旁是呼啸的寒风，身畔是茫茫的云雾，临谷一心求死连半声下意识的呼喊都没有，昆班是要救临谷，随着临谷与寂庵飞扑下来后自然地大声“啊——”

寂庵扑身虚空时，心中只有一念，这一念来自日常修习《妙法莲华经·观世音菩萨普门品》，熏染时间长了这一念竟成了习性，这一念也救下了寂庵，这一念叫作：“生死关头，念佛第一。”

“若被恶人逐，堕落金刚山，念彼观音力，如日虚空住。”

悬崖半壁上有棵不知生长于何年何月的树，树叶虽稀少，树枝方圆犹如一成年男子伸展开的双臂，对于从上而下掉落的人，这些树枝足可以成为一张缓解坠落速度的网。这树枝上面有积雪，临谷与昆班在坠落中先后被这树枝挂住身体与衣衫拦腰接住，树枝上的积雪簌簌落向下面悬崖深处。

临谷似已昏过去，昆班却是清醒的，他定下神来见临谷与自己此刻并没有死，再发现两人是被悬崖半壁上古树枝杈所救，昆班仰天长啸：“这样也没有死！”这些树枝方圆一米多，昆班上半身倾斜着被树枝托接住，下半身却透过枝杈悬空着。临谷在他旁边，一半身子躺在树枝上，一半身子兀自悬空，昆班发现自己与临谷虽然没死却也极其危险。

昆班与临谷间隔着一点距离，昆班想伸手去拉醒临谷，转念想到贸然行动或许会打破此刻树枝所载力量的均衡，从而导致更大的危险。他便不敢乱动，也不敢太用力呼吸，只长长嘘着气。

昆班看着临谷，轻声呼喊："临谷！临谷！临谷！"他也不敢用力气呼喊，生怕用力会损坏在胸前卡住自己身体的树枝，只得用气声一次一次叫临谷。

这一两天谷内的大变故已使临谷心力交瘁，从悬崖边扑身而下，耳边凛冽寒风让临谷瞬间昏死过去。也不知过了多久，临谷才幽幽地仿佛听见有人叫着什么，又似乎很久后，她才听懂这是在叫自己的名字，再又逐渐地回忆起发生的事情。这一想起来，头便疼痛欲裂，用力睁开眼发现自己在悬崖半壁树枝上挂着，右边身子还是悬空的，再顺着声音看见卡在树枝间下半身悬空的昆班。

昆班见临谷醒了，便笑道："临谷！"

临谷问："昆班，你怎么在这里？"

昆班说："你的伤还没有好，我是跟着来给你送药换药的。"

临谷叹口气："你怎么这么糊涂？我们两人境遇不同，你怎么如此找死！"

昆班说："我可不糊涂，我只做我愿意的事情。"

临谷问："你若死了，昆班黎怎么办？他还是个小孩子，怎么能没有了母亲又没有了父亲？"

昆班说："过去的事，你不要想了，现在我们想办法活下去。"

临谷说："活下去还有意思吗？"

昆班说："若活下去，我就带昆班黎回吐蕃老家，同众人一块儿背石头建设萨迦寺。"

临谷沉默良久："昆班，是我连累你了。"

昆班心胸豁达，为了让临谷有活下去的意愿，便想着话儿劝解："临谷，我妻子是你最信任的妹子，昆班黎是你心爱的外甥，你若听我的话，我们好好挪动身子想办法脱离险境，这样，我们不死，昆班黎就不会成孤儿。"

临谷听了这话，点点头。临谷这会儿心绪渐明，清楚了目前两人所处环境，临谷是生无可恋一心求死的，现在是坚定了要牺牲自己让昆班活下去的念头。

临谷对昆班说："我们都要活下去。"

昆班点头说："是这样啊！要活下去。"

临谷说："我身子很痛，我不动，你先观察一下情况，看看四周有没有可以救命的藤蔓或者岩壁间有没有小洞什么的。"

昆班答应着，尽量缓慢地转着头与上半身来观察四周。

临谷半边身子在树枝上一动不动，心中思量着怎么样把更多生的希望留给昆班，这些树枝承重是有限的，自己又有伤在身，两个人的重量迟早会让这些树枝承受不住。昆班是绝不会留下自己单独求生的，到时候与其两人一同掉下去摔死或者在寒风中因饥渴而死，还不如自己掉下去，断绝掉昆班能救自己的一切行为与念头，一旦没有了自己的拖累，昆班就能选择更多求生的机会。昆班是个壮实聪明的男子，又懂药草医术，若想从这绝壁上求生，是有可能的。

临谷的身子很痛，她挣扎着抬头观察四周，昆班也在想办法，忽然之间两人看见了这树枝旁的虚空，两人被虚空的景象惊呆了。

虚空间稳稳站立一个人，这人如履平地一般站立着。

再仔细看，原来虚空间站立的这人是少年僧人寂庵。

寂庵一心记着清俊师父的嘱咐，跟随在临谷身后，亲眼看见临谷因为种子库与元俊哥哥而生发的诸般苦楚，在元俊哥哥永远封闭种子库大门后，寂庵能体会到临谷心中的绝望、癫狂，见临谷扑下悬崖，寂庵知道最大的原因是因为元俊哥哥。

寂庵扑下悬崖是要告诉临谷：元俊哥哥不一定会死，可是临谷这样扑下悬崖也许真的会死。

扑下悬崖生死关头的瞬间，寂庵更加理解为何佛说诸般如梦幻泡影，寂庵全部身心化作一句："南无观世音菩萨！"

一道佛光从寂庵心中生起，稳稳在虚空间托住一身素净僧袍的少年寂庵，因寂庵关注临谷生死，佛光便托住寂庵缓缓立于悬挂住临谷与昆班的树枝旁。

临谷与昆班见虚空间站立的寂庵身体被柔和的光芒护住，因为与生俱来的信仰，昆班瞬间明白脱口而出："是佛光！"

临谷听见这话也明白了，不禁呼道："寂庵师父！"

寂庵伸手想要去将临谷与昆班拉入护住自己的佛光中，昆班对寂庵说："寂庵师父，先救临谷！"

寂庵点点头，将手伸向临谷，临谷半边身体挂在树枝上，她不敢胡乱用力，担心自己稍不留神会加速毁坏掉身体下的树枝，这样就会再一次连累昆班。

寂庵在虚空中走近临谷，他行走佛光也随他动。寂庵向临谷伸出手，临谷也伸手向寂庵，只要临谷握住寂庵的手，寂庵就能将临谷轻轻拉起来脱离险境，然后再如此救下昆班。三人的想法是一致的。

可是，临谷的手明明已经拉住寂庵的手了，却似乎握住虚空一般。

寂庵亦是如此，他站在虚空中，他与临谷伸手互相试了好几次，却似乎无能为力。寂庵于是从虚空中走到昆班身边，寂庵与昆班伸出手也似乎互相握住的是虚空一般，再试了好几次依然如此。

寂庵叹口气："是我修行不够，还不能即刻救下你们，我们另想办法。"

临谷见天色渐渐黯淡下来，吹至身上的风也更冷了。身子下面"嚓"一声又断掉一根枝杈，冷风吹着断掉的枝杈直落下无底悬崖。

临谷与昆班皆未露出害怕的神情，也许此刻害怕已经是最无用的情绪，临谷眼神里满含愧疚，她是求死之人，可是昆班受自己连累，昆班一死，昆班黎就真成了可怜的孤儿了。

临谷转眼看着昆班，对她笑道："昆班，好郎中，谢谢你！"临谷说着这话便要移动自己挂在树枝上的半边身子，她知道只要自己掉下去减轻树枝所承受的重量，昆班生存的希望就会加大许多。

昆班见她如此，惊呼："临谷！不要做傻事！"

寂庵呼道："元俊哥哥虽然被封闭在种子库，但不一定会死，你不要如此绝望。"

听见此话，临谷不由得停住，眼睛看着寂庵："真的吗？"

寂庵对她点头说："元俊哥哥心中有兵学奇书《九法》，我当年亲自得到过华夏兵学修道士教学，我知道很多华夏大地上的地脉，元俊哥哥也知道很多。种子库建在其中一条地脉上，我们先想办法自救，然后我告诉你元俊哥哥可能会用什么办法出来。"

若在往时，寂庵这番话临谷是不敢去相信的，只会当作用来稳定她情绪的安慰之语，可此刻亲见寂庵虚空而立，寂庵说元俊哥哥不一定会死的这些话，让临谷心中极大安慰，泪水忍不住滚出来，她对寂庵说："寂庵师父，若元俊哥哥能得救，请您在往后的岁月里多照顾他。"

寂庵对临谷说："你要活下来，亲自照顾元俊哥哥。"

临谷凄凉一笑："昆班也要活下来，要好好陪着昆班黎。"

临谷说完这话，用足了劲让自己挂在树枝上的半边身子向旁边凌空翻滚下去，昆班反应过来时，只隐约看见了风中临谷身上恍惚的衣带，树枝一阵晃动后停住了，似乎将昆班卡得更紧，昆班想也没想就挣扎着要让自己从树枝间掉下去，他要去陪着临谷。

寂庵叹口气，看见临谷一心求死将活下去的希望留给昆班，寂庵情急之间看见这树斜长出来的树干上缠绕着手臂粗的藤蔓，如果顺着这些藤蔓可以让自己紧靠着崖壁，崖壁上的小山石虽然只有三指宽，三指宽也是可以踩脚的，拉稳藤蔓再斜着脚掌踩在山石上，再接着一点一点寻找生路，也是有极大的可能。

寂庵对昆班说："你不要乱动，你看那里！"

昆班顺着寂庵的手指看过去看见藤蔓，再听寂庵说了寻找生路的方法，昆班对寂庵说："寂庵师父你的意思我懂了，可是临谷这一下去，可能真的会死！"

寂庵对昆班说："临谷最坏的可能是死亡，可是也有可能不死，她若在下面只是受了很重的伤，那就有活下去的希望，是不是？"

昆班答道："只要没死，再重的伤都可以医治。"

寂庵说："所以你要想办法活着下到悬崖底部，临谷若是重伤，就等着你下去给她医治，你万万不能死！"

昆班点头说："我知道了，寂庵师父，你先下去陪着临谷，临谷若是不幸死了你也要陪在一旁等我来。"

寂庵点头道："你放心，这也是师父吩咐我的事情。"

昆班催促寂庵："你快去吧，我从小爬惯山壁，知道怎么求生。"

寂庵点点头，从顺着临谷翻落的方向，踏着虚空而下，佛光一直护着他。

昆班看着佛光，喃喃道："愿上苍护佑临谷。"

四 时间传奇

我们在时间里循环，换了一个又一个模样，时间的魔力会让人忘记了它在循环，还以为陪着它就可以到自己生命的天荒地老。

真歇清了（寂庵）祖师的家乡春社日上演社剧时，宋时传下来的《公主于库》最受欢迎。

这段戏里面有三位人物的祖籍均在安州城，他们是寂庵（未来的真歇清了祖师）、寂庵的师父清俊和尚以及名将元俊。

大部分观众是被临谷公主与元俊的情感所吸引。

上演了几百年的故事在清末被战火尘封，待到有人在海外回流的书籍中读到这个故事，临谷公主与元俊已经有了很多种与当时寂庵所见的不同的结局。

当年，临谷公主手刃钦差、舍身殉库一事对奸相蔡京一派触动极深，蔡京耿耿于怀向宋徽宗提议，力主将公主称号一律改为“帝姬”。《宋史卷一百一十五志第六十八》记载：“徽宗改公主为姬。”直到南宋初才恢复旧制。自临谷公主为大宋舍身殉库到南宋初期朝廷恢复公主称谓旧制，宋王朝已不再拥有当时天下最富裕繁华的黄金时代。

北宋灭亡时汴京城民间女子与皇妃公主们，所经历的凌辱与尊严丧尽的痛苦，即使千年之后，仍然深深撼动人心！

临谷公主的性情，她是不能忍受掳掠凌辱的际遇，死又何尝不是一种有尊严的选择？

在蜀地有一则传说，千年前，一艘飞船从蜀中某处深不可测且极其坚硬的地下飞出。

流传下来《公主于库》的版本之一，是说临谷公主舍身殉库后，似乎没有死去，她被一艘飞船载着驶向星空月球，当时有好些人目睹了此情景，因此才得以成为《异志录》中千年传说。

一则关于太阳系探索的纪录片中有近40分钟的影像，是讲NASA从月球上带回的物资中，有远古飞船的残骸，还有一位华夏人外貌特征的年轻女性，她还不是尸体，因为还有生命体征，她只是在睡，用了好多办法都没有唤醒的那种睡。

这些飞船残骸遗留时间非常久远，临谷公主出生距今不过千年，千年前的公主与远古飞船之间有什么联系？

NASA从月球带回的华夏人特征的女性，外貌上与传说中美丽决绝高个子的临谷公主相距甚远。

如果这不是华夏的公主，她一定与华夏大地有某种联系，她的五官与华夏女人的五官几乎没有差别，她身上的衣服虽然不知道材质但形制上就是华夏人的衣裳。只是她的额间有一道米粒样的痕迹。

月亮影响了地球上的岁月、季节、潮涨潮落——海外回流

《异志录》这一大章节，似乎在遥遥预示探索月亮会成为我们生活的一部分，也会对我们今后生活逐渐产生更大更深远的影响。

自古世界各处都存在“一些人追逐长生药物的传说与记录痕迹”。

这些药物有的来自于植物，有的来自于动物。有些药物上面有寄生虫，某一类寄生虫如果长期被炼制再被摄入人体，积累得越久越多，就会让人越来越依赖，这很像是在服用毒品，再到后来的后来，这些药物被过度滥用时，药物里自主意识增强的寄生虫们就会逐渐控制服药之人。会让他们逐渐控制不住自己身体，逐渐地几乎不能称为“人”。

临谷公主继续坠下悬崖，素净衣袂寒风中犹如结了冰，噗噗拍打着虚空。她再次昏死过去，也不知又过了多长时间，临谷掉落在一片白雪之中。

佛光护着寂庵，寂庵顺着临谷下落的方向，慢慢地，寂庵看见下面白雪之间有个身影，再往下一些，看清楚了那身影正是掉落下来的临谷。因为悬崖太高，临谷掉落下来时内脏已经全被震坏，吐了好些鲜血，鲜红的血浸染了她的素袄，犹白雪上凝落成绝望的花瓣。

寂庵在距离临谷两三步的地方停落下来，赶紧跑过去查看仰面朝天昏死过去的临谷。临谷的伤极重，寂庵不敢贸然伸手去拍醒她，担心碎骨刺到内脏，便只能俯下身子呼唤着：“临谷！临谷！”

叫了好些遍，临谷没有一点动静，寂庵看看临谷的手，手指似乎没有断，便伸手去轻拍临谷的手背：“临谷！临谷！”

临谷还是没有任何反应，一个声音忽地从冰雪堆里发出："是谁在吵闹不休?!"

这是个男人的声音。寂庵顺着声音看见止前方三四步远处一个冰雪堆似乎在动。环顾四周，这里是几座高岩之间的悬崖底，方圆也就三四百米，白雪为地枯枝偶露，无一点人迹，应是极寒冷的孤寂之处吧。崖底四周的绝壁坚硬冰冷，崖底除一小处平坦之地，还有好些大大小小的石头被千年冰雪覆盖。

寂庵念了句佛号："南无阿弥陀佛!"

正前方那个冰雪堆里面传出一句："念佛号的可是修行人?"

寂庵这才反应过来冰雪堆里传出来的是天竺语。

寂庵早在幼时便跟着妈妈学会了天竺语，他看着冰雪堆用天竺语回答："小僧是寂庵。"

冰雪堆里面说："嗯。"

寂庵见冰雪堆被人从内推开，冰雪块散开落地后里面现出个结跏趺坐的男子，这男子三十来岁的模样，小麦色皮肤，光头圆顶高鼻深目蓝瞳下巴微翘眉彩飞扬，手里拿着黑宝石佛珠，身穿着几重单衣，单衣外面裹着天竺僧人的袈裟，眉眼之间神采奕奕。虽在冰雪堆里打坐，却未有丝毫寒意，看容貌与装扮，是来自天竺的僧人。这天竺僧人念了句六字大明咒："嗡嘛呢叭咪吽。"

寂庵站起身子，向天竺僧人合十行礼："阿弥陀佛!"

这天竺僧人打量着寂庵，及至看见寂庵戴在脖子上的佛珠，再仔细盯着佛珠上的黑木观世音像小吊坠，那眼神一眼看穿，一直进入到鸽子蛋大小的吊坠里面，然后指着观世音小像问："小和尚，此物是从何处得来?"

寂庵说:“这是小僧4岁生辰时妈妈给的。”

天竺僧人仔细看了寂庵片刻，然后点头说:“是不可多得的缘法也是你愿力所得，好好爱护着。”

寂庵那时还不明白天竺僧人此话全部含义，他答道:“是，观世音菩萨乃是小僧心相。”

天竺僧人听他如此说，点点头，念了句:“嗡嘛呢叭咪吽。”随即又问:“此处地势艰险隐秘，我在此不知多少年月了也不见个人影，小和尚来此做什么?”

寂庵便对天竺僧人大致讲了在临谷施主身边这两日所见。天竺僧人一面听一面点头，看神情似乎完全明白，又似乎全然不理会。

天竺僧人听后对寂庵说:“我在此入定多年。”

寂庵说:“入定后慧力通达知晓，天竺师父一定也知道临谷施主一事前后。”

天竺僧人伸出一指，指指悬崖上面说:“这是白云上、谷顶上人世间的事，如风过，我怎么会在心中留下影像?你若问我，我便答说什么也不知道。”

寂庵听懂了天竺僧人的话，合十道:“阿弥陀佛!天竺师父在此入定修行很久了吗?”

天竺僧人想了想，对寂庵说:“很久很久了，照理说不该被你等声响所扰，可也正是因为你等的声响出了定。”

寂庵日常里就听清俊师父讲过很多得道高僧在极寒极静之地常年入定修行的事，清俊师父还说佛在世时的大弟子迦叶尊者至今仍在鸡足山入定。

寂庵心中一动，他看出这位天竺师父神宇不凡，能在这样冰天雪地人迹罕见之处入定修行，定有异于常人之处，说不定可以救临谷。寂庵对天竺僧人说："若天竺师父您因此出定，这便是临谷施主的缘分。"

天竺僧人听后想了想，问："你们这里现在是什么朝代？"

寂庵说："大宋朝，今年是崇宁三年。"

天竺僧人拨动手中黑宝石佛珠，片刻后说："现在的皇帝姓什么？"

寂庵说："皇帝姓赵。"

天竺僧人听了，拨动的佛珠停住了，他盯着寂庵的眼睛："姓赵，"沉思片刻后他又对寂庵说，"小和尚，你把这个'赵'字写出来。"

寂庵听了，便用手指在雪地上写了个"赵"字。然后对天竺僧人说："天竺师父你看，是这个赵字。"

寂庵再指着躺在雪地上的临谷说："这位施主叫赵临谷。"

天竺僧人顺着寂庵所指，看了看雪地上寂庵写的字，再仔细看了躺在地上昏死过去的临谷，说："小和尚你与此人掉在此地将我从定中唤出，这赵临谷莫非就是我要等的姓赵的人？"

寂庵正欲回答，天竺僧人又问了："这个人叫赵临谷，她可还有什么别的名字没有？"

寂庵正期望天竺僧人这一问，急忙答道："天竺师父！我只知她叫赵临谷，却不知道她的字、号。请师父救救她吧，等她醒了我们一问就可知道她是否是您要等的人，因为她的缘故我们将您从定中唤出，这是莫大的缘分。天竺师父，您救救赵临谷吧！"

天竺僧看了看临谷，摇头说：“此人命数已尽，只等一断气，就会再入轮回。小和尚，你是个修行人，竟不知这个道理？”

寂庵说：“天竺师父，临谷此刻还未死，正受极大的痛苦，请您救救她，等她从昏死中醒来，让她暂停痛苦，就可告诉您她可是您要等的姓赵的人？”

天竺僧人说：“当年师父命我在此等一位姓赵的皇族。”

寂庵说：“赵临谷正是当今皇族，天竺师父您慈悲救救她，如果她的生命只剩最后一刻，也让她在死前能暂停痛苦。”

天竺僧人听至此，指指寂庵胸前佛珠，叹口气：“我若救此人，可不是为了什么，救人不带条件的。此人真的命数已尽了，偏你这个小和尚多事，也罢！看在佛光舍利的份上我试试吧。”说罢笑了一下从入定的冰雪堆里站起身来。

寂庵见这位天竺僧人像元俊哥哥那样，高个子宽厚肩膀身材结实。

天竺僧人两步走到寂庵身边，寂庵瞬间强烈地感觉到这位天竺师父似乎是来自很久以前的僧人，只是看上去很年轻。

天竺僧人蹲下身子查看临谷的伤势，寂庵也蹲下身子轻轻拍拍临谷的手掌：“临谷，天竺师父会帮你减轻痛苦的。”

看临谷昏死过去的表情，似乎内脏俱裂后神识仍在感受极度的痛苦，痛苦到抽搐。

天竺僧人问寂庵：“小和尚，那是什么？”

寂庵顺着目光看过去，原来是临谷身上衣内露出一物，寂庵伸手将那物拿出来，是一串佛珠。寂庵认得这是元俊哥哥在种子库前与临谷诀别轻拥时悄悄放入她怀中的，寂庵捧着佛珠对天竺僧人说：“天竺师父，临谷施主没有了父母，也没有儿女，她最爱元俊哥哥，这佛珠是元俊哥哥送她的，元俊哥哥此刻还困在种子库里，他们好可怜！”寂庵说着哽咽难忍，泪水顺着脸颊掉下来。

天竺僧人见了寂庵这模样，笑道：“你这小和尚怎么说哭就哭？你再哭我可不救了，我回去入定了。”

寂庵急忙擦干眼泪，拉着天竺僧人的衣衫：“天竺师父！您先别入定。”

天竺僧人笑笑，正欲施救，忽然又看了看元俊送给临谷的这串佛珠，问寂庵：“此物何来？”

寂庵想到元俊哥哥曾说过这是孩童时离开圣果寺清俊师父送的，元俊哥哥视若生命一般，他便对天竺僧人讲了这串佛珠的来源。

天竺僧人说：“她既知道珍藏佛珠，又为何自绝性命？人生何其宝贵？！”

天竺僧人一面说一面就地打坐，寂庵也随即打坐。

天竺僧人拿着临谷那串佛珠，念着六字大明咒拨动佛珠，天竺僧人念六字大明咒的声音庄严美妙深广无比，随着风绕着白云下面深深的崖底回旋。

寂庵觉得天竺僧人念诵的六字大明咒渐渐充满了崖底，又渐渐向深崖中的白云上面穿透出去，一会儿之后，寂庵听见天竺僧人开始念回向：“世尊亲临，愿将六字大明咒功德回向临谷施主，愿她离苦得乐！愿众生早日成佛！”言毕，天竺僧人将临谷的佛珠放回她手中。

寂庵合十念道：“南无阿弥陀佛！”

寂庵念后，看着身前临谷，听见临谷喉内发出一点声响，再见她缓缓睁开眼睛，看见了寂庵与陌生的天竺僧人。

天竺僧人见临谷回醒过人世间，生气地说：“愚蠢！你回来做什么？还没有受够轮回的苦吗?!”

寂庵听明白了，寂庵对天竺僧人说：“天竺师父，您莫生气，临谷她对这世间还有所牵挂，将来她会明白今日您的一番苦心。”

临谷醒来后身体一点不能动，但蚀骨的痛苦渐渐在退去。临谷听不懂天竺语，她看着寂庵，因为没有力气便只能小声道：“寂庵师父!”

寂庵对临谷说：“临谷，你的伤势很重，千万不能随便动，以免伤势再加重。”

天竺僧人说：“小和尚，你告诉她实情，她快死了。”

寂庵心下不忍，迟疑着。

临谷虽然听不懂天竺语，但是知道自己的伤势，再看着天竺僧人与寂庵师父的神情，猜也猜到了。

临谷叹口气，对着寂庵麻木一笑：“寂庵师父，你不说我也猜到，这位天竺僧人是说我快死了，我不怕死的，有哪个人能不死呢?”

寂庵想到刚才答应天竺僧人的事，便对临谷说：“天竺师父让你能够多减轻一些痛苦。”

临谷对寂庵凄然一笑：“寂庵师父，帮我谢谢他，刚才的痛苦如在地狱，现在不痛了。”

寂庵用天竺语对天竺僧人说了临谷感谢的话。

天竺僧人并不理会，只说：“生命最后一刻还不知念佛求得脱离轮回，真是愚人！”

寂庵大致讲了刚才临谷与自己落地后将天竺僧人从定中唤出一事，他问临谷：“天竺师父在等一位姓赵的皇族，如果这人是你，也许你的命运会有想不到的转机。”

临谷说：“没有了种子库，再没有了元俊哥哥，活着还能有什么意思？”

寂庵说：“元俊哥哥不一定会死。”

临谷说：“寂庵师父不要安慰我了，种子库死门既关，是没人能再活着出来的。”

寂庵说：“临谷施主你可知道元俊哥哥心中有本兵书《九法》？”

临谷想起来之前挂在树枝上时，寂庵所说来自于华夏兵学修道士的兵书《九法》那番话，临谷说：“如果元俊哥哥能出来，我即刻死去也少了一半遗憾，我对不住种子库也对不住元俊哥哥。”

寂庵说：“临谷，你为什么一定要想着去死？你这样死去一入轮回又怎么保证能再遇见佛法？”

临谷说：“若来世不能遇见元俊哥哥，不能完成自己心爱的事业，就算遇见佛法，又有什么意味呢？”

寂庵叹口气说：“临谷，无论是遇见元俊哥哥或者完成你的一番事业，首先你得要拥有一个人身，才能让元俊哥哥与你相遇啊。”

临谷说：“我死了还会再轮回吗？”

寂庵说：“你是说此生与元俊哥哥缘分不能继续了，期盼来世？”

临谷听见此语，流出眼泪。

寂庵说："临谷，一失人身万劫难复，你怎么能保证你还能做人？"

临谷还未想过这个道理，寂庵师父的话又让她信服。

寂庵又说："大修行人转世之后能记得若干前世，这一世临谷你修行过吗？"

临谷心中一痛："我没有。"

寂庵说："你对来世只有妄念，却无信心。"

寂庵见临谷露出未听懂的神色，便接着说："元俊哥哥在军中立愿要舍身护卫国土，这是在行施无畏，他心中念念不忘将来再回圣果寺修行，内外兼修，对来世有正念。临谷你为种子库呕心沥血不惜以命相保，若你能减少些血腥，再有缘同元俊哥哥一样修习，便是最称心如意的。"

临谷含泪道："寂庵师父说得极是。"

寂庵对她点头说："元俊哥哥心中有兵学奇书《九法》，我当年亲自得到过华夏兵学修道士教学，因此得知华夏大地上的一些地脉，元俊哥哥也因《九法》得知种子库建在其中一条地脉上，这就是元俊哥哥的转机。"

临谷随着寂庵这话转了念头："如果元俊哥哥能有转机，那么，种子库也会有转机？"

寂庵点头道："是的，我们脚下的大地是有人守护的，我们不是孤独地活着，因为你与谷物博士们尽心爱护，库里面的种子也健康地活着，所以临谷你要有信心。"

临谷说："我的命只剩片刻，还能有什么信心？"

寂庵说：“我们都会有死去的那一刻，只要你能为来世发愿，你就能看见信心。”

临谷看着寂庵：“如何为来世发愿？如何才能看见信心？”

寂庵说：“发愿皈依佛法，就会对生命有信心。”

临谷说：“皈依佛法？”

寂庵点点头。

临谷说：“若我皈依佛法，来世可有机会能继续完成我的一番事业，也能不忘记元俊哥哥？”

寂庵说：“只要是发心为众生，我佛慈悲，定能帮助临谷施主。”

临谷说：“寂庵师父快教我如何皈依佛法，我命不久矣。”

寂庵双手合十，对临谷说：“你跟着我发愿即可。”

临谷点点头正欲说话忽地感觉身体内一口气接不上来，便喷出一口鲜血随即昏死过去，那些鲜血落在她的下巴上、素袄领上、脸颊旁的雪地上。

寂庵见状，急忙呼道：“临谷！临谷！”

旁边的天竺僧人摇着头说：“小和尚，她死了！”

寂庵听了，伸手指在临谷鼻下试探呼吸气流，然后对天竺僧人说：“好像还有很浅很浅的气息。”

天竺僧人说：“就这一丝气还未断了。”

寂庵听了，合十念道：“南无阿弥陀佛！”

天竺僧人又说了句：“我还未问她是不是我等的那个赵昱呢？”

寂庵说：“天竺师父，临谷施主这样了，还怎么问呢？”

天竺僧人对寂庵说：“可以借助佛力。”

天竺僧人又对寂庵说："小和尚，借你身上一物，你可愿意？"

寂庵听后立即点头："天竺师父，小僧愿意！"

天竺僧人伸出手掌："将你身上佩戴的世尊舍利给我。"

寂庵说："天竺师父，我并没有世尊舍利。"

天竺僧人笑道："就在你戴的佛珠里面。"

寂庵的佛珠戴了好些年了，却从不知道里面有世尊舍利，世尊舍利这可是价值连城之物，通常有了世尊舍利都会修庙建塔供养。寂庵并不相信自己佛珠里面会有舍利，既然天竺师父这样说了，寂庵便将佛珠取下来双手放在天竺僧人手中："天竺师父，你看吧，这是一串很普通的佛珠呢。"

天竺僧人亲切地对寂庵笑道："小和尚，给你舍利的人没有对你说破，是不希望因此给你带来不便与危险，只祈求你能时刻得到世尊护念，真是深爱你才如此用心良苦。"

天竺僧人将寂庵佛珠上的那一个鸽子蛋大小坚硬的黑木观世音像托在左手掌心，右手指着黑木观音像说："世尊舍利就在这里面。"

寂庵记得自己4岁生辰那天妈妈将黑木观世音像给自己戴上，及至后来出家又将这黑木观世音像穿在了日日佩戴的佛珠上，寂庵再没有想到过这像里面会有舍利子，还是尊贵的世尊舍利，也未听妈妈提及过，可见得是妈妈一片苦心。

这黑木观音像是大宋最鼎鼎有名的木工道所制，木工道精于迷器制作，若不知道解法，一般人是打不开他的机关设计的。

天竺僧人笑道："世人好不容易有了几个出类拔萃精明能干的，可又不愿将这颗玲珑剔透心专注于脱离轮回的修行。"

天竺僧人托着黑木观世音像专注祈祷护念，然后寂庵看见黑木观世音像一层层像莲花盛开，莲花里面是一颗红色的舍利子，指甲盖般大小，圆圆的，鲜红欲滴，慈悲佛光氤氲其间，寂庵见了含泪合十目不暂舍。

天竺僧人指指面前地上昏迷过去的临谷，再问寂庵："世尊舍利是天地间无价之宝，我用在她身上，小和尚你可舍得？

寂庵点头："舍得！舍得！"

天竺僧人笑笑，一面念着六字大明咒，一面俯身伸手将舍利子放在临谷眉心，舍利子逐渐隐入临谷眉心。

舍利子刚入眉心空间，寂庵见临谷游离身体的那口气即刻回转，深深吸入一口气后临谷睁开眼睛。

天竺僧人对寂庵说："小和尚，你问问她是否还有一个名字叫赵显？"

寂庵点点头，看着临谷说："临谷，你感觉好些了吗？"

临谷迟疑道："我已身在黄泉？"

寂庵说："临谷施主还未舍寿。"

临谷心中叹口气："不想还能见到寂庵师父。我此刻感觉好多了，不疼也能顺畅呼吸。"

寂庵说："天竺师父问你是否还有一个名字叫赵显？"

临谷说："我一直叫赵临谷，从未用过赵显这个名字。"

寂庵想了想，再用天竺语问天竺僧人："天竺师父，你说的赵显两字是怎么个写法？"

天竺僧人用右手指在左手掌心写着"赵显"两个字："这个我记得，当初师父写给我看过。"

寂庵认真看着天竺僧人手指下的笔画。

天竺僧人说："师父让我在此等这个叫赵昱的皇族，还嘱咐我在没有等到赵昱之前不可擅自圆寂了。"

寂庵将天竺僧人的话翻译给临谷听，将赵昱两字也说与临谷。

临谷将自己知道的皇族中人想了个遍，很是歉意看看天竺僧人："我所知道的皇族里面并没有一个叫作赵昱的。"

寂庵也很遗憾地告诉天竺僧人。

天竺僧人对临谷说："不是就算了，我要去入定了。小和尚，我看你聪慧有趣，你若愿意在此入定修行，我们可做邻居。"

寂庵说："天竺师父，小僧修行尚浅，目前还不能像天竺师父您这样入大定。"

天竺僧人点点头："我去入定了，你有什么打算？"

寂庵平日里听师父讲，有的高僧性情坦率如孩童一片天真烂漫，如有必要只要肯至心相求，这高僧说不准会帮忙的。

寂庵见天竺僧人这样问，便拉着天竺僧人的衣衫："天竺师父，你帮帮我们吧，这里冰天雪地人迹罕至，临谷命悬一线，无论生死我都想带着临谷回到上面去。"

天竺僧人说："佛舍利可让她死前身心安宁。"

临谷看情景就知寂庵苦求天竺僧人是因为自己，她对寂庵说："寂庵师父，不要为难天竺师父了，我死了就死了吧，若元俊哥哥真的能大难不死，你记得告诉元俊哥哥，是我对不住他。"

天竺僧人让寂庵翻译给他听，寂庵便说了，天竺僧人听后哈哈大笑："痴人啊，此时万般情谊，一轮回，便什么也不记得了。"

寂庵听了明知确实如此，只是心下不忍，临谷问他，他便将天竺僧人的话翻译了。

临谷说:“那要怎么样才能记得?”

寂庵如此问了天竺僧人，天竺僧人沉思后，一拍手哈哈笑道:“这个有趣，我有个法子，可了她心愿，又可减少我一个麻烦，你问她可愿意试一下?”

寂庵对临谷翻译了，临谷答道:“只要来世能不忘了种子库不忘了元俊哥哥，什么法子我都愿意一试?”

天竺僧人听了便说:“世人只知道地面上的事情，却不知这个地面自形成以来发生过的事情太多了，有的消失在宇宙间，有的留在这里，留在地下!”

天竺僧人站起身用脚踩着自己身下的地面:“我在这里很久了，除了等一个叫赵显的人，还在守着一个两次大洪水之前的一个器物，这器物在我之前是我师父守着，他往生了就将这器物让我守着。我不喜欢它，想将它移走，却一直没有一个能说服自己又不违背师命的理由，现在有了，我用它来帮助这个人完成她的心愿，一举两得!”

天竺僧人还让寂庵告诉临谷，让她快些做决定:“如果她愿意，便将她放在一个器物内，有世尊舍利护佑，可暂缓轮回，给她一个努力获得转机的时间。”

临谷听了立即就答应，说愿意一试，世界上没有比忘记自己理想与最爱更可怕的事情。

天竺僧人听了哈哈大笑，走至临谷身前弯腰从临谷眉间小心拿起那颗红色的舍利子，在天竺僧人拿起舍利子一瞬间，临谷感觉到无比的轻松与自在，轻飘飘地就立起来站在天竺僧人与寂庵之间。

临谷感到四周的风似乎很大，似乎要将自己吹到天边。还好很快就有一道红色的光如衣服一样包裹在自己身上，让自己稳住了身体。

这般大风却一点不曾吹在天竺僧人与寂庵身上，似乎这风与他二人无关。

临谷不由得拉着寂庵身上衣服，寂庵对她解释道："这风是临谷施主自己的业力所致，每个人总会随着自己的业力飘摇。"

临谷忽然看见还有一个自己躺在地上，天竺僧人让寂庵告诉临谷："她与她身体再无瓜葛，此时站在这里的是她的神识。"

地上的临谷素袄上、脸颊上、身旁的雪地上好多血迹，双眼紧闭，面无血色。

天色暗下来，舍利子让三人处在柔和清晰的视物光景中。

天竺僧人让寂庵站好勿动，他走了两三步回到自己打坐入定的冰雪堆处，面对那一处冰雪岩石，双手合十专注念诵，山谷里开始回响他念六字大明咒的声音，渐渐地寂庵与临谷看见天竺僧人面前冰雪岩石间逐渐开了一道门，天竺僧人转身对寂庵说："小和尚，快带她过来！"

寂庵带着临谷走过去，临谷心中虽有迷糊害怕，但平生冷静专注的业力又让她的神识保留了冷静的习性，她跟在寂庵身后，等待天竺僧人的安排。

这个世界上若有什么神奇的事情发生在天竺僧人身上，是再自然不过的。何况接下来不过是将我们这颗行星上的一段历史推出行星，让这段历史在宇宙间距离我们很近的月亮上面去停留。当我们的心愿够大、科技越发展，我们就会发现太阳系很小，又更何况月亮与我们居住的行星，不过就是从这个村子到达另一个村子，或者是从这个房间走进那个房间。

跟随着天竺僧人进门，寂庵与临谷看见一个很开阔的大厅，大厅内壁平整光滑，偌大个厅内柔和明亮的光线来自于壁间，大厅内远不同于外面冰天雪地，这里温暖如春。

在山里面开个大厅大库什么的，临谷一点也不觉得奇怪，因为种子库就是这样设计建造的，只是这很大很高的大厅中间安放着一个约十丈长三丈高椭圆形状的大器物，却不知这个大器物是什么？用来做什么？

宋代时人们不认识宇宙间全封闭式的航天飞行器，这是很正常的事。

天竺僧人指着飞行器对寂庵与临谷说：“这器物上一次出现差点惹来祸端，所以我师父往生前又命我守好它。”

寂庵问：“天竺师父，这器物有何功用？可否上天飞行？或者入海潜行？”

天竺僧人哈哈笑道：“若无这些功用，便只是一堆废物，如果只是一堆废铁类，又何用我在此守着？”

寂庵笑道：“依照天竺师父所说，这器物既能上天，也能入海？”

天竺僧人认真地看着寂庵，然后回答：“小和尚，我是跟随世尊修行的出家人，出家人不打诳语！”

寂庵听了，认真地点点头。

寂庵对天竺僧人说："《庄子》《山海经》《梦溪笔谈》《史记》等好些书里面记载过飞行器，有的是这般椭圆，有的是浑圆形，还有如方形、三角形，等等，不一而定。"

寂庵说罢又问："天竺师父，此物为何在此处？您刚才说这是两次大洪水之前的器物，沧海桑田，两次大洪水，应该是很久远很久远了，刚才您说这飞行器差点惹祸，因此在您师父之后您又守着它？它对世人有何不利之处？"

天竺僧人听着寂庵这一番不停地询问，慈爱地笑道："小和尚，我看你不是个多话的性子，怎么这会儿说个不停？"

寂庵挠挠头，有些不好意思地笑道："天竺师父，小僧有什么便问什么，您别笑我了。"

没有了皮囊的诸般束缚，临谷的神识站在寂庵身边，看着天竺僧人与寂庵的对话，似乎已完全懂得他们所交谈的内容。

天竺僧人指指临谷，再对寂庵说："这临谷失去人身，已是另一个时度的一束神思，依靠佛力护持才得以暂缓轮回，停放飞行器的这个大厅虽在行星上，可也占着两个时度空间，这个世界的事物与时间，微妙不可言。今日我们这番际遇，若换作旁人，那头脑顽固难化的定会被我与这些器物吓个半死。小和尚你还如此淡定活泼，可见慧根深种。"

寂庵笑道："天竺师父，我读过《起世经》，若今日被这些际遇吓到，还怎么有心胸与气度去了解无边宇宙与多层时度？"

天竺僧人点头笑道："小和尚好好修行，要学着世尊行止，守护众生造福众生。"

寂庵合十："阿弥陀佛！天竺师父，小僧谨记！"

天竺僧人指着飞行器说:“此物并非来自天外，它是我们这颗行星上的人所造。”

寂庵点点头，同临谷一道认真听着。

天竺僧人接着说了这飞行器的来历:“我们生活的这颗行星，形成至今，已经历好多回的沧海桑田，如果不是以往那些聪明人太过聪明的话，这颗行星如今的生存条件应该更好，小和尚你要知道，好的生存条件是为了什么?”

寂庵答道:“是为了给生命更好的修习环境。”

天竺僧人点头说:“一个太阳一个月亮所照的范围，为一个小千世界，我们这颗行星，就在这一个小千世界内，它经历的沧海桑田好多次都以大洪水为终结，以大洪水为开端。无数次沧海桑田内，人们不断在寻求发展，或者是要将这地上的高楼用金银铜铁石与光能的混合元素一直建造到月亮上去，或者是用药物让肉体永久不死。他们以为月亮上就是天上，以为离开脚下的行星到了月亮之上，就可以脱离人世间的一切烦恼，哪里知道即便到了月亮之上，他们仍然在轮回之中，这生老病死、爱恨离别等之苦，依然随业受报，哪里是这样就逃得开的?”

寂庵指着大厅内的飞行器问:“以天竺师父所讲，两次大洪水之前便有了这飞行器，制作这飞行器的初衷可是为了脱离烦恼?”

天竺僧人点头说:“两次大洪水之前的一段岁月中，我们脚下这颗行星上的人们用聪明的头脑与技术不断改善行星上的生活，制作出可飞行至月亮上的飞行器，他们要将月亮建造为有别于行星的天堂，飞行器很成功飞行到了月亮之上。到了月亮之后，他们开始感慨自己寿命还不够长，不够逐步地去了解与改造月亮，不够将行星上最好的物质全部带到月亮上，也不够在月亮上面得到足够的愉悦享受。当时能够有条件去制造飞行器与乘坐飞行器的是这颗行星上聪明又富裕的几个顶尖族群，这些人在深入了解月亮上建造月亮城市的同时，也在不断寻找炼制可以延长自己生命的药物。于是，这些聪明人一方面逐渐建造穹顶笼罩下的月亮城市，一方面炼制药物。”

寂庵说：“天竺师父，宇宙很大，即便到了月亮即便有了可以让身体寿命延长的药物，那也还是在轮回之中，终究是梦幻泡影。”

天竺僧人叹口气：“小和尚啊，所以说佛法难得。两次大洪水之前那个长长的时期内，这个行星上的人们并没有遇见佛法的因缘，他们只相信技术与权力。以为发展技术拥有权力就可以脱离苦恼获得永久的快乐，哪里知道却因此造成了行星上又一次的灾难。”

寂庵看着眼前偌大的飞行器说：“天竺师父，他们造出了这个可以在此地与月球之间自由来往的飞行器？”

天竺僧人说：“他们不只制造出了这一个飞行器，还制造了好些，他们一面在行星上制造飞行器，一面在月亮上建造穹顶下的大城市，大城市建造好了，能够优先去月亮上生活的自然是族群中最富裕最有权力的那部分人，吃得好住得好，似乎到达了他们心中的天堂，唯一不足的就是寿命。”

寂庵说：“天竺师父之前说他们开始炼制药物以求长生？”

天竺僧人点头道：“他们用行星上的植物炼制药物，但炼制出来的药物并没有达到理想的长生不老的效果，于是他们开始用行星上的动物来炼制药物。微小生物、小型动物与更大型一些的动物他们都试过，最后在炼制的过程中炼制出了全新的微小生物，刚开始服用含有这些微小生物的药物时，确实达到了身强体壮焕然一新的效果，可是一定时效之后，自然的衰老又开始出现，于是他们继续服用，渐渐地加大了剂量。加大剂量之后药物内的微小生物便不能正常被人体排出，留在体内的微小生物几十年、上百年地积留下来，服用药物时间越长剂量越大，体内微小生物积累也就越多。微小生物达到一定数量后便开始有了自己的意识，这些有了自主意识的微小生物就像是蛊毒，不过它们来源于数种生物混合炼制而成，因此对人体的伤害比蛊毒更为厉害。它们在人体内增多繁衍，繁衍的后代药性越强毒性也就越强。以至于很久之后，这些药物开始控制服用它的人类。”

寂庵问：“天竺师父，那时最富裕的族群才有财力与权力炼制服用长生药物，绝大部分普通人就随着自然生老病死了？”

天竺僧人说：“是这样的，最富裕的那群人因为服用药物增长了很长寿命，他们用自己掌握的知识与财富建造飞行器、完善月亮穹顶之城，也不断炼制药效更持久的长生药物。”

寂庵说：“难道他们之中就没有明白清醒的人吗？”

天竺僧人笑道：“小和尚，有人的地方就会有各种争斗与苦楚，除了人与人之间的利益之争，那时行星上各个族群之间总是会有一些大大小小的战斗，现在也是如此，一直如此。即便有相对明白的清醒的人，若没有好的解决办法，也还是免不了随波逐流。”

寂庵问：“他们既然能够乘坐飞行器去月亮，为何不能避免大洪水？”

天竺僧人说：“如果人与人之间没有争斗，族群与族群之间没有争斗，人自己的内心干净没有贪嗔痴，那这个世界就清净了。”

寂庵笑道：“天竺师父说的是，我们这个世界叫作娑婆世界，意思就是难忍能忍。”

天竺僧人接着说：“在没有发起无上菩提心之前，人们是不容易看见希望与未来的，他们会认为通过技术与战争可以获得未来。在制造出飞行器的同时，各种战争的武器也制造出来了，这些武器一是用来保护有资格服用长生药物的那些人，再是用来保证自己的资源永不被他人攫取。”

寂庵说：“大家都这样想，如果一旦发生战争后果就很严重了。”

天竺僧人说：“争夺建造月亮穹顶之城权力的战争与争夺长生药物的战争是同时爆发的，谁先拥有了月亮穹顶之城，谁就可以控制月亮下的行星，可以用各种资源的配给来奴役数不清的行星上的普通百姓。”

临谷听了叹口气：“这样一来，普通百姓播下的种子也会被控制住吗？”

天竺僧人说：“食物的种子关系到百姓生存，用权力管好种子是造福百姓，可是用权力来控制种子以达到奴役百姓，那就是一场灾祸。”

临谷含泪点头：“是这个道理。”

天竺僧人继续说：“长生药物毁了最聪明的族群，战争毁了当时的行星。当时战争的起因与过程说起来就太长了，简短地讲，几个显贵族群之间一场最后的大战毁坏了环境，战争引发的地震与海啸又造成行星上极大的洪水泛滥与疾病传播……总之后来我们脚下的行星消停下来，人快死光了，这些情景与大洪水的发生也不止一次两次，怎么就不能永远消除？总是这样循环往复地永不见悔改。”

天竺僧人说罢叹口气。

寂庵问：“天竺师父，刚才您说这飞行器可以帮助临谷完成心愿？”

天竺僧人点点头：“我带你们进去看看，如果临谷愿意，倒是可以帮她达成心愿，不过这也要看她的胆量与毅力。”

天竺僧人走到飞行器前面正中，在中央靠近地面处按动飞行器机括，飞行器中央便渐渐打开一扇两肘宽的小门，小门内缓缓出来一个四五步的小阶梯。天竺僧人带着寂庵与临谷踏阶梯从小门进去，飞行器不知是用什么材料建成，看它的长度内部应该有很多功能间，天竺僧人直接将寂庵与临谷带到了中央的一个房间内，房内四壁排列很多机键，房内的光从飞行器内壁发出，明亮不刺眼。

寂庵正要请问，天竺僧人提前摇手制止：“小和尚莫问，我知你聪慧好学，若一直回答你恐十天半月都不够，还是先完成她的事情。”

房间中央一张半人高的长台，长台上面平躺着一个普通身高的人，看打扮与模样应该是个二十出头的年轻女子。这个女子给人很古老很古老的感觉。

天竺僧人、寂庵走上前去，临谷也上前去观看，很古老很古老的年轻女子看上去像是一位熟睡中的华夏女子，皮肤细腻，脸庞清瘦，两眼轻闭，睫毛浓密，清晰的柳叶眉形，鼻梁不高不矮，嘴唇不大不小，虽不及临谷一半的美貌，但观之温柔可亲。

这女子两鬓的黑发束成小辫轻轻拢在耳后，其余头发散在背后与两肩，一身衣服如华夏故事中淑女右衽的服饰装束。

天竺僧人指着这个女子说："这就是两次大洪水之前的人，如果一次大洪水以十万年为计数，她应该是二十万年以前的人。"

寂庵与临谷听了，便很认真观察这个熟睡般的年轻女子，寂庵不害怕是因为心中有大乘佛法，临谷不害怕是因为她此刻是一束神识。

寂庵说："天竺师父，这位女施主像是睡着了一般。"

天竺僧人说："刚才我给你们讲过两次大洪水之前，这颗行星上有一个族群炼制长生不老药物。台上睡着的这个女子正是长期服用了长生不老药物，以至于后来身体被药物里面的极端变异的微生物控制。"

寂庵说："如果人的身体被如此控制，那会有成为行尸走肉的危险。"

天竺僧人点头说："正是这个道理。"

寂庵问："天竺师父，这个女施主被药物控制得严重吗？"

天竺僧人说："岂止严重，这个身体原本的主人服用长生药物过量，早已死去，而这个身体却活了下来，主宰这个身体的正是长生药物里面那些极端变异的微生物。二十万年不腐化，可知当时那些药物炼制到了如何一个邪度！当时很多人因为长时间服用药物过量变成行尸走肉，这些行尸走肉非但不死且还参与一直没有停歇过的战争，疯狂的战争中最有权力的族群乘坐飞行器到达月亮，以求逃避与强行停止可怕的战乱。在逃往月亮前，他们对地面使用了最厉害最可怕的武器，那些武器一次几乎杀死了地面上百分之八九十的人类与动植物。可是到达月亮穹顶之城后他们发现，他们之中又开始出现了服药过量的行尸走肉，而且这些行尸走肉的数量在增加，可怕的疾病又开始在穹顶之城蔓延。地面上的战争能够逃避，可是逃到月亮上，仍然逃不了自己变成行尸走肉或者自己被行尸走肉用极端武器杀死的命运。”

寂庵说：“天竺师父，穹顶之城后来成为废墟了吗？”

天竺僧人说：“我的师父告诉我，穹顶之城里面堆满了废弃毁坏的飞行器与尸体，那里逐渐失去了生活的条件，再加上地面上的极端之战，只有大洪水才能停止这种疯狂。大洪水之后很多年的沧海桑田，人们生活中的一切技术又从头开始。人们不相信大洪水之前这个行星上曾经有过可以在月亮上建造城市的历史。地面上看不见遗留的飞行器与极端武器，似乎什么都没有发生过。”

寂庵说：“天竺师父，我们此刻站立的飞行器是如何留存至今的？”

天竺僧人说：“月亮上穹顶之城也发生过战争，而且越演越烈，这个飞行器是为了躲避战争才不得已要回到地面，哪知道回来时看见的地面已是洪水滔天，地壳移行。这个飞行器内如今只有这一位华夏人外形与装束的女子，当时还有七八人一同乘坐此飞行器回来，回来的人都是服用过长生药物的，因为尚未发病，他们便同行逃生。回来后在满地的大洪水之中找到这个相对安全的地方，在此处停留下来，不久这些人又开始陆续发病，自相残杀，最后发病的就是这位女子——”

天竺僧人指着台上沉睡的女子，接着说：“当时这女子见同行人之中开始有人发病，而自己也是服用了百多年的长生药物，发病也是迟早的事；她又心有不甘，宁愿自己默默死去也不愿被人杀或者自己发病后杀死别人，所以她带了些食物远远躲在一个深深的山洞之中。过了些日子食物吃完了便悄悄回去查看情况，她在飞行器上发现了所有同伴的尸体，而此刻，她的身体也开始出现异状，她便知道自己离死已不久了。深埋了同伴破碎的尸体后她将自己关在飞行器内，趁着尚能支配自己的思想与行为时，她开飞行器在行星上空飞行，看见大洪水与满目疮痍的城市废墟，往昔播种的土地已被淹完，剩下不到十分之二的人群正在饥饿与疾病中死去。孤独、惊恐与不忍开始促使她反思，在她与族群服药长生的几百年内到底获得了多少真正的快乐？她很清楚炼制长生药的元素与制造极端武器需要耗费的财力物力与人力，有一些时间她甚至羡慕过正常寿命的普通人，有些普通人在地面认真生活与劳作也能得到畅心的快乐。月亮穹顶之城极端奢侈的生活并不是城里人自己工作所得，而是不断从下面行星上攫取而来的。不断地攫取与压榨引发战争，战争毁了地面到穹顶之城的一切。灰蒙蒙的天空只有她的飞行器，穹顶之城只剩下她一个正在被变异药物不断加深控制的女人，而她又不愿带着绝症回到地面极少的幸存人群中，从来没有过的寂寞与无助也从来没有过的极度不忍心让她开始思考可以为剩下的人类做些什么。后来她想到穹顶之城存放粮食与种子的仓库。”

天竺僧人说到此处，临谷不由得“啊！”了一声：“想不到那次大洪水竟然让地面没有了可以播种的田地与种子。”

临谷看着面前台上沉睡中的女子，不由得对她生出一分好感。

天竺僧人与寂庵微笑着看了看临谷，天竺僧人继续说：“她回到穹顶之城，那里已是死寂一片，只有剩余的能量让城市没有被毁坏的设施继续运行。城市穹顶之外看不见一颗星星，是陌生到令人敬畏的月亮大地与茫茫夜空。她在腐臭的尸体间走动，找到存放食物与种子的仓库，想办法打开冷库将食物与种子搬运到飞行器上。这个飞行器上面只有一间可以长期存放食物与种子的冷库，她先将种子装满冷库，再将食物装满其他的地方。开着飞行器回到行星上空，找到幸存的人群投下食物，这些食物还没有投完，她的病已发作得很厉害了，她本想再坚持，后来忽然想到自己如果发病很可能会让自己的病毒传染，传染到食物，会让接触食物的人发病，传染到种子则更可怕，会让田地与长出来的粮食生病，粮食生了病变异后会更大面积传播给吃粮食的人们，这样下去，这颗行星就真的一点希望也没有了。她只好趁着头脑清醒的时候将飞行器开回到人迹罕至极其隐秘的此处，并死死封闭了存放食物的房间与存放种子的冷库，然后她找出药物要结束自己的生命与自己体内不断繁殖变异的病毒，使用药物之前，她将穹顶之城的故事与自己的际遇写了下来，刻制在飞行器这个房间的墙壁上。”

天竺僧人说着指指这房间的四壁，寂庵与临谷环顾四周，房间不知什么材料制作的，墙壁上刻满了符号，那些符号是两次大洪水之前这个行星上人们使用的文字。

临谷问:“天竺师父，她就这样服药毒死了自己与体内的病毒?”

天竺僧人合掌道:“阿弥陀佛！这个女子留下这些记载后，关闭好飞行器回到房间躺在这个台上给自己注入了剧毒。从此这个飞行器与这个女子的故事在此处沉寂。外面的世界随着时间推移，沧海陆续变作桑田，大地上又开始新一次的文明，十万年的时间让这一次的文明发展到可以使用光当作无所不克的武器之时，大战又不可避免地发生了，一切能够想到的惨烈继续上演，直到大地震引发出海啸，桑田再一次变作沧海。这个女子在此沉睡了十多万年。行星自我修复之后，生活又开始继续，再过了几万年，有人无意间发现了这个地方，而且打开了这个两次大洪水之前的飞行器，也发现了飞行器内的一切，他们还惊喜地发现台上这个二十万年前的女子似乎还有生命迹象，于是他们决定搬走飞行器内的一切还有这个令他们百思不得其解的女人。他们没有想到过这样做可能会给当时的行星带来毁灭的危险。在他们已开始动用器械搬动时，被人制止住了，制止他们的人自称是华夏大地的修道者，这些华夏修道者不允许他们以此破坏华夏大地的时度平衡与安全，修道者短时间内将知道此处的人全部解决掉，然后此处便一直由一些修道者密闭看护起来。再后来，我的师父在天竺听从安排也到此守护，我师父往生前又令我来此入定顺便与那几位华夏修道者一同守护，还让我等一个叫作赵显的人。说等到后让我带赵显去一个叫作萨迦寺的地方，然后，我的使命才算完成，我才可以去圆寂。”

听完天竺僧人所讲这飞行器与这远古女子的来龙去脉，寂庵双手合十道："阿弥陀佛！天竺师父与华夏修道者是这块大地生灵的守护者。"

天竺僧人说："天竺僧人也好，华夏修道者也好，我们是在尽我们的力量行事，可生灵的安危最终还得看人们肯不肯回见智慧，肯不肯用智慧来断离一次一次的沧海桑田。"

临谷听完之后对"赵昰、皇族、萨迦寺"思索再三似乎有所领悟，想到如今朝中一些事件与前途不由得黯然伤神，她问："天竺师父，您带我来此，我能做些什么吗？"

天竺僧人对她说："你之前希望能够不忘记自己的理想与所爱？"

临谷点头道："是的！"

天竺僧人说："你已尽形寿，外面雪地上便是你的尸体，现在的你是一束神识，本应该即刻随业力流转，若非世尊舍利子佛力护持，哪里能够还与我们在一块？"

临谷点头道："天竺师父，舍利子能让我不忘记理想与所爱，我何德何能，感觉竟然如此惶恐。"

天竺僧人说："你若只有舍利子护持，却不知佛法的深意，倒真是可惜了。你要知道上两次大洪水之间，这颗行星上可是没有佛法出现的，人们无从听说佛法，更何谈出离轮回得到永久解脱？"

临谷说："学习佛法可以从轮回中永久解脱吗？"

天竺僧人说："若非如此，世尊又何必来此世界示现？"

临谷学着寂庵那般双手合十："请天竺师父赐教。"

天竺僧人指着台上沉睡般的远古年轻女子，对临谷说："依靠舍利子佛力，你可在此人躯壳中暂住，此身体还有生命迹象，你正好可以帮忙解决长久以来留在这个行星上的一块心病。你可愿意暂时以此躯壳作为神识的临时居所？”

临谷笑了一下：“天竺师父，我从一离开自己那个身体随着您与寂庵师父遇见的这些见闻后，我对一些事物已有了与往昔全然不同的认识，我对大宋这块土地有很深的感情，也很愿意为此出力。”

天竺师父说：“我教你怎么将这个飞行器开动，它会飞回到月亮上那个穹顶之城，这样便清除了行星上这块心病！”

天竺僧人说到此拍拍自己脑袋，再合掌笑道：“阿弥陀佛！这便是师父让我在此等待赵显的缘故之一啊，有了赵临谷这一番际遇，加上小和尚寂庵所带来的世尊舍利，师父，我明白了，我全明白了！”

天竺僧人对临谷说：“你到了穹顶之城，切莫胡乱思维，最好暂时依附这女子的身体，有时候身体的束缚是为了时时提醒你，莫忘人身诸苦从而踏实精进修行。”

临谷点头道：“是，天竺师父说得是！”

天竺僧人接着说：“我再传你六字大明咒，你是怎么样时时不忘理想与爱情的，你就怎么样时时莫忘六字大明咒，时间长了，慧命增长，六字大明咒自然能帮你圆满心愿。”

临谷问：“天竺师父，我还能回到大宋吗？”

寂庵知道临谷这样问是因为到了月亮后，就再无与种子库与元俊哥哥见面的机会，寂庵心中感慨情之痴，果然是会障碍往生的。

天竺僧人对临谷说："你只要到了穹顶之城，就好好待在飞行器与这女子躯体中努力修行，以后的事以后自然就知道了，切莫散乱心思胡思乱想。你只要努力精进就会有努力精进的际遇，你若胡思乱想也就只能有胡思乱想的际遇了。"

临谷认真听了，点头道："好的，我记住了。"

临谷做事是何等有毅力且决绝，所以她说自己记住了天竺师父的话，天竺僧人与寂庵也相信她会依此而行。

接下来，天竺僧人将六字大明咒传于临谷，临谷用全部神识牢牢记住了，她已清楚知道要想拥有自己想要的将来，就必须做好这件有益于行星的大事以及依六字大明咒开始修行。

天竺僧人将临谷与寂庵带到飞行器驾驶室，教会了临谷怎么使用后，天竺僧人与寂庵便要与临谷告别。

临谷说她会封闭好飞行器，她会像天竺师父那样好好守护飞行器，如果上天允许，她希望能等到有智者来穹顶之城彻底清除隐患。

天竺僧人说赵临谷与那远古女子还真有些性情上的相似之处。临谷笑道这样我才能依附在她躯体中。天竺僧人让她放心，有舍利子护持，在那躯体中依附时可永保无虞。

临谷点点头，微微笑一下，与寂庵与天竺僧人道别。

寂庵对临谷笑了笑，合十作别。

天竺僧人带着寂庵出了飞行器，到大厅上方石室内，这间小石室有一个窗口可以看见外面的雪崖与天空，天竺僧人与寂庵站在窗口前。

寂庵很小就跟着妈妈学过系统的地理与天文学知识，他从窗口看着夜空上星辰的位置，再想到山谷与崖底的位置，想了想然后说：“天竺师父，我们此刻站立的这间石室，再往上一点，就是种子库所在的位置了。”

天竺僧人点点头，指指窗外。

飞行器启动后从大厅内破壁而出，大厅最外面的崖壁轰然破裂，上方石室内的天竺僧人与寂庵随着脚下石层震动晃了下身子，寂庵赶紧伸手扶住天竺僧人，这是自幼养成爱护身旁人的下意识动作，天竺人看了看寂庵，赞许一笑。

震动很快停止，天竺僧人与寂庵从窗口看着飞行器向着月亮而去，天竺僧人说：“人在六道中轮回，竟然忘记了哪里才是真正的家乡。”

因为飞行器破壁而出，大厅与上方的石室就有了缺损，这缺损还影响到再上去一点的种子库。种子库所在是华夏大地最强的三条地脉之一，一直以来有华夏修道者守护，这地脉从不属于皇族与财团，它属于行星上所有的生命，地脉强、净，则行星的生命力就强、净，地脉若被污染或者被跨纬度时空的生灵所占据，则会影响到行星上人们正常的休养生息。

跨时度的技术并不代表就可以将生命从轮回之中带离出去，我们这个行星上又不是没有经历过极其尖端技术的时代，那些时代是一个又一个机会的话，这些机会也在尽全力去解决人类所需要的，可人类性格中的“刚强难化”四个字，始终是一重障碍，更何况还有很多信息迷惑着我们的时光?

少年寂庵这一段所见，让他更坚信在《楞严经》中所学，也成为他下决心传播正法的愿力之一。希望更多的人们在使用尖端技术前能有无上菩提之心，这样的愿力下，技术方能真正造福十方世界。

再说那日夜间，大宋天下谷物种子库所在的山谷以及四周邻近的人们都听到了种子库所在的山谷中传出轰轰声，然后是崖石开裂，再接着是低雷轰鸣，大地微微颤动，于是很多人出门查看究竟，结果看见种子库方向的山谷中一个约十丈长椭圆形状的神秘之物发着光冲天而去，越飞越高，越来越远，越来越小，竟然向着天上的明月飞去，最后似乎已飞入月亮一般不见了踪影。这事次日下午便在成都的邸报上可以读到，再一日汴京以及大宋其他如襄州、齐州、应天府、京兆府、杭州等大城市的报纸上皆转载，大宋百姓为此津津乐道了好些日子。

其实那日因为崖底震动，毁坏了种子库底部，将其间一小冷库的底部裂开了一道一肘宽的口子。

震动停止后天竺僧人与寂庵向外走，在大厅时忽然看见七位道士装扮神采风骨非同一般的中年道士身背宝剑正在查看大厅上下震裂出来的地缝。这些道士看见天竺僧人与寂庵从上面石室下来，领头的道士向天竺僧人拱手道："无量寿佛！天竺僧人，你出定了？"

寂庵看情景便知这些道士与天竺师父是互相认识互知来历。

天竺僧人见他们行礼，便合十还礼自语道："阿弥陀佛！今日送走了这个飞行器，我的事情又少了一件。"

领头的道士看见寂庵，上下打量后问道："这小和尚慧根深具，是发愿在俗世间传法之人，为何在此停留？须知人生苦短，可得兢兢业业去做一番有益众生的事业。"

寂庵见问，便合十行礼，再次讲述了与清俊师父到此来的一番经历。

道士们认真听着，待他讲完后，领头的道士说：“你的师父清俊和尚，是蜀中安州城圣果寺清俊？”

寂庵合十道：“阿弥陀佛！正是。”

领头的道士说：“早年间我与清俊和尚在峨眉山有一面之缘，所谈甚欢，清俊和尚提及佛门止观，与我道门修行虽字面有别其道理却是相同。”

寂庵道：“观的时候止，止的时候也明白自己是在观。”

寂庵将这话用天竺语说与天竺僧人，天竺僧人听了点头含笑。

寂庵道：“能善分别诸法相，于第一义不动。”

领头道士听了点点头，然后问寂庵：“小和尚，你师父清俊和尚发心在俗世度人，此处跨多维度，俗世人绝少来此，你刚才所讲是领师父之命跟着临谷。若你不同来，临谷一事天竺僧人也会这般处理妥当，都说我道门中人古怪，我看你师父更古怪，让你来历这番险？小和尚你慧根深具，要懂得爱护身体，身体周全才能多行佛祖事业。”

这番话说得极为在理，寂庵听后想了想，忽然拍了自己脑袋一下：“我明白师父让我跟在临谷身边的用意了！”

寂庵接着说：“原来师父在谷夫子信中对谷中之事已深知，及至来此见到诸番情景，既对临谷充满同情也担心元俊哥哥的安危。师父让我跟在临谷身边，其实也是让我随时将元俊哥哥看在眼里挂在心中。师父此刻正在为谷夫子超度，否则师父一定会亲来照拂元俊哥哥的。”

寂庵说：“如小和尚前番所讲，元俊哥哥为了护种子库周全，永远封闭了种子库死门。”

领头的道士说：“种子库死门封闭时启动了偌大石壁，早已惊动我等，因为当时于地脉无碍我们也就不想过问，毕竟是俗世人事，我等只管守好华夏地脉便可。”

这七位道士不同于我们所见一般的道士，他们是古华夏大地上最为神秘的守护者，其传承来自于上古华夏修道士（古华夏修道士中还有七人数的兵学修道士一门，寂庵与华夏兵学修道士的缘分见《真歇清了·祖师之城》），他们自古就不愿意过问俗事。

寂庵此时虽已知他们的性格，可元俊哥哥的安危又是何其重要，先前天竺师父一直忙于临谷一事，寂庵根本还没有来得及向天竺师父提出帮忙的请求，不管能不能救出元俊哥哥，寂庵都会恳请。现在听这些修道士们所讲，他们在守护华夏地脉，既然种子库死门关闭时惊动了他们，方才飞行器破壁又惊动他们来查看地脉，也就是说他们照理会去查看种子库与地脉紧接之处，刚才的震动让大厅上下裂缝，说不准种子库也有了裂缝，种子库有了裂缝元俊哥哥得救的可能性就会加大。

寂庵对七位道士说：“飞行器破壁而出引发的地震，能让大厅上下裂缝，道长们也必定会查看地脉有无受损。种子库紧邻地脉，周边还有三个大金矿，道长们去查看时能否带上小和尚？小和尚必定要知道了元俊哥哥的情况，才能回去面对师父啊！”

领头的道士听了这话，眼光如剑盯着寂庵问：“小和尚你如何知道这条地脉上金矿的事？可是天竺僧人多嘴了？”

道士们看着天竺僧人，寂庵用天竺语将自己的想法与道士们所说翻译给天竺僧人。

天竺僧人笑着对道士们摇摇手，表示自己怎么可能说这些。

这七位道士与天竺僧人互为知晓，只是各自入定或者修行，并无交流，但是互相的修为与性情是深知的，天竺僧人摇摇手，道士们也必定相信他是不会多嘴说出此地脉上的三个大金矿。

寂庵见道士们误会天竺僧人，忙解释说：“我小时候有幸在汴京认识了一位翁翁，翁翁教习了我一本书，里面讲到了蜀中这条地脉以及矿藏，刚才在大厅上石室窗孔看见天空的星宿，对应着季节与星宿，我便知道这地脉与金矿无误。”

领头的道士听闻此语，深深看着寂庵的眼睛，似要看至庵心灵深处，他问寂庵：“你认识的那翁翁叫什么名字？传给你的书又叫什么？小和尚你可要想好了再回答，如若不属实，我等可不会手下留情，千百年来凡在此窥探地脉矿藏的人，总是会死在我等剑下，无一例外。”

旁边一位道士冷冷地提醒寂庵：“小和尚，你可知道这地脉上三个金矿的存在是为了稳定行星的环境。如果随意被人知晓胡乱开采，就会毁坏行星的自愈功能，行星的稳定一旦遭到毁坏，会给所有的生灵带来灭顶之灾。”

寂庵听了点头道：“那时翁翁也对我讲过道长这番话，除了金矿，行星地脉上稀有矿藏的存在均是为了稳定环境，古华夏修道士一代代精忠护卫行星稀有资源，也是为了护卫众生能有一个稳定的生活、修行的环境，否则，这些资源不是被糊涂之人开采便是被心怀叵测的星外生灵抢夺。”

七位道士听了这话点点头，领头的道士说："这话也是门内人才能说得出来。"

寂庵接着说："我在幼时有幸认识的那位翁翁是古华夏修道士中的兵学修道士，不知诸位道长是何道派？刚才听道长所讲，道长们必定也是一直在守护华夏大地，心怀慈悲，又如朗月仙风，道长们是古华夏修道士吧？"

七位道士听寂庵所言，颇为惊奇地看着他，华夏大地一直有守护者，越是极高的修道门也是越极为隐秘，除非他们自愿现身，否则常人根本无从知晓，神龙不见首也不见尾，只依稀听得其名。

寂庵见七位道士并不回答，便说："那位翁翁一直没有告诉我他的姓名，翁翁传给我的兵书叫作《九法》，我的妈妈说翁翁是九兵，后来在妈妈至诚恳请下，元俊哥哥也得到了兵书《九法》，元俊哥哥学有所成后一直在军中效力保卫大宋国土，现在元俊哥哥被困在种子库里，还请诸位道长们救救元俊哥哥！"

寂庵说着就愈发心疼元俊哥哥的处境，不由得"哇"地大哭起来。

天竺僧人见了，呵呵笑道："小和尚，怎么又哭了？"

七位道士悉心观察，见寂庵并不是在撒谎，领头的修道士再问道："小和尚，你说困在种子库内的元俊，是学过兵书《九法》？"

寂庵见问，一面擦眼泪一面点头答道："是的，世间找不到《九法》这本兵书，我与元俊哥哥都记在心里，听从翁翁训示也不敢去对人讲。今元俊哥哥命在旦夕之时，有幸在此遇见道长们，可见是元俊哥哥命不该绝，道长们救救元俊哥哥吧。”

领头的道士说：“人的命数是由自己的造作而定的，我等道士也不能随便修改人的命运。”

寂庵说：“方才道长们还问元俊哥哥是否学过兵书《九法》？如若元俊哥哥心中有《九法》，道长们可愿意救哥哥出来？”

领头的道士说：“如何证明你的元俊哥哥心中有兵书《九法》？”

寂庵道：“我学过我会背，道长们救元俊哥哥出来了也可让哥哥背给道长们听，便知我无妄语。”

领头的道士叹口气：“那兵学修道门的老九兵我倒是认识，这《九法》我也听他谈起过，小和尚，你背一背我看可真？”

寂庵点头，便开始背诵：“道门永彰，天地玄黄，九兵出世赤胆忠诚，九法为鉴……”

寂庵自幼便是过目不忘的，这本《九法》他朗朗背出并无一点停顿与错误，背至一半时，领头的道士慈爱地笑了，伸手拍拍寂庵的肩膀：“小和尚，不用再背了，我等相信你了！”

寂庵听得此言，便不再背诵，赶紧伸手拉着领头道士的道袍：“道长们同意救我元俊哥哥了？太好了！阿弥陀佛！阿弥陀佛！阿弥陀佛！”

领头的道士说：“据我所知，这是近千年来九兵传出的第一本兵书，小和尚心中是不会将兵书放在第一位的，倒是你说的这个元俊，先在军中为国效力，后又来种子库做了忠心耿耿的护卫，兵书在他胸中倒也成为我等今日去救他的缘由了。”

旁边一道士也点头说：“又可免得将来若见了那老九兵，知道我等未施援手，反倒责怪我等不爱惜华夏人才了。”

领头修道士点头说：“是这个道理。”

言毕，七位道士便不再理会寂庵与天竺僧人，径直向大厅左上方斜月洞处走去，寂庵见了赶紧地跑上去跟在七位道士之间。

七位道士见了，停下脚步问：“小和尚你跟来做什么？”

寂庵说：“你们带上我一起去吧，我可以帮忙做事的。”

领头的道士对寂庵笑道：“小和尚回去吧，再一会儿就黎明了，山谷里还有人会下到这崖底寻找临谷与你，你与天竺僧人赶快地将这里布置一下，不要随便让人窥探此处地脉玄机，这里若泄密，我等会杀死所有知情人。”

寂庵想了想：“是了，道长们神力妙用，我就在此处与天竺师父做事，静候道长们与元俊哥哥的归来。”

七位道士点了点头便接着向前走，瞬间走到极难行处，又转过险弯，来到地脉深处，查看地脉稳妥与否，后来发现地脉与种子库临近处有了裂痕，再后来查到种子库一间冷库出现了一道一肘宽的裂缝。

大厅里只剩下寂庵与天竺僧人，寂庵对天竺僧人讲了刚才领头道士的话，天竺僧人说：“这个石壁如今少一面，谁来了都会前来一看究竟的。”

寂庵说：“天竺师父，这样的话，地脉的秘密就会泄露。”

天竺僧人说：“即使有人来，想必也不过是来救你与临谷的一二人而已，待他们到了这崖底，我们好好嘱咐一番即可。”

寂庵想了想：“若是他们后来不小心说出去了，这便给地脉也给他们造成不可想象的后果。”

天竺僧人笑道："那，我就只好让他们看不见这个石壁了。"

寂庵问："天竺师父，怎么样个看不见呢？"

天竺僧人笑道："这个好办，用厚如山的雾挡住这里就是了。"

寂庵点头道："嗯！"

天竺僧人带着寂庵走出大厅，来到临谷尸体躺着的雪地处打坐，天竺僧人说："世人总是恋恋不舍一个皮囊，却不记得应时时为皮囊内的自己做好打算。"

天竺僧人开始念六字大明咒，很快大厅石壁缺损处就起了厚重如山的浓雾，让人一点也看不见雾中有什么。崖底其余处倒是平常的雪，让人看不出一点异常。

再坐了一会儿，天渐渐亮了，崖底的清晨格外有一分寒冷清净的美。

天竺僧人看着临谷的尸体，又抬头看看天边尚未隐去的明月，笑道："这个临谷，倒不用为她超度了，她的未来在于她。"

在同一刻，月亮穹顶之城，唯一一个还有人生活的飞行器内，躺在台上的那个古华夏女子似乎问了句："你是谁？"又似乎那个古华夏女子自己冰冷坚定地回答了："对你来讲，我来自未来。"

五　诸相成都

黎明后不久，寂庵与天竺僧人就听见冰冷的崖壁上传来阵阵绳索与一步步向崖底而来的踏步声。

天竺僧人对寂庵说：“昨日至此刻崖底发生的一切，小和尚你将它忘了，可别对人说起，以免不必要的麻烦。我去找个安静处继续入定了，待等到了那个赵显，带他去了萨迦寺之后我就可以圆寂了。”

昨夜一番际遇此刻历历在目，天竺僧人知道寂庵心中不舍，笑道：“小和尚好好做佛事业，我们会在佛前相见的。”

寂庵点头合十道：“阿弥陀佛！小和尚与天竺师父定会在佛前再见。”

天竺僧人含笑点头，起身向浓雾中走去，很快不见了身影，寂庵起身向着浓雾合十念道：“正按旁提有据，真慈妙应无穷。小和尚在前，且不离当处。”

雾中，天竺僧人回了一偈：“一念潜通，全机密运，普陀之境，唯愿为祖。”

此刻的寂庵还不能完全参透天竺师父这佛偈密意，直到后来寂庵成为真歇清了、在普陀山以禅宗为基、广推净业感化七百余户渔民永弃杀业，自此普陀山成为真正的海天佛国、南海观音道场并闻名于世。再回想此偈，无限感慨。

寂庵目送天竺僧人离去后再一会儿，从山谷上悬崖旁的古树处用轴轮与长绳，全副救援装备下来的临谷的贴身仆人蒲正一步步握紧绳子下到崖底，在这绳子上另扣了一环，从那环上还下来一个人，两人下到崖底后松开身上绳扣，深深嘘了口气，庆幸两人终于活着到达这深崖底。两人环视积满白雪的崖底，看见了站在不远处的少年僧人寂庵，又看见了躺在雪地的人，似乎就是临谷。

寂庵也看见了他们两人，一人是临谷贴身仆人蒲，一人是昨日与他一同扑向崖底、后来困在半壁的郎中昆班。他们两人一同下来，想必是蒲下来时在悬崖半壁遇见了被困的昆班，然后想法带着昆班一同下到崖底。

两人奔至寂庵面前，昆班与蒲眼含欣慰道:“寂庵师父!”

寂庵在临谷身边见过蒲，寂庵对两人合十道:“阿弥陀佛!”

两人低头看见雪地上的临谷，赶紧蹲下来查看，寂庵也坐下来，他对蒲与昆班说:“这是临谷的遗体。”

寂庵牢记天竺师父临别嘱咐，既然不能提及天竺师父，那么后来天竺师父帮助临谷、华夏修道士去救元俊哥哥一事也是不能说了。寂庵也知道如若说了天竺师父，必然会涉及飞行器、地脉、华夏修道士等很多不能说的秘密，而且很多事情世人不知，便更好些。

蒲与昆班问及当时的情况，寂庵说：“临谷从半壁的古树枝杈上掉落，等我下来时，临谷只剩一丝气息了，她的伤很重，所以舍报了。”

蒲跪在临谷遗体前含泪凝视，心如刀割。

昆班说：“那么高的地方掉下来，临谷一定死得很痛苦。”

寂庵说：“临谷起初是很痛苦，之后她临走时学会了念六字大明咒，便得到了许多安慰。”

蒲不解地问：“六字大明咒？”

寂庵说：“六字大明咒是观世音菩萨心咒。”

昆班看了会儿临谷的脸色，再对蒲说：“蒲，你看临谷的五官纾解，走时应该是平静的，否则这么重的伤会痛到五官移位。”

蒲仔细看着临谷脸庞，果然如寂庵与昆班所说，临谷神色平静，看来走时确实心中得到安慰。

蒲问道：“寂庵师父，临谷公主走时可说什么没有？”

寂庵说：“临谷走时说，希望能够不忘记自己的理想与所爱。

昆班说：“所以她在临走时学会念六字大明咒？”

寂庵点点头。昆班对蒲说：“蒲，别太伤心了。”

蒲使劲将泪水忍回心里后，再从怀里拿出一张手绢，对着临谷遗体说：“临谷，这张手绢质地虽不贵重我却是洗得干干净净的，此刻我身上一时找不到合适的物件，暂且用它来遮遮你的容颜，待我背你上去后，我们几人定为你找一个山水佳处让你安眠，我会在你的墓旁搭一间茅屋，余下的岁月一直陪在你身边。”

蒲展开自己的大手绢，轻轻用它盖住临谷的容颜。

寂庵默默地看着，因为天竺师父与华夏修道士的嘱咐，再为了元俊哥哥与此处地脉、金矿等的安全，寂庵便没有说出相关事件的一个字。

昆班与蒲只当寂庵昨日下来后便在此守着临谷。

昆班问寂庵："这崖底想必夜间会很寒冷刺骨，说不准还有野兽出入，寂庵师父受苦了。"

寂庵说："可能是夜间那一道火光、响动与地震，所以我在这里并没有看见野兽。"

蒲计划着要将临谷遗体带上去安葬，他对寂庵与昆班说："我先给悬崖上的同伴发个信号，见到信号他们会将食物与净水包裹好，从我们下来的绳子上加环搭扣放下来，等我们吃了东西有了力气好做事。"

蒲从怀里拿出一支手掌长的穿云令箭，拔开密闭塞子，高举向崖顶古树那个方向，只听接连三声清脆冲天的"嗖！嗖！嗖！"，穿云令箭向崖顶天空开出白日焰火。

蒲说："我去拾些木柴来生火。"

蒲说完便去找木柴，崖底以及四壁一直有常年生的灌木与小乔木。

昆班看着蒲的背影，叹口气："蒲曾说临谷很小时他便在她的身边跟随保护，从未离开过一天，此刻蒲的心痛只有他自己化解了，唉！"

昆班给寂庵讲了昨日在枝杈上与寂庵分别后的情形。

原来蒲用装备下悬崖的途中遇见了困在半壁树枝藤蔓间的昆班，便想法在自己下降的绳索上另扣一环带上昆班缓缓向下而来。蒲额前夜明珠也足以照亮面前一米，只是崖壁冰滑，两人一点不敢快行，只是摸索着缓慢稳当为宜，救下昆班后再行了不多长距离，忽然就听见崖底方向轰轰声，然后看见一个约十丈长三丈宽的椭圆物体冲天而去，伴随着地震，山石也在摇动，两人便不敢再动，只在宽一点的踩脚处静静拉紧了绳子站立。还好地震时这面崖壁没有掉落石头伤到他们，两人等了好久，才又继续下行。冰崖第一眼看上去几乎全是崖石结成的冻冰根本无法下行，可到了实地就会发现冻冰之间的崖石有大大小小错落的差度距离，也有不是冻得很死的崖石，这些崖石间的冰雪下长有生命力顽强的植物，这些植物容得人们踩一下。人们踩在上面也不会很滑，像蒲这样经过训练的高手是能够从中寻道求生的。

蒲带着昆班克服艰难，一步一步，直到黎明时分他们终于见到了崖底。

昆班对蒲讲述了当时与寂庵师父一同在临谷之后扑下山崖的情景，蒲听了后接连感慨，当时还说想不到寂庵师父还有这等法力，希望临谷能有幸不死。临谷若真能大难不死，蒲等几位死士就会将她护送到一个远离朝廷的地方，让临谷过安静舒适的日子。

昆班说罢，捶着自己心口："我的儿子一直叫临谷为姨妈，这下回去了，我该怎么告诉昆班黎这个不幸的消息。"

寂庵合十道："南无阿弥陀佛！"

正说着，蒲抱了一捆长长短短粗粗细细的木柴过来，昆班与寂庵忙起身接过来在地上搭好火架子。昆班记得怀里也有火镰荷包，他摸出来点了火慢慢吹着，火大了后，身体也暖和起来了。

寂庵在火旁闭目打坐，昆班见蒲在不远处临谷遗体身旁守着，也就没有过去打扰，自己也闭目养神，估计等上面将食物与水放下来后，三人就会带着临谷的遗体回到上面去。

寂庵与昆班听见临谷遗体旁传来短笛声。

蒲拿着一支短笛，短笛上镶嵌着羊脂玉环。这支短笛是蒲20岁生辰时临谷送的，那时临谷还是很小的小公主，小公主将父皇赐的短笛送给蒲，还一直要蒲吹给她听，她便在一旁和着笛声念晁补之的《行香子·梅》：

雪里清香，月下疏枝。更无花、比并琼姿。一年一见，千绕千回。向未开时，愁花放，恐花飞。芳樽移就，幽葩折取，似玉人，携手同归。扬州应记，东合逢时。恨刘郎误，题诗句，怨桃溪。

小公主长大了，雪后月圆时分，也会吩咐蒲吹一曲给她听。

现在蒲盘坐在公主遗体前，依旧吹着临谷生前最喜欢的曲子，只是笛声从未有如此哀伤。

寂庵在火旁打坐，昆班休息了一会儿便起身再去拾木柴，这火要一直燃到他们都上去了为止。

约一个时辰后，崖壁方向传来铜铃声，蒲听见便知是山崖上留守的同伴用绳索送的东西到了。

昆班见蒲起身，便也跟着去，一同将绳索上的大包裹取下来搬回火堆前。

包裹里面有一件为临谷预备的厚袄，有一副拉稳绳索的反皮毛手套，有应急的外伤药与内服丹，有干粮与一葫芦净水。

蒲将干粮与净水交给寂庵与昆班，让他们先吃，自己则抱着给临谷预备的厚袄向临谷的遗体走去。蒲将厚袄展开轻轻搭在临谷遗体上。

蒲回到火堆旁对寂庵与昆班说："待会儿寂庵师父先上去，那包袱里的手套暖和结实且不打滑，我将身上这件软甲脱下来给你穿上，再将绳索从这软甲上肩背腰处的铁环中穿过，待我们这里准备好，我再发一只信号，上面的同伴会用滑轮助力，寂庵师父需戴了那副手套将双手紧紧抓牢绳子，双脚在崖壁上随着滑轮与绳子向上踏步即可。一定要精神专注，切不可分心踏空，只要死死抓牢绳子，双脚不踏空，便能顺利上崖，估计两三个时辰后就能回到上面。"

寂庵一面听一面点头，待蒲说完后，寂庵对他说："蒲施主刚才所讲我已牢牢记住，我在这里等一会儿，你先带着临谷遗体上去。"

昆班也点头说："寂庵师父说得是，你先背临谷上去，我们在下面等着，这里有食物，还有火，你莫担心，只管好生上去安顿好临谷。"

蒲听了，看着两人说："寂庵师父先上去，然后昆班上去，最后我背着临谷上去，你们一定要听我的安排。"

寂庵说："前几日我与师父入谷，师父便令我跟随临谷，我若先上去了，又怎么叫跟随？你们先上去，我在这里打个坐，等你们上去了我再上去也不迟，也不违背师命。"

昆班也对蒲说："一定要你背着临谷先上去了，我们才放心，你上去了再将手套等物放下来，寂庵师父与我接着上去。"

寂庵也点头说："是这个道理。"

蒲思索片刻对他们讲道："昨日傍晚我们已经用尽了谷中所

有的绳索，这绳索虽然结实，可它所承担的重量一旦让它使用过度，会出现危险。我们三人中，我的身量较你们两人重些，我若先背着临谷上去，这绳索的结实度必然会消耗大些，我担心你们上去时绳索会出现故障。”

听完这话，寂庵与昆班异口同声道：“我们若先上去了，你与临谷也会面临这些故障！”

三人相持不下，寂庵是不会先上去的，昆班也不肯，蒲又不愿他们两人面对危险。

眼看着时间流逝，蒲说：“这崖底白日里还未见野兽，若等到了下午或者夜晚也未可知，昨日晚间有异动又是火光又是地震，今日晚间会有什么我们都不清楚，所以不要在此消耗时光，今日天黑前我们都务必要上去。刚才我想着你们上去了，这绳索若是断了，我便在此挖个墓穴将临谷安葬，守墓至死，也就尽了主仆缘分，尽了我的一份心意。”

昆班听了都不知该怎么劝解。

寂庵对他们两人说：“小僧心想，还是蒲施主先背着临谷上去吧，这样，昆班才肯上去，我也不会违背师父之命。”

昆班点头说：“是这个道理，只有临谷上去了，我们都才得心安。这绳索也不至于非得断了吧？此刻你若还不动身，待到晚间真有了野兽出没，危险比现在可要翻番了。”

蒲思索后也只得如此了。

三人商议毕，先将临谷的遗体用厚袄仔仔细细包裹好，然后放在蒲背上捆扎得结结实实，再将绳索从蒲身上软甲背心中一一穿好。

蒲对他二人说："我上去后会将我的这套装备用包裹放下来，你二人抓紧时间，切莫等到入夜后。切记！"

言毕，蒲在怀里摸出穿云令箭，拔开塞子放出信号，片刻这绳索便开始随着上面的轴轮慢慢移动起来，蒲紧紧抓住绳索一步步向上登。

待到逐渐看不见了蒲的身影，寂庵与昆班便回到火堆旁，昆班与寂庵继续吃些干粮，这时听见很细很细的脚步声，两人看时，是几只鹿在不远处走动。

昆班说："寂庵师父，你看那几只鹿是不是在观察我们？"

寂庵说："这是它们常年生活的地方吧，但愿我们没有打扰到它们。"

昆班忽然指着对面陡峭山壁上："寂庵师父你看那里！"

寂庵顺着手指看过去，见对面山壁上有二三十只鹿在陡峭山壁间跳跃，上上下下的，如履平地一般。

昆班说："我们原本都知道山谷的鹿善在山间奔跑，只是没有想到这样的悬崖间它们也能够如此上下自如！换作猿猴，如果没有树枝借力也是不能如此的，这些鹿在没有树枝借力的悬崖竟然这般自如上下。"

寂庵说："如果是这些鹿来爬我们今日要回去的悬崖，可能半个时辰就上去了。"

昆班感慨道："寂庵师父啊，我们此刻要是鹿就好了，自己踩着悬崖间的小石块，三跳两跳地就上去了。"

再说了几句话，寂庵便闭目打坐，昆班也摸出怀中的佛珠开始念六字大明咒。

看着到了中午时分，昆班说："蒲现在应该上去了，我再去拾些树枝来。"

昆班起身去了，寂庵在火旁打坐，一会儿，他听见有动物走近的声音，睁开眼看见两只半米高的鹿，一只头上长有短短的五叉鹿角，一只则无鹿角，这两只鹿走在离他几步远的地方停住脚步，静悄悄地看着他。

寂庵自小是喜爱动物的，这是第一次这么近距离见到鹿，两只鹿 眼睛大大的，似在诉说。鹿的眼神倏地触着了寂庵心底很柔软的地方，晶莹剔透的眼泪从寂庵的眼里面滴下来。

寂庵遗传了妈妈的白净肤色、澄澈眼神，他的眼神自小就有很专注的传达力。

寂庵伸手拭干脸颊上的泪水，对两只鹿笑笑，然后从包袱里拿出一块干粮，将干粮掰成小块小块的，他对两只鹿说："有朋自远方来，不亦乐乎？鹿儿，我请你们吃干粮可好？"

这两只鹿对寂庵似乎没有什么戒心，慢慢地就走到寂庵面前，寂庵伸开手臂，鹿儿在寂庵掌心各自衔了一小块，寂庵笑着看鹿儿慢慢咀嚼食物。寂庵说："鹿儿，现在我们是朋友了吧？我叫寂庵，是来自安州城的僧人，你们是一直在这里生活的吗？"

那只鹿一面吃一面听着寂庵说话，寂庵又拿了几块干粮分给鹿儿吃："你们的兄弟姐妹多吗？我有两个弟弟一个妹妹，在我们家后院，爹爹为妈妈种了好多蔷薇花，如果有机会真想请你们到我们家去做客。那是我在安州城的俗家，我出家后住在圣果寺，那里很清净，月亮还没有完全隐去的清晨，静下来就能听见露滴从长长窄窄的草叶上掉在好干净石板中，滴答、滴答，石板上的露滴圆圆的还没有散开时，圣果寺大殿屋檐、殿前高高的白果树，还有天上的月亮都在露滴里一动一动一闪一闪的，露滴一散开，月亮、飞檐、细条纹的树叶如梦一般就散了。”

鹿儿吃完了寂庵分给它们的干粮，寂庵笑道：“鹿儿，我可以摸摸你们吗？”

鹿儿似乎听懂了，慢慢走近寂庵身边，在寂庵左右慢慢跪下来，寂庵高兴地伸手轻轻摸摸鹿的头，还轻轻摸了摸那只雄鹿的角，鹿儿看着寂庵，寂庵笑着再与两只鹿轻轻触了触额头。

昆班抱了一大捆柴火回来，两只鹿听见他的脚步声，急忙站起身子转头跑走了。

昆班说：“寂庵师父，等会儿绳子下来后，你先上去。”

寂庵说：“昆班你先上去，你的孩子还在上面等着你呢。”

昆班说：“那怎么行？你是出家人，你身上发生的事情又坚固了我的信心，必得是你先上去了，我才能安心。”

寂庵说：“正因为我是出家人，了无牵挂，生死又不是第一位。再说这绳子不一定会断掉，我们在这里先不担心这个。”

昆班点头说：“也是！要不然等绳子下来了，我们两人就按着昨晚蒲救我的法子，在主绳上搭环扣，你在主绳上，我在环扣的绳子上，我们一同上去。”

寂庵想后点头道：“这个主意好，我们一同上去，山崖上相互照应，只是有一点，你得在主绳上，因为你的手劲足劲大过我，我会努力抓好绳子用力攀爬，我们一起，生死与共。”

昆班听了不禁伸手拍着寂庵肩膀：“好兄弟，生死与共！”

寂庵说：“你的孩儿在上面，我的师父也在上面，我们一同活着上去，切莫让他们失望。”

昆班心中也是极想儿子昆班黎的，儿子已经没有了母亲，没有了姨妈，可不能再失去父亲。昆班仰头看着天空，大声道：“这山崖高险，可是我们的亲人在上面盼着我们哪。上天，我若今日能与寂庵师父平平安安上到崖顶，我明日就起身回吐蕃去萨迦寺，背石头修寺庙，为众生念一辈子六字大明咒，观世音菩萨做证，我昆班决不食言！”

两人商量到一处后，昆班就给寂庵讲了上山崖手足应该怎样用力，腰部腿部应该怎样使劲，怎样用脚尖或者半边脚掌踩实山崖不让自己掉下来，寂庵认真地听着，不明白处就请教昆班。

寂庵这样做是为了让昆班放心，其实在他心中早已做了决定，若果遇见危险两人只能保全一人的情形，自己是出家人，必然会将生的机会留给昆班。

其实，昆班也是这样的心思，只是最后这一步两人皆不愿说出来而已。

蒲背着临谷遗体上崖顶，必然要耗费巨大的体力与精神，昆班与寂庵在下面火堆旁等待，不说话的时候，两人就默默念着六字大明咒。

这天午后的时光过去一半，崖顶的绳子才又放下来，听见绳子下端铜铃响，昆班与寂庵赶紧起身过去将绳子下端系着的包袱打开，里面是蒲身上穿的那套装备，还有一支穿云令箭。

两人按照刚才商议的，先帮昆班穿好这套装备，然后将绳子从软甲背心上的铁环内一一穿过，寂庵将上个包袱里面的手套戴好，两人用环扣做了主绳旁的叉绳，一点也没有耽误时间。昆班朝着天空拉响穿云箭，三声响之后，上面的人见了便开始合力转动轴轮。借着轴轮上的力，昆班抓稳了绳子先一步踏上崖壁，寂庵随后紧跟着踏上崖壁。

这山崖实在太高太陡峭，两人不敢有丝毫松懈，即使很累了也不敢完全放松身上的力量，如若全凭轴轮之力，这绳子已经被磨损，极有可能会承受不住。

昆班的身子相比寂庵要壮实多了，上到快一半时，昆班与寂庵清清楚楚听见沉闷“砰”的一声，然后真真切切感到手中紧抓住的粗绳子松了一下，这粗绳由三大股绞合而成，这“砰”的一声，应该是绳子受力过度断掉了一股发出的声响。

在上面攀爬的昆班说了声：“不好，绳子断掉了一股！”

紧跟在下面的寂庵说：“昆班，我们先停一下。”

两人停住脚步，也只能暂停一下子，因为上面的轴轮依旧在缓慢转动，若他们原地停得久了，势必会让绳子拖着身子向上，自己不发力反而会使绳子消耗过度，这样绳子更易断掉。

只是停了一下，寂庵对昆班说：“上面一点有一处藤蔓，我在那里等，你先上去，我现在力气明显不足，会拖累你。”

昆班说：“那哪行？我比你重，你上去对绳子的损耗也小，我在这里等你。”

刚说了这两句话，绳子似乎上升得紧了，两人不敢再停滞，便随着绳子再向上攀爬。

寂庵抬头说：“昆班，你听我的，让我在这里等一会儿，你上去了再放下绳子，我接着上去就行了。”

昆班说：“寂庵师父，可不要说这样的话，要等也是我等，你先上去。”

寂庵说：“昆班，我若先上去了，将来怎么好意思见佛祖？”

昆班听了，哈哈笑道：“好兄弟，那我们继续走，走到哪里算哪里，只是我若是死了，你可记得为我多念几年的六字大明咒。”

寂庵也笑道：“昆班，我若先死了，我就先在佛祖那里等你！”

昆班与寂庵哈哈笑道。两人继续抓紧绳子向上爬，再爬了约一个时辰，两人又听见沉闷闷的一声“砰！”手中握紧的绳子更是忽地向下松了一下，如此一来，这股救命的绳子就只剩下一股了，这一股绳子力度是绝不可能让两人同时借力爬上去的。

此刻，已至傍晚时分。

昆班与寂庵停住脚步，在悬崖壁上抓住绳子，斜蹬着身子站立。

寂庵这次不再与昆班商议了，自己掉转身子背紧靠着崖壁，一只手握住绳子，另一只手开始要解开自己身上的绳扣。

昆班看见了急忙叫道：“寂庵师父，你要干什么！”

寂庵不再回答，只是用力解着身上的绳扣。

昆班见了也知道劝解无用，但他不怕死，也知道说服不了寂庵，一急之下他也开始解自己身上的绳索：“寂庵师父，我若先上去了，便是对不住我的真心。”

两人还在解着绳索，上面的轴轮可是一刻也没有停，这绳子继续拖着两人向上，若两人继续同时向上，不出半个时辰，仅剩的一股绳子必断无疑，两人死多活少。

绳子向上拖着两人再上行了几步之后，忽然在黄昏中，昆班看着旁边对寂庵说：“寂庵师父，是鹿！”

寂庵看过去，果然见几只鹿正在崖壁上跳跃，这鹿只踩着极其窄小的崖壁石头，便能向上纵跃，常人看来极为危险陡峭的崖壁，这些鹿却如履平地。

很快地有两只长着六叉鹿角的雄鹿跳到了昆班与寂庵身边。

两只鹿看了看寂庵与昆班，便分别跳在昆班与寂庵身旁，一只鹿轻轻用头上的六叉鹿角向上抵着寂庵的腰背，另一只鹿也用鹿角向上抵着昆班的腰背，两人明白了，这鹿是来帮助他们上去的。

两人绝处逢生，寂庵大声笑道："鹿儿，谢谢你们啦！昆班，我们这下可以一同上去了！"

昆班也点头道："好！"

两人抓紧绳子继续向上爬，因为有了腰后鹿角送力，两人几乎没有费多大力气就爬了好长一段路，仅剩这一股绳子的耗损也降至最低。鹿稳稳当当地在崖壁上跳跃，寂庵与昆班凭空借力一般，花了不到一个时辰就看见了崖顶古树。

古树旁，是以蒲为首的五个死士，他们正轮番拉动轴轮，睁大眼等待寂庵与昆班上来，及至看见两人身影时，天已快黑了。

再两步就上崖顶了，鹿儿抵着两人后背将两人送上来，寂庵与昆班上来那一刻，也反手将鹿儿拉上来，昆班说："我们两个男人身体重，鹿儿辛苦了，上来我喂你们青草、水果。"

鹿儿似乎听懂了，乖乖地跟在寂庵身后上来，上来后却没有停留，只是用头上的六叉鹿角轻轻挨了挨寂庵与昆班，然后转身走了，很快消失在夜里。

天黑了，古树旁点着几个火把，还有一个小孩子举着火把眼巴巴看着昆班。

昆班走过去将孩子抱起来，狠狠在孩子脸上亲了一口：“昆班黎，儿子！阿爸回来了！”

昆班放下儿子，又依次去拥抱了五位死士。

昆班问蒲：“临谷呢？”

蒲说：“临谷停放在她的房间里，陈蓴博士在守灵，我们在这里等你们上来。”

寂庵问蒲：“蒲施主，我师父呢？”

蒲还未回答，寂庵身后就有人说道：“寂庵！”

寂庵听见是师父的声音，转身看见清俊师父，高兴之余想到几番生死，一两个时辰前还以为再也见不到师父了，不想此刻师父还是这般慈爱看着自己。寂庵心中生出一种悲来，走过去拉着师父的僧袍不觉掉下眼泪。

清俊师父慈爱地抚着寂庵的头，笑道：“孩子，这番受苦了！”

寂庵点点头又摇摇头：“不苦，寂俺只是担心若今日死去，又怎么能再跟随师父？”

清俊师父呵呵笑着，用僧袍替寂庵拭去眼泪：“你我师徒是缘分也是愿力，哪里就见不到了，孩子莫伤心。”

寂庵点点头，对清俊师父笑了笑。

寂庵想到与临谷在崖底遇见天竺僧人的事，正欲对师父说些什么，清俊师父一见寂庵眼神，便对他说：“寂庵，累了吧，回屋坐禅休息一下。”

寂庵看懂了师父的意思，点点头不再说什么。

清俊师父对诸人说：“老衲带寂庵先回屋了。”

诸人说：“清俊师父请自便，我等在此稍作整理便回屋落与清俊师父议事。”

清俊师父点点头，带着寂庵回到香椿树屋落，屋落回环长廊只点着零星两三残灯，下脚行步的木地板常有什物障碍，清静也好破败也好，这些对寂庵没有影响，他或者抬脚或者绕绕道，跟着师父到了昆班的诊疗室，推开门，寂庵见诊疗室点着灯，火盆暖了屋子，火盆旁摆放着几个麻布厚坐垫。

清俊师父从木桌中黑铁炉上提起黑铁壶，拿杯子倒了杯热腾腾的水放在寂庵手中：“寂庵，在火盆旁坐下喝杯热水，渴了饿了吧？”

寂庵笑着接过来，再拉着师父在火盆旁坐下来，寂庵说：“师父，我将这几天经历讲给您。”

清俊师父再将一包柔软的点心放在寂庵手中：“寂庵，先吃点点心。”

寂庵依言吃着点心，身上的辛苦在点心的滋润与火盆的温暖中一点点退去。

寂庵详详细细将这几日的经历讲给师父听，清俊师父一面听一面给寂庵杯内添上开水。

香椿树屋落历经几代谷主修建完善，到临谷这一代，那五位死士之一最会写故事名叫本纪的清秀者，临谷很细致地告诉过他，在必要的时候他是能够听到每一间房的说话声。

此刻寂庵对清俊师父所讲的在山崖下见到天竺僧人、飞行器、远古文明女子、月亮穹顶之城、华夏修道士诸事，清俊师父认真在听，本纪通过秘密管道也在另一处侧耳倾听。

这世上除了临谷与另外四位死士，再没有人知道二十岁的本纪是个有超强记忆力且会写故事的人，公主府的财产与极为秘密的文书联络也是经由本纪在运行。

好一会儿，寂庵才讲完这些天的经历。清俊师父听了，沉思片刻然后说：“这些事，听见了若只是当作故事扔在一旁还好，若是当作重要的事情去说去继续下文，那才是将偌大的危险带给这些相关的人、事。”

寂庵点头说：“天竺师父也是这样嘱咐寂庵的。”

清俊师父又说：“寂庵哪，师父这话可不是只对你讲的。”

寂庵听见这话，看看房内沉思片刻说：“师父，看来这屋落还真不简单。”

清俊师父说：“寂庵，人世间的事情本就不简单，牵涉权力，会到达让人不敢去细想的地步，你刚才所讲若是被人写成故事，这山谷里香椿树屋落的现实远比故事更复杂血腥，让人厌恶！”

本纪在另一间房通过管道听见这些话，便知清俊师父已察觉有人在窃听。本纪暗自叹口气，他是在清俊师父带寂庵回香椿树屋落时暗自跟着回来，蒲背着临谷遗体回来时讲了一些崖底的事，本纪暗自推敲后觉得寂庵定有所隐瞒，便跟踪回来潜入密室窃听，果真所听见的让人匪夷所思。

本纪幼年入皇宫做宦官，哪知净身时出了差错导致伤口感染加之体弱多病，一天不到就气息全无被内侍省主管命人用麻袋装了提出宫扔去坟冈。那日下午蒲领临谷公主之命外出，要从一片坟冈中穿过，听见异声，发现麻袋中假死后又暂时清醒过来的小本纪，蒲将本纪悄悄带回公主府，经过治疗后保住了性命。本纪对临谷的极度忠心与聪慧得到公主信任便留在公主府跟着蒲，做了公主秘密的死士。

本纪见自己行藏被清俊师父识破，便出了密室绕过几间房到了诊疗室，推门进入后转身关好房门，再走至清俊师父与寂庵师父面前，深深施礼后，在寂庵身旁坐了下来，低声讲述了自己身世以及临谷救命与知遇之恩。

清俊师父问本纪："你是要将这些写下来，让人看了都来这谷里围观吗？仅这香椿树屋落，若被人纠其秘密，可能带来的麻烦会让你根本意想不到。"

本纪听后迟迟不语，清俊师父再说："临谷遗体就停在那里，谷夫子的遗体也停在那里，谷夫子遗体入土后世人便知他已故去，你若散播了世人不理解的消息，临谷会在世人眼中变成什么？京中有皇上，庙中有佛祖，道观中有三清。"

本纪接着说："若是被不满临谷的人从中作文，会将临谷妖化，以此最大冲淡天下谷物种子库在民间的影响力。"

清俊师父点头说："这是其一，至于其二嘛，老衲也不点破，你等几人仔细去考虑。"

本纪沉思良久后起身，对清俊师父与寂庵深深施一礼后退出房间，与其余四位死士会合，五人在本纪的房间里商量许久。

这边房间内，清俊师父知道寂庵此番辛苦，便让寂庵打坐休息，自己则在房内思索一些事情，不时给火盆内添些木炭。

寂庵也不知打坐了多长时间，睁开眼的时候，只觉得浑身舒畅，神清目明。

此刻诊疗室内还有两个人，陈寿博士与昆班黎，昆班黎见寂庵睁开眼，便拍手笑道："寂庵哥哥！"

寂庵对陈夷博士与昆班黎合十道："南无阿弥陀佛！两位施主！"

陈夷博士对寂庵说："寂庵你已在此打坐两日，清俊师父一直在此守护你，今日谷夫子下葬，清俊师父去墓地了，让我与昆班黎在此。"

寂庵听了问："谷夫子下葬，临谷的遗体呢？"

陈夷博士听了神情再度黯淡下来："蒲与本纪几人商议后，决定请清俊师父给临谷进行荼毗（梵语，焚烧之义）仪式。"

寂庵合十道："这样甚好，愿谷夫子与临谷能得佛接引往生净土。"

昆班黎说："寂庵哥哥，陈夷哥哥，我们去墓地看谷夫子下葬。"

昆班黎不过10岁，正是对各种事物充满好奇的年龄。

陈夷博士看看昆班黎与寂庵，对两人说："谷夫子墓地那里已经有好些人了，我们就留下来为临谷的荼毗做准备。"

昆班黎见陈夷博士情绪低落，劝解道："姨妈只是身体死了，可她的灵魂还在，你不要这么伤心，等佛祖接引姨妈到了极乐净土，姨妈随时可以看见我们，过几十年我们会在净土再团聚。"

陈夷博士深深吸口气，笑了一下："好了！不伤心了！清俊师父说就在香椿树屋落前为临谷做荼毗，我们去将往日里晾晒种子的木台收拾干净，昆班黎你去采一些花儿，寂庵师父帮忙将一些蜡烛摆放在木台前好吗？"

三人开始分头行动，不过几日，香椿树屋落已不复往昔洁净有序，这里已经没有了生气，似乎已成为应该从大宋消失的地名。

不觉已是午后，将谷夫子安葬入土后清俊师父与蒲等几人从墓地回到香椿树屋落。

陈夷博士已将屋落前木台擦拭干净，昆班黎将采来的花儿摆放在木台边缘，寂庵将蜡烛固定在花丛中。

木台下面整齐码放了好多香椿树木条。

蒲等五位死士见了，叹口气。临谷还如未盛开的花儿，却消失天地间。

蒲、本纪以及另外三位死士去临谷房间将临谷用一块香椿树木板抬了出来，遗体被一件长长的白礼服轻轻盖好，蒲捧着香炉走在前面，另外四人各抬着木板一角，本纪早已忍不住痛哭起来。

众人将临谷遗体轻轻放在木台上，就如日常小心翼翼服侍临谷一般，没有人忍心去揭开遗体上的礼服再看她一眼，公主永远是他们心里的模样。

寂庵与清俊师父、昆班父子以及陈夷博士静静等待他们为临谷做好准备。

蒲走至清俊师父面前，深深施一礼：“清俊师父，一切准备妥当了，请师父为临谷送行。”

清俊师父点点头，双手合十开始为临谷念一卷《金刚经》。

蒲等五位死士则从屋落前提起准备好的油桶，将油泼至香椿树屋落各处。

昆班黎拉着昆班的手问道：“阿爸，他们这是要干什么？”

昆班说："香椿树屋落有太多的秘密，这些应该随同临谷一起离开。"

昆班黎那时还小，还不能明白昆班这话的意思。

清俊师父念毕，蒲等几人也回到临谷遗体前，再一同小心翼翼绕开临谷遗体，将木台上与木台下众多香椿树木条浸润丰足的桐油。

蒲点好火把递给清俊师父，清俊师父接过火把走至木台前，大声道："一切有为法，如梦幻泡影，如露亦如电，应作如是观！"

然后将火把扔在木台上，火迅速燃了起来。五位死士再拿火把将香椿树屋落点燃。

屋落逐渐燃烧起来。

临谷的遗体也逐渐被火光吞噬干净。

寂庵感叹："世间生灭。"

清俊师父点点头。

众人眼看着火势逐渐增大，蒲从怀里摸出临谷送他的短笛，对其他死士们说："兄弟们记住我的安排，各自保重。"

蒲笑着开始吹临谷最喜爱听的曲子，一面向烈焰中的香椿树屋落走去，死士们看着他的背影，看着他消失在烈焰中，这是蒲最后的心愿，没有人忍心伸手阻拦。

死士们只是念着蒲时常吟诵的词为公主与她忠实的仆人送行：

"雪里清香，月下疏枝。更无花、比并琼姿。一年一见，千绕千回。向未开时，愁花放，恐花飞。"

烈焰过后，花飞花散，烟消烟灭。

本纪捧着一个托盘，托盘里面有四个一模一样的青白玉瓶，这玉瓶临谷日常放在妆台上用来装各类花露，按照蒲的安排将临谷的骨灰装入其中一个玉瓶里，其余三个瓶子里装入了些香椿树屋落的灰烬，四位死士将各持一瓶，天涯海角从此别过，拿到临谷骨灰的死士便寻一个幽静的山水佳处将骨灰下葬即可。

本纪对三位死士说："蒲大哥的安排，又焉知不是临谷未雨绸缪的意思呢？兄弟们带好财物天南海北各自去安家，娶妻生子过日子，这里的一切留在记忆里就好。"

死士们分别拿了一个青白玉瓶，都将玉瓶深深地放入怀中。再各自作礼道别，自此离开了山谷。

本纪对清俊师父、寂庵、陈夷博士、昆班、昆班黎道别："诸位多珍重，在下也该走了。"

众人点点头，本纪肩上有两个包袱，他将其中一个包袱取下来递给陈夷博士："博士，你是临谷最看重的人才，包裹里面是蒲大哥的财物，蒲大哥嘱咐我交给你，蒲大哥说希望博士永远不要忘了自己曾发过的誓言。"

陈夷博士心中一痛，昔日谷物博士们谈到理想，陈夷发誓说要用一辈子来悉心天下的谷物、农业，要让天下的土地都能种上安全的种子，长出丰盛的果实。

陈夷博士点点头，本纪将包袱放在陈夷博士的肩上："不管以后世人怎么评说临谷与这山谷，博士你将来的成就才是这里一切的心血，莫忘！莫忘！"

本纪言毕，作礼道别转身离去了。

昆班对众人说："那天在悬崖半壁时我就发愿，若此番不死，我就去吐蕃萨迦寺，给寺院背石头建房子。”

昆班黎问：“阿爸，我呢？”

昆班说：“你随阿爸去。”

昆班黎说：“阿爸，我想去大宋各地游历一番，增长见识后再去萨迦寺找你，这样可以吗？”

昆班说：“好儿子，你有这番志向，阿爸怎么会不同意呢？只是你一个10岁的孩童，阿爸怎么放心你独自去游历？”

昆班黎听了，情绪低落了下来。陈旉博士见状，便拉着昆班黎的手对昆班说：“昆班，你放心的话将昆班黎交给我，我可以照顾他。”

陈旉博士对众人说：“致治之要，在夫民由常道。欲民由常道，必先使之有常心。欲使民有常心，必先制之有常产。有常产，则家给人足，养备动时，斯乃能有常心矣。有常心，则父父、子子、兄兄、弟弟、夫夫、妇妇，上下辑睦，斯乃能行常道矣。苟无常产，则衣食不给，饥寒交迫，父母兄弟妻子离散，而礼义不率，其能守常心耶？因无常心，则放僻邪侈，无所不为，尚何常道之能行耶？”

寂庵说：“陈旉博士所言甚是，农事安稳是天下太平的基础。”

陈旉博士点头说：“此生识得临谷已足矣，自此后我将入道，谷物种子、土壤耕作、作物栽培、耕畜的饲养管理、种桑养蚕的技术等都是我将要学习钻研的方向，将来我要将所学所成写成一本《农书》，将我们这个时代的农业与理想全部记载下来流传后世。”

众人听完甚是感动，昆班对陈旉博士说：“博士如此有理想有志气，昆班黎若能跟着你学习游历，我也放心了。”

昆班说着将自己的包袱取下来，从里面拿出一点银两，除此之外，其余的全部放在陈夷博士手中，接着又说道：“博士您收着，昆班黎这几年就托付给您了！”

陈夷博士将昆班装钱物的包裹放还昆班手中，对昆班道：“昆班大哥，这些钱物您收好，临谷给我的已是足够，刚才本纪又将蒲大哥的钱物全给了我，就是十个百个陈夷与昆班黎也够用了。您放心，我会像对待自己幼弟一般爱护昆班黎，给他请好夫子让他学习各种他想学习的知识技能，带他去各地游历名胜古迹，待他长大后再尊重他的意愿，他若要去吐蕃我就给他充足的盘缠让他来看您；他若要在哪一处成亲安家，我就给他置办房产物业。”

昆班听了甚是感动，又嘱咐了昆班黎许多话，之后再对昆班黎说：“阿爸这一去就在萨迦寺了，你什么时候来，阿爸都在！”

昆班黎睁大眼睛认真听着阿爸与陈夷博士的话，点头道：“阿爸放心，我会挂念阿爸，也会好好成长！”

昆班笑道：“有你这话，阿爸放心！”

昆班一弯腰将昆班黎抱起来重重亲了一下，放下儿子对大家施礼：“昆班黎就拜托诸位了，陈夷博士以后要更加辛苦了，昆班先谢谢诸位！”

众人还礼道：“莫多牵挂。”

清俊师父说：“我是出家人，昆班若是有什么事要给昆班黎带信，在陈夷博士安顿好之后可给陈夷博士，如有需要老衲转交的，只需要将信带到寺院请来汴京或者成都的人转交即可，信到了汴京与成都的寺院，自然就会有人识得我的地址，再会将信转交至安州城圣果寺的。”

陈旉博士点头道：“清俊师父说得极是，我与昆班黎安顿好之后一定会写信到安州城圣果寺报个平安。”

昆班说：“那我就更没有什么可担心的，我要履行诺言去萨迦寺了。”

昆班黎叫道：“阿爸，我长到20岁，就来萨迦寺看望阿爸！”

昆班对昆班黎点点头，笑着依次用眼神与诸位道别，然后转身大步走了。

陈旉博士说：“我与昆班黎也该走了。”

寂庵问：“你们去哪里？”

陈旉道：“我想好了，第一站先去成都，住些日子先将谷中诸般实验所得整理成册，然后再四处游历，详尽了解大宋农业。”

清俊师父听了，对寂庵说：“寂庵，你先与陈旉博士、昆班黎同行至成都，到了成都就去大慈寺寻宝范师父，他是我多年至交，自会安顿你。”

寂庵点头应道，然后又问：“师父，您呢？”

清俊师父对寂庵说：“师父还要留在这里有点事，过些天就来成都，带着你去峨眉山与青城山参访。”

寂庵说：“师父，这里的屋落已是一片灰烬了。”

清俊师父笑道：“还有一个圣果寺的孩子在这里，师父得等等他。”

寂庵听了便知师父说的是元俊哥哥，因受到嘱咐，寂庵便不再说什么，只是对清俊师父说：“师父，寂庵放心不下您。”

清俊师父摸摸寂庵脑袋：“寂庵哪，你是不放心师父什么呢？”

寂庵想了想，笑道："是啊，师父还有什么能让寂庵不放心的呢。"

清俊点头道："你要记得修行路上，宜勇猛精进，切忌放逸身心。"

寂庵点头说记住了，然后给师父顶礼作别，同陈夷博士、昆班黎同行，出了山谷便向成都而去。

清俊师父是得道高僧，他独自留在山谷里等待护接自小在圣果寺长大的元俊，元俊与寂庵都是他珍爱的好孩子。

寂庵一行三人出了山谷便上了本纪安排好的马车向成都行去，行了大约50里路，迎面遇见一队约500人的骑兵，飞驰骏马向天下谷物种子库所在山谷方向驶去。

官道上行人车马纷纷避让，二人在车厢里面看见，陈夷博士说："蔡京等人此次在谷中受挫，怎会甘心？这军队定是去山谷中抓人，还好香椿树屋落已成灰烬，一个人一片纸也没有，要不然还不知会被强加牵引出什么呢。"

寂庵点头说："人世间的权力是双刃刀，可实现人生理想也可害人性命，毁人慧根。"

陈夷博士对昆班黎说："昆班黎弟弟，山谷永远在我们心里，临谷也是，我们自此好好生活便是对这里最好的纪念了。"

陈夷再叹道："世人都不会知道临谷为天下谷物种子付出了多少。"

昆班黎劝陈夷博士："陈夷哥哥，你别太伤心了，佛会接引姨妈的。"

一路无话，三人行踪低调，再两日便到了成都。寂庵依清俊师父所言到成都大慈寺找到宝范师父，暂且安顿下来。陈夷博士带着昆班黎在距离大慈寺不远的街市租了个三间房的小院落先住下来。

大慈寺兴建于公元3世纪至4世纪之间，是华夏智慧的一个枢纽，自建成后逐渐地影响了华夏大地的文化、艺术。唐三藏法师玄奘曾在这里出家为众僧讲经。

大慈寺有近千个院落，宝范师父将寂庵安顿在离自己住处不远的一个院落的东单房住下，每日与众僧人一同用斋。宝范师父见寂庵随身带了《金刚经》，便又拿了几本经论让寂庵研学。

大慈寺简直就是灿烂辉煌的艺术宝库，寂庵在寺内各处尽情参观品味。在他住的那个小院落，出门左转的廊间，廊壁上绘有唐玄奘大师的壁画。寂庵轻轻伸手似已触摸到玄奘大师溢出壁画外的慈悲坚毅。自唐玄宗入蜀避难在此御笔留字后，天下著名画师聚会成都，为大慈寺绘有一千多幅精美壁画。

寂庵看着壁画中玄奘大师的眼睛，玄奘大师也在看着寂庵，似乎看到寂庵心里去啦，寂庵对画中的玄奘大师笑了笑。

长廊间稍转，又可看见记载禅宗典故的壁画。

第一幅绘着“拈花一笑”。释迦牟尼佛住世时，一日大梵天王请佛说法，将一朵金婆罗花献给佛，行礼之后大家退坐一旁。佛拈起此花，瞬目扬眉，意态安详，却一句话也不说。众人都不明白佛的意思，面面相觑不知所措，唯有摩诃迦叶轻轻一笑。佛见了，说：“吾有正法眼藏，涅槃妙心，即付嘱于汝。汝能护持，相续不断。”佛还将木棉袈裟作为传法信物给了摩诃迦叶。

佛法相续不断，传到我国后，与我国文化融会贯通，被华夏文明学习吸收，形成了禅宗。

禅宗，又名佛心宗，传佛心印，摩诃迦叶被我国尊为“西天第一代禅宗祖师”。

再往后一些岁月，菩提达摩到了我国，在我国传佛心印，第二幅绘的是菩提达摩，达摩大师被我国尊为东土禅宗初祖。

接着是达摩大师传法于禅宗二祖慧可。

慧可传禅宗三祖僧璨。

僧璨传四祖道信。

道信传五祖弘忍。

弘忍传六祖惠能。

六祖惠能得到了从佛，从摩诃迦叶，从达摩大师以及前几代祖师那里传下来的木棉袈裟。这袈裟作为佛的信物衣钵，代表所传的禅法得到佛的印证，是正法所在，这能加强人们修学的信心。

六祖在入寂前，将木棉袈裟藏了起来，因为此时佛法大兴，禅宗思想已经牢牢地在华夏文化中生根发芽。已经到了佛说袈裟即非袈裟，是名袈裟的境界。

寂庵看至六祖惠能这幅绘画时，不觉笑着吟出：

菩提本无树，
明镜亦非台，
本来无一物，
何处惹尘埃。

念毕，寂庵忽地又想到《道德经》中所讲，想了想，不由得微笑着，继而会心大笑道:“佛不妄言，原来并无分别，皆是来自佛性，哪里分什么天竺东土！是人自己在颠倒分别。”

寂庵心中高兴，便向寺外走去，他要去看望陈萬博士与昆班黎，与他们分享自己思悟所得。

成都是大宋繁华热闹的所在，山谷中一番体会已让寂庵学会看人，当他站在成都街头，看见的是人的心，游走的红尘物语，隐藏的或已枯萎或已生发的智慧的枝丫。每一位生命都具有与佛同等的智慧，每一位生命都可以拥有与佛相同的成就。

几日工夫，陈萬博士与昆班黎已将租住的小院清扫整理，添置了干净柔软的被褥，给昆班黎与自己买了换洗衣服，还给寂庵买了套新僧袍，正想着这日去大慈寺给寂庵送去，不想刚出院门就迎头遇见要进院门的寂庵。三人开开心心互相行了礼，昆班黎蹦蹦跳跳将寂庵拉进院内，带着寂庵参观自己与陈萬哥哥的家。

三人在小书房坐下来烹茶，昆班黎打开包袱将僧袍抱出来放在寂庵手中:“寂庵哥哥，快换上。”

陈萬博士笑道:“寂庵换上吧，旧僧袍我来洗，洗干净晾晒好了我与昆班黎给你送去。”

寂庵笑着去里间换了亚麻色新僧袍，再包好换下来的僧袍回到书房坐下。

寂庵换衣服时昆班黎已将陈萬博士买给他的水果与点心全拿出来摆在茶盘旁，不断地向寂庵与陈萬哥哥手中放。

陈萬博士笑道:“昆班黎与寂庵正是长身体的年龄，多吃些。”

闲话几句后，寂庵问陈萬博士在成都居住后的打算。陈萬博士说成都平原的气候适宜好些谷物生长，这两日正计划着白日里到城周四处看看田间谷物，晚间就在家整理所学。

昆班黎不愿去学堂，坚持要跟着陈夷哥哥出入，以往昆班黎的读书习字是临谷与谷中其他博士们轮流教授的，现在陈夷博士就接着做了昆班黎的夫子。陈夷悄声问寂庵清俊师父的归期，寂庵摇头说自己也不清楚，只在大慈寺一面修学一面静候师父。

陈夷博士点点头，昆班黎认真听着，他听从陈夷哥哥嘱咐，将谷中的事埋在心底。

正说话间听见有人在院中问道："陈夷哥哥在吗？"

书房门开着，三人见门外台阶下站立一位十八九岁穿石青交领长裙外套鹅黄长褙子的娘子，梳着寻常发髻，发髻上插着一支镶珠的金钗，手中捧着雕花的食物盒子。那娘子见陈夷博士从房内出来站在廊下，便上前行礼，浅笑道："奴是房东家的，姓施。盒里一盘点心是房东让送过来请陈官人与小昆官人品尝，还请不要见外。"

陈夷举手还了礼，那施娘子袅袅婷婷行至陈夷博士身前，将盒子举高一些至陈夷博士面前，陈夷博士接过雕花食盒并说了致谢之语。施娘子再看了看陈夷博士，方作礼离去。

陈夷博士捧了食盒子转身进书房，将盒子放在桌上揭开上盖，里面是一盘软甜香糯的什锦花糕，他取了花糕请寂庵与昆班黎品尝。

昆班黎说："陈夷哥哥，这个姐姐喜欢你吗？"

陈夷博士愕然道："这从何说来？"

昆班黎拿着花糕说："我阿爸常怀念阿妈在时给他做的花糕，

这姐姐若不喜欢你为什么要给你送花糕？”

陈夷博士想了想说：“或许主要是当作零食送给你这小孩儿吃的呢。”

寂庵摇头笑道：“若这样，那女施主在院子里就会问昆班黎弟弟在吗？”

陈夷博士听了哑然失笑：“你们两个年岁皆比我小，懂的事情却比我多，看来我是读书读傻了。”

昆班黎说：“有人喜欢哥哥，说明哥哥优秀，我若将来如哥哥这般优秀，也会有人喜欢我的。”

寂庵说：“昆班黎弟弟一定会成长为优秀的人才。”

昆班黎一面大口吃着点心一面点头应道：“嗯！好！我一定会努力！”

寂庵与陈夷博士担心他噎着，又给他倒水又不让他吃东西时说话。

寂庵说：“以前在家时见我爹爹与妈妈感情极好，寂庵就希望天底下的夫妇都能美满和睦。”

陈夷博士：“寂庵出家后，就与将来的夫妻缘分彻底断绝了。”

寂庵点头道：“因为寂庵生命中还有比夫妻情深更重要的事。”

陈夷博士问：“是什么？”

寂庵说：“夫妻情分皆来自缘深缘浅，若是缘尽了则各自随业力六道轮回，如只是一味痴情则会忘却清净本心，会在六道里永远轮回无有出期。与其这般过着不见前途的日子，不如将一片心意用在无上菩提大道，为众生皆得解脱，这样的情，才是寂庵追求的。”

陈旉博士听后细想一番，点头叹道:“寂庵师父所言甚是，我今年28岁，若不将光阴与心意付诸有益于大宋的事业上，我活着终究会是无趣味的!”

寂庵鼓励昆班黎要好好向陈旉哥哥学习，从小立下志向，昆班黎很认真点头应道。

寂庵这日从陈旉博士处告辞回大慈寺后，在所住的禅房前偶然听起大慈寺一位常住的僧人说成都郊外有一座破旧小庙，庙内只一位老僧，老僧守着几亩庙产可惜不善经营，日子显得有些艰难，庙宇好些破损处也无钱去请人修缮。

寂庵心想，僧人日常生活清苦些也是平常，若有机会将庙宇破损处及早修缮，也是在人世间传播佛法的大因缘。寂庵又想到陈旉博士说想要寻找偏僻处几亩地种些谷物试验种子的事，便有了好主意。寂庵细细问清楚了郊外破旧小庙的地址，便起身出了大慈寺去陈旉博士的小院。

已是傍晚时刻，陈旉博士正在书房教习昆班黎，书桌间烛台上早点着几只明亮的蜡烛，听见叩门声见是寂庵，两人高高兴兴将寂庵迎进书房，昆班黎给寂庵奉了茶。

几句寒暄后，寂庵问:“陈旉博士，早先听你说要租几亩田播种试验，不知找到合适的没有?”

陈旉博士说:“还没有，这些天在整理这几年间的谷物资料，寂庵今日问起这事，又此时特地来此，可是有合适播种的田地可以介绍给我?”

寂庵便原原本本将今日听到的成都郊外那小庙与老僧一事告知陈旉博士，还问陈旉博士:“可否明日一同去郊外看看老僧那庙的庙产地，如若合适就租了，这样那老僧得了租金就可以修缮破损的庙宇，岂不一举两得？”

陈寿博士高兴地应道，与寂庵约好了明日早餐后同去。寂庵告辞，陈寿博士送寂庵至院门外时，寂庵又看见前些日子给陈寿博士送什锦花糕的施娘子，身后跟着个小婢女。小婢女捧着装了水果的白瓷盘。

小婢女见了陈寿博士便行礼说是房东吩咐来送水果的，施娘子只是站在两三步远处浅笑看着陈寿博士。

陈寿博士请小婢女送进去，昆班黎在家自会接着。陈寿博士也不看施娘子，只是对寂庵说我再送送你。

两人向大慈寺方向走了一段路，陈寿博士叹口气：“这是如何说来！隔三岔五地送糕点又送水果。”

寂庵只是听着，陈寿博士想了想问寂庵此刻可否同去买些东西？寂庵还未及回答，陈寿博士便拉着寂庵到夜市，寻见一家服饰店，在里面挑了一套深青色织锦的道袍，也买了外罩的同色纱衣，还依着昆班黎的身高买了套同样质地小道童的衣饰，让店家包好。服饰店旁边是一家书店，陈寿博士与寂庵进去给昆班黎选了套《武经七书》。

寂庵见了问：“这是昆班黎自己要学的还是你计划让他学习的？”

陈寿博士说：“就这几天我与昆班黎天天出门买书，昨天他与邻家孩子玩耍时听见那孩子家里有这套武经，回家便说自己也要学，我就计划着这两日买回家，这会儿赶巧了就买回去。”

寂庵点头道：“《孙子兵法》《吴子兵法》《六韬》《司马法》

《三略》《尉缭子》《李卫公问对》这可是华夏大地上七部著名的兵书，神宗于元丰三年(1080年)由当朝国子监组织力量校定、汇编、出版，到元丰六年(1083年)冬才完成刊行。”

说到兵书，寂庵又想到元俊哥哥，还不知道清俊师父近况如何？这些担心不能说出来只能深埋在心底，这套《武经七书》是华夏大地上第一部由朝廷正式颁布的军事教科书，若论远见、大局与谋略，元俊哥哥心中那本《九法》可算是这七本之外的另一莫测高峰。

陈旉博士不知寂庵心中挂念，他笑道：“可不是？朝廷颁行总是有道理的，昆班黎想要学，我就买给他，现在还不知道他将来立志是要从文还是从武，先由着他的兴趣去。”

买完书两人便往回走，路上陈旉博士低声对寂庵说：“曾经沧海难为水，临谷为天下谷物种子付出了那么年轻的生命，我立誓要将未来的时光继续付诸谷物种子上，又怎么会有儿女情长的心思？从今日开始我便做道士装扮，表于衣冠，达于博远。”

寂庵点头说：“阿弥陀佛！陈旉博士有此志向！”

陈旉博士说：“这道家的典籍我从小便在阅读理解，我若自称在家修道的道家居士，也不会辱没三清。”

寂庵说：“你能得博士头衔，自然是满腹学识。”

一路说话，陈旉博士执意要将寂庵送至大慈寺门前，两人方礼别。

次日早间，寂庵去陈旉博士小院，进去便见陈旉博士与昆班黎踏着木梯在书房门楣上贴字，纸上写着斗大的三个字“如是庵”三个字，两人换上了昨日买回的道袍，头上没再用网巾，只梳着寻常道士发髻，用一根白银长簪固好。陈寅博士这般打扮倒是很有仙风道骨的气度，昆班黎扮成了个有着红扑扑的小脸蛋的活泼小道童，梳着道童的发式，两只眼睛分外灵活。

陈寅博士笑道：“至今日始，贫道便是道人陈寅，这是小道童昆班黎，我们的书房便称作如是庵。”陈寅博士自此便称为道人陈寅，他拱手行礼道：“福生无量天尊！”

寂庵合十回了礼：“无量寿佛！”

两人笑着，关好院门带了昆班黎走到大街上租了辆车向郊外驶去。昆班黎肩上斜挎着一个精致的小书包，里面装着一本书，一件玩具和一些小点心。昆班黎说这书包是房东家施姐姐送的。

牛车丁零，不多时到了成都东郊，询问了两三个行人及路旁的茶铺，找到了昨日所说那位老僧与他所住的小庙。

这小庙距离官道有一里远，庙外野草枝蔓横生早没了通向庙前台阶的石板，三人小心翼翼踩着野草到了台阶前，十来步台阶上去便是山门殿，山门殿后就只有一个小禅院，禅院正中的殿内供着千手观音，正殿两旁各两间小室，一间是老僧的禅房，另三间做了斋房与杂物间。这老僧平时自己做饭，间或也有附近的居士们送些米蔬与日用品供养老僧。禅院疏于打扫，野草茂盛精心于一处原本也是一番趣味，若这些野草减弱了常人来此亲近佛法的脚步，莫不如将这禅院再好好做清扫布置。寂庵正想着，忽地传来一阵咳嗽声。

咳嗽声从禅院正殿门口发出，三人看过去，见一位老僧坐在殿门外一张木椅中。老僧七十来岁，满面皱纹，戴灰色薄棉僧帽，穿一件灰色旧僧衣，右手拨着佛珠，刚才咳嗽时咳出了眼泪，正用左手掌内侧拭泪。

寂庵说："想来这位老师父是这庙里的住持了。"

三人走近老僧，各自行了礼，老僧抬眼看见行合十礼的少年僧人寂庵，念了句阿弥陀佛。

寂庵让陈夷与昆班黎在廊下长椅中坐下，自己则笑着在老僧旁边的小凳子上坐下来，寂庵说："住持师父，可是受了风寒？"

老僧摇摇头，低声说了句："老毛病，不碍事。"

寂庵说："住持师父，小僧释寂庵，是蜀中左绵人。"

老僧点点头，微闭着眼睛继续拨动念珠默念佛号。

寂庵说："住持师父，刚才给您行礼的那位是陈夷道人，旁边的小孩子是昆班黎弟弟。"

老僧依旧默念佛号，寂庵接着说："住持师父，小僧在大慈寺挂单暂住，今日到此有一事希望说与您。"

老僧依旧低眉念佛，寂庵笑道："住持师父也不曾动，师父田地间水秧也不曾动，只是小和尚心动了。"

老僧听了此言，抬眼看了看寂庵，道："小和尚说及六祖典故，你说佛祖那木棉袈裟传至六祖惠能后，又如何了？"

寂庵道："当年世尊拈花，摩诃迦叶会心一笑，世尊将正法眼藏传于摩诃迦叶，木棉袈裟便成为世尊所传正法的信物，待达摩大师至华夏大地时也将木棉袈裟带来，后历经六代祖师与数不清的大德呕心沥血传播佛法，六祖慧能知禅宗已与华夏文化融合一体，故将木棉袈裟分而藏之不再传了。"

老僧听了说："我说这袈裟还在。"

寂庵点头道："住持师父说得是，世尊的正法与木棉袈裟在我们身心之间。”

老僧说：“身外之物你还披着？”

寂庵说：“此袈裟非彼袈裟。”

老僧听了笑笑，看着寂庵问：“小和尚是蜀中左绵人氏。”

寂庵点头道：“是！小僧在左绵安州城圣果寺出家。”

老僧说：“安州城圣果寺有位修行很好的老僧清俊，你可认识？”

寂庵道：“清俊住持正是小僧的师父。”

这些日子每想到清俊师父与元俊哥哥，寂庵心中就忍不住一番番刺痛，牵挂之情又不敢溢于人前。

老僧对寂庵笑道：“老衲十年前在汴京大相国寺听过清俊和尚讲经。小和尚，刚才你说到老衲这里来是有一事？”

寂庵见问，便将陈夷道人希望租赁庙产田一事说与老僧。

老僧听了说道：“这庙里倒有几亩庙产田，有居士帮忙种呢便种，若缺乏人手也就罢了，随地里长些什么罢了。老衲年岁已高已无更多精力来料理这些，只愿打坐参禅，一心求生净土。”

寂庵说：“若住持师父同意将田租给陈夷道人，陈夷道人付给庙里的租金，住持师父可用来修葺庙中房屋破损处。住持师父高龄，小僧愿前后奔走在城内招来匠人，匠人工费与餐费尽可出自租金内。庙修葺后便会有更多人来此听住持师父讲法，田里长出的谷物陈夷道人说他愿意捐出绝大部分做供养，或者庙里施饭，或者日常用度，都很方便。”

老僧听了，问：“陈夷道人？”

陈夷见问，站起身再对老僧施礼：“住持师父，在下全真道陈劐道人，寂庵师父刚才所讲，便是在下真心。”

老僧问：“你既要租田，为何绝大部分收成要来供养寺庙？”

陈劐便对老僧讲了自己立志继承、研究、记述谷物农业的心愿，还说这田自己租后将付钱请人耕种，除了在此处，还会接着去其他路、府、县、乡、都里，广泛了解大宋百姓家的农业状况。

为了自己与昆班黎的安全，陈劐隐去了自己在天下谷物种子库的研究经历，昆班黎也乖乖地不对人讲。

老僧听了陈劐所言，点点头让他坐下说话。老僧应允了陈劐道人租田的事，只是自己年高，若要租田再用租金修葺房屋，这事须得这个小和尚来经理，否则自己收了租金也无意义，还不如安贫参禅，少[illegible]事心中清净。

陈劐听了点点头，然后看着寂庵，寂庵笑道：“小和尚愿意听住持师父安排，将这一起事务用心办理。”

老僧说：“小和尚，老衲要打坐参禅了，你自料理。”

老僧言毕，结了跏趺坐，闭目参禅再不理会外界。

陈劐见此，对寂庵说：“你我二人先去城内招募匠人将此修葺整理清扫之后，我再与住持师父签下租田的合约，这样可好？”

寂庵拍手笑道：“你我置心一处了！”

陈劐说着从怀里拿出一个麻质荷包：“寂庵你先将这些银两收下，作为这段时间各种开支，不足的我再补上。”

寂庵打开荷包看了道：“既然这庙里住持师父吩咐寂庵来为此事经理，我应当给陈劐道人一份收据，然后将诸项开支做个简单账簿，这样通透明了也是寺庙对内对外行事的规矩。过些日子也好对住持师父一一禀报。你这些银两将来自应该从租金中扣除才是。”

陈夷想了想：“那就依你，只是给你添了诸多麻烦。”

寂庵在大殿内找到纸张，再寻了一会儿找到了笔墨、砚台，寂庵给陈夷写了收据让陈夷收好，自己也将陈夷给的银两收好。

寂庵笑道：“我父亲与几代祖上皆行商，规划钱物，造册记账是我儿时就看熟能行的，丝毫谈不上麻烦。做这事本身也是修行，这里道场办好了对传播大乘佛法是很有益的。”

两人向住持老僧行礼告别后带着昆班黎出了庙门租车回城内，到人力市场招募木匠与小工等，诸事预约好了已是黄昏时分，寂庵自回大慈寺，陈夷带着昆班黎回小院不久，施娘子便过来给昆班黎送了一件小礼物，昆班黎不敢私自接了，便看着陈夷。

施娘子打开盒盖，是一双适合昆班黎穿的鞋。施娘子说：“陈夷哥哥，这鞋是小妹亲手所做，昆班黎弟弟正在长身体，要不了多长时间鞋子又会短了，陈夷哥哥不会嫌弃吧?”

陈夷对施娘子行礼道：“陈夷道人感谢施娘子。”

施娘子便对昆班黎笑道：“弟弟过来试一下。”

昆班黎高高兴兴过来试了新鞋子，非常合脚。昆班黎拉着陈夷哥哥说饿了，陈夷便要带着昆班黎去夜市吃晚餐。施娘子告辞时说：“陈夷哥哥，我叫施念，哥哥自称道人也好，将书房取名叫作如是庵也好，在施念心中都无碍。”

陈夷一时间不知说什么了。

寂庵与陈夷告别回到大慈寺后，去见宝范师父并将今日郊区禅院这事向宝范师父禀明。

宝范师父很认真地听，寂庵又将自己在此事上的一些想法与计划一一说出。寂庵说有人租田就等于有了修葺禅院的资金，禅院修葺后若能有更多的人去亲近道场聆听佛法，这对大乘佛法的传播是再好不过的。宝范师父也认同这一观点，让寂庵将心中的计划全部说出来，寂庵接着说在禅院修葺的同时，他想策划《禅之演》与商贸会。六天的商贸会上每天上午上演一场《禅之演》，这样的口口相传再加上朝报、邸报宣传等，修葺后的禅院很快就会成为众所周知的佛学道场。

寂庵从衣袋内拿出陈舅给的麻质荷包，打开荷包将里面的银子拿出来给宝范师父看，说这是先给的一部分租金，后续还会补足。这些银两加上后续补足的，精细安排一下，能够得上禅院修葺与《禅之演》的费用。寂庵再讲了对六场《禅之演》的安排，第一场是初祖达摩，后面几场分别是二祖慧可、三祖僧璨、四祖道信、五祖黄梅、六祖惠能。

宝范师父听完后让寂庵将银两收好，他再仔细想了想，说寂庵得到那位住持老僧许可帮忙出租田地以及计划修葺禅院一事，做得很好。不过六场《禅之演》与商贸会一事若排上日程，就会有许多要做的事情，有些事情的复杂程度会超出现在的预想。

寂庵说这件事情计划用两个月的时间来完成，请宝范师父相信寂庵，寂庵会尽全力去做，且不会在银钱与信誉上给大慈寺带来不便。

宝范师父见寂庵还年少，不过他刚才这般认真所讲也是条条细致。往昔清俊师兄在书信中几次提到过寂庵这孩子天资高也很踏实勤奋，不如就让他历练一番。

宝范师父想到此，就对寂庵说：“清俊师兄在书信中曾说寂庵做事踏实，我相信师兄的眼光。”

寂庵见宝范师父这样讲就知道宝范师父会支持自己，便掩不住笑容了，宝范师父也笑了，伸右手食指刮了一下寂庵挺直的鼻梁。

六　寂庵之演

禅院开始动工修葺时，寂庵就在策划着可以在禅院大门外办一场商贸会。以前在家时，翁翁与爹爹每年都要安排好些伙计与商品，去参加成都与左绵的商贸会，有专做丝绸与香料的商贸会，有专做茶叶与药材的商贸会，有专做食品食材的，也有什么都可以拿去交易的商贸会。寂庵渐渐地也就知道一场商贸会该怎么发起；怎么在衙门备案；怎么进行；要与当地商盟会哪位会长联系；怎么联系；说哪些话；联系前要先做一份计划，里面涉及多少个商家参会，商贸会场地可搭建多少个摊位；等等，都应在计划内详细写明，先要做好了这份计划才能去见当地商盟会会长。

听起来看起来很繁杂的事情，寂庵在心里细细过滤一遍也就知道该怎么做了。举行《禅之演》与商贸会的目的是为了将修葺一新的禅院介绍给更多的人，来此禅院的人越多，越利于传播佛学文化。

寂庵连夜写了份详尽的商贸会计划书，宝范师父亲自写了拜帖。寂庵拿着计划书与拜帖去拜见成都商盟会会长。那会长见拜贴上落着大慈寺宝范师父的款，他知道宝范师父是大慈寺说话很有分量的长者，便吩咐将寂庵带到家中大厅内面谈。会长出来后见寂庵不过是16岁左右的少年僧人，僧袍也是寻常，不觉言语中就淡淡的。

这在寂庵意料中，他不在乎会长的态度，合十行礼后便将为何要发起商贸会的前后原因与相关的《禅之演》一一讲述给会长听。寂庵举止庄重，言谈之间自信洒脱如行云流水，对商贸会计划前后以及涉及的诸多事务与银钱规度有节丝毫不乱，措辞精准表达清明语速停顿也恰到好处，会长渐渐听得认真了，中间提了一两个问题，寂庵给出的解决答案也是前后思虑极为真挚，无半点推诿敷衍。会长点头颇为认同，再细看寂庵，虽然是个穿着普通的少年和尚，但外形相貌气度已远超常人。

这会长五十来岁，富态精明，对世间银钱与人情早已清楚通达，见寂庵座旁放着普通茶杯，便呼了奴仆进来给寂庵重新上杯热茶。

奴仆换上新茶，寂庵端起茶杯看了看，说："会长好雅致，顾渚紫笋正配这样的白瓷。"

会长点头笑了笑，便似不经意地问了问寂庵的籍贯。得知寂庵是蜀中左绵安州城雍家的长孙时，会长又问了雍家老爷与雍家大官人一些情况，见寂庵回答皆属实，又见方才寂庵说起商贸会那般清畅，原来是自幼的见识。

会长一拍手哈哈大笑："真没想到你是世交雍家的长孙！一直觉得寂庵这个名字好熟悉，原来是这么个缘分！"

寂庵听会长这样说便起身再合十行礼，会长忙起身还礼道：“寂庵小师父是世交，又是大慈寺宝范师父亲自推荐，切莫如此多礼！”

这会长家每年在大慈寺都会接好几单大生意，与安州城雍家也是好些年的行商伙伴，无论从哪一方面，会长现在都决定要帮寂庵做成这个商贸会。会长将寂庵做的商贸会计划书拿在手中仔细看后，再与寂庵在日程与地点上做了些商议，约了明日上午与寂庵一同去实地察看，会长说这事无论是他自己还是商盟会都会全力促成。

会长在寂庵告辞离去后，便去书房给寂庵的爹爹雍大官人写了封书信，信内写自己帮助寂庵进行商贸会一事，还对寂庵好一番称赞。写完封好后吩咐管家将信速递出去。

会长的这封书信这日下午就从成都快马送到左绵安州城雍家，雍大官人阅信后再给家中诸人看了，雍老爷当即让雍大官人回了信，并备了一份厚礼随信寄回。雍老爷将书信读了好几遍，对众人笑道：“这聪明能干的孩子，他在什么地方都是聪明能干的！我们家寂庵将来定会干出一番事业，我一直很相信我的孙儿。”

会长次日清晨收到急递铺快马送来的安州城雍家回信，信内雍大官人致谢之词客气谦卑，又代家中诸人感谢会长对寂庵的诸般照拂。随信送来的礼物中有一匹天孙锦、一盒千佛飘雪茶叶、一盒给夫人的精妙制香，还有一些安州城特产。天孙锦与制香虽贵重还可以买到，这千佛飘雪可是无处买的上佳绝品。会长见雍家很重情又从礼物中看出寂庵在雍家的重量，他对寂庵策划的商贸会自然就更看重了，一段时间后见寂庵这孩子聪颖且肯吃苦，事务再多也能处理得井井有条，行动言语丝毫不见紊乱，他对寂庵的好感与赞许不断增加。

两个月的时间众人在辛勤工作与汗水中度过。

两个月后，成都郊区一座古朴雅致的禅院前，宽大的戏台上，有一位披着宽大僧衣的高个子僧人，旁边还有一位念着旁白的男子。

这演不同于市井之戏，是由成都一世家官人子旭独资赞助，在此修葺一新的禅院前上演禅宗故事，凡俗热闹音乐一概不用，只一张古琴、一面鼓足矣，放置古琴的琴桌是一位大商家将自己家传的琴床贡献出来，这琴床可使古琴音扩大至更深远处，令观演之人即使相隔很远也能闻美妙琴音。

弹琴的是一身素净僧袍的少年寂庵，击鼓的华服官人是成都有名的世家美男子旭。子旭年近而立，家境富裕，高挑个儿白肤长睫浅笑，常戴白玉美冠着四重绢丝华服，嘴上留着两撇雅致胡须，喜爱美酒与绘画，善击鼓，常去大慈寺细细观摩精美壁画。一个多月前在大慈寺与宝范师父谈论书画时巧遇正筹备《禅之演》的寂庵，一时来了兴致，非得要为《禅之演》击鼓为乐，还拿出千两白银作为舞台搭建与舞美、服饰、演出等《禅之演》所需的全部费用。

寂庵原本的计划里是没有这么多银两来做《禅之演》，现在忽然有了这么充足的资金，自然更精心投入演出，揣摩要怎么样让观者明白。

《禅之演》开演前已在成都报纸与市内各处大小集市做了通

市告知，全部演出共六日。演出期间，在禅院前的一条临时街道上会同时举办春季商贸会，《禅之演》在上午进行，商贸会不止白日进行，晚间和夜市也有，亥时后方停市休息。得知子旭要亲自为禅之演击鼓作乐，他的众多好友与拥趸奔走相告，就等着那几日能好好一赏芳华了。

【初祖达摩】

《禅之演》第一日上演的自然是华夏禅宗之始。

两千多年前，释迦牟尼在一次法会上拈花不语，法会中只有摩诃迦叶会心一笑，于是，释迦牟尼将正法眼藏传于摩诃迦叶，并给了自己的木棉袈裟作为信物。正法眼藏衣钵相传在天竺传了28代后，由达摩带至华夏大地，与华夏文化融为一体，从此华夏大地开始了智慧辉煌的禅宗历史。

达摩为华夏禅宗初祖。

穿着宽大僧衣的高个子僧人蓝眼珠高鼻梁，他叫达摩，从天竺来，经过三年艰苦跋涉后到达华夏大地。魏孝明帝孝昌三年（527年）十一月二十三日，达摩至洛阳在嵩山少林寺面壁而坐，默默不语。戏台上的达摩面壁时，旁白的男子道：“达摩虽不言语，人们却开始思索他此是为何？”戏台旁古琴声传出时，旁白男子又言：“听说达摩所得心法有释迦牟尼所传的木棉袈裟为信物，何为心法？”

此时，一演者束发着一袭青袍，走至台中央，道：“心法吗？便是释迦牟尼的正法眼藏，涅槃妙心，实相无相，微妙法门，不立文字，教外别传。”

另一红袍演者走近来问：“不立文字？”

青袍演者点头：“嗯！不立文字，以心印心。”

红袍演者问：“达摩常年在这山洞坐禅，又不言语，怎么印心呢？”

青袍演者哈哈大笑，直至笑出眼泪：“禅难道在话语上吗？”

红袍演者问：“不在话语上，难道在文字上？”

青袍演者再次笑出眼泪：“难道在文字上吗？”

两位演者不再言语，只在舞台中央站立。

一阵清丽的鼓声从舞台侧幕传出，击鼓的子旭头戴白玉冠，身着天孙锦精制的四重雪白华服，跪坐在两尺厚的锦缎圆榻上，缔鼓放在膝前。

子旭十指在缔鼓面上轻轻拍打，传出的鼓音如原野万物兀自生长喜悦，子旭微笑着看着舞台中央禅坐的达摩，还有站立的两位演者。

已开始有倾慕者悄悄绕至侧台下将花朵轻掷于子旭榻前。

一段缔鼓停歇后，舞台上方开始飘落雪花，舞台中央的两位演者在雪地漫步，古琴声传出后，演者随着琴声曼舞。

雪一直下，两位演者退下后，僧人神光从漫天雪色中走出来，他专程来此寻访达摩。神光三十来岁，为人旷达，博闻强记，精通各类典籍，神光说：“孔老之教，礼数风规，庄易之书，未尽妙理，不如栖心佛理，超然物外，不过，如何才能断生死？如何才是广度群品？”

是生，还是死，这是个大问题。

神光带着这个大问题来至达摩坐禅洞前，神光初见达摩，朝夕肃身侍立在洞外，雪一直下。

神光欲问达摩，要开口时又觉心头所思所问甚多，便又暗自琢磨。要开口时又觉心内对生死的理解似透彻却又不透彻，便又暗自琢磨。要开口时又觉心内诸多不安，这些不安阻挡着自己最后彻悟的大门，纵然这些日子的大风雪，仍然凉不下心内炙热难解的阻碍。

神光一直侍立在达摩禅坐洞前，达摩已完全洞悉他为何而来，又为何心内不安。

达摩一直没有理会他。

神光并不气馁，自古求道最难，他暗自决心，此番非得要解开疑惑达到彻悟。

大雪一日一日地下，地上积雪已淹没至神光的膝盖。此时，达摩大师感他至诚，才转过身来，问："汝久立雪中，所求何事？"

神光凝视达摩，道："唯愿和尚开甘露门，广度群品。"

达摩说："诸佛无上妙法，即便旷劫精勤，难行能行，难忍能忍，还不一定能得到，若人想以小智、轻慢心而得，那是徒劳！"

神光听此诲励，当即伸手从怀里拿出戒刀，刀刃挥向自己手臂！

台下观众惊呼："啊！"

演至此，缔鼓音激昂一声拍下，古琴余音及止。

舞台上诸物不动，旁白男子在侧幕言："明日诸位依旧此时来此，续观禅宗二祖断臂求法！"

【二祖慧可】

神光和尚挥刀自断左臂，鲜血染红了脚下白雪，血肉连心，神光和尚忍痛举起断臂，放置达摩面前。

达摩对他说："诸佛在未成佛前，为求大道是不惜劳累自己身心的，你今日断臂求法，是求什么？"

神光说："弟子心未安，请尊者为我安心！"

达摩伸手道："将你的心拿来，我为你安！"

神光一遍寻找，对达摩说："遍寻不见！"

达摩微笑看着神光，神光至此大彻大悟。

达摩为神光改名为慧可。

慧可开悟后，继续留在达摩身边近9年，后来达摩将衣钵传于慧可，慧可自此成为禅宗二祖。

二祖慧可开悟后得到达摩祖师印证，后讲经传道，二祖慧可长于词辩，虽为人低调，但知道他的禅法的人日益增多，随着他的影响扩大，对他的攻击也伴随着声望同来。

二祖慧可在邺都受到异派学者的迫害后流离邺卫之间。在北周建德三年（574年）武帝灭佛运动期间，二祖慧可与昙林努力保护佛经与佛像，二祖慧可南行隐居于舒州司空山（今安徽岳西县）期间，传衣钵于三祖僧璨。周武停止灭佛后，二祖慧可回到邺都。

二祖慧可在邺都韬光养晦，便易行仪，谁宜说法，或入诸酒肆，或过于屠门，或习街谈，或随厮杂，一音演畅，四众皈依，如是长达三四十年。

当时一位叫作辩和的法师，因为学徒渐渐都离开了他，而跟随二祖慧可学习，辩和嫉恨之下在邑宰翟仲侃面前诽谤二祖慧可，翟仲侃听信谗言对二祖慧可进行了残酷伤害，二祖慧可却怡然顺受，毫无怨色。

二祖慧可（487—593年）活了近107岁，于隋文帝开皇十三年圆寂。

因为二祖慧可为众生求法，立雪断臂，禅的血脉方能传至华夏大地，二祖承上启下的传法功德永留后世。

这日的舞台置景寂庵选用了湛蓝洒金的全景，禅演结束时，子旭坐在移动小榻上被推至舞台中央，子旭先击了一段缔鼓，后唱诵二祖慧可的一首佛偈：

备观来意皆如实，真幽之理竟不殊。
本迷摩尼谓瓦砾，豁然自觉是真珠。
无明智慧等无异，当知万法即皆如。
愍此二见之徒辈，申辞措笔作斯书。
观身与佛不差别，何须更觅彼无余。

众人皆知子旭缔鼓击得极为精妙，却不想他唱诵的声音更是出乎意料的美妙。这日子旭穿着宝蓝色天孙锦四重衣，质地上乘裁制精美，风吹起时，淡妆的子旭明眸善睐顾盼生辉犹如夜空星月之美。

唱诵毕，鲜花尽皆抛掷于子旭衣衫与坐榻上。

台下的观者中，有一位极为年轻的女子，很专注于子旭的表演，她的专注不同于其他观者的着迷，她似乎在研究子旭。因为这女子过于出众，一身麻质衣衫，乌发垂肩，无半点胭脂首饰，只是冷静地站在那里观看，这也让台上的子旭惊鸿一瞥，这女子的眼神与子旭的眼神碰撞后立刻移开。

这日的禅演结束后，子旭在舞台后面匆匆换下衣衫，出来寻找那女子，禅院前的街道上并没有见到，再寻了还是没有见到，以至午时，子旭想着还要与寂庵商议明日的禅演，只得慢慢回到禅院。

两个月之前，禅院里面杂草丛生尘土扑面屋损檐落，这两个月内寂庵与陈夷在成都市集雇用了20个工人，用了一日将禅院杂草瓦砾垃圾等物一一清除，再用一日将禅院大殿与禅房打扫至一尘不染。之后，寂庵与陈夷又去联系了4家木工师傅，让每家木工师傅分别带着5个熟手。

寂庵先在一张大纸上绘出禅院全景，然后将需要修葺之处一一标注清楚，然后请出禅院住持老僧与木工师傅们一同在禅院大殿内商议，住持老僧说他完全信任寂庵小和尚，让寂庵看着办就是了。

寂庵便听从，与木工师傅们再次谈好了修葺事宜与工钱，并签字画押预付了一些工钱，师傅们开始分头修葺，合约上是要在半月之内完成全部修葺，半月后则是描补刷漆，第二个月《禅之演》舞台要在禅院门前开始搭建，搭建舞台的小工与舞台师傅们要开始上工与排演，这些人事必须计划好时间，不能拖延也不能敷衍。

禅院的厨房收拾出来后寂庵请了做饭的厨师，附近的人们见禅院开始修葺，渐渐便有了居士们轮换着日日来帮忙做饭烹茶。

这些事情安排顺畅人工入场，住持老僧与匠人们的三餐也井井有条之后，寂庵开始完善《禅之演》的事宜。

寂庵每日同来禅院做事，陈夷第一个月几乎每天同来，或者看着材料出入或者帮着寂庵记账，或者去看他请到的农户在租田里干活的进度，昆班黎原本每天也来，后来昆班黎说房东家的施念姐姐要带他去小孩子们的习武班看看，就三天两头地跟着施念姐姐去习武班，后来施念姐姐给他报了习武班的课，昆班黎就每日由施念姐姐接送上习武班，施念每日还教昆班黎识字画画。陈夷也只能由她，只是陈夷的心里是装不下她的，想着与寂庵忙过这一段再找个时间好好对施念说清楚自己的想法。

施念也是一片痴情，见陈夷整日地忙碌，便遣了家中一位老年奴仆隔几日地将陈夷、寂庵的衣服鞋袜清洗晾晒。将昆班黎爱护地如同自己的亲弟弟。

房东施家只有这一个女儿，是要招个女婿上门，施念是个极有主见的女子，施老夫妇见女儿钟情陈夷，当初陈夷租房的时候也讲过自己的家事，父母早逝，只有昆班黎一个族弟。施老夫妇也计划着等陈夷忙过这一段再请他来家做客，听听他的想法，他们对陈夷是很满意的。

陈夷的心里除了种子就是田地、农业、天气与实验，哪里还有什么？

看着这禅院一日一日渐渐修葺一新，陈夷很是替寂庵高兴，他没有想到少年寂庵做起这些事情来头脑清晰井井有条，一日里即使事务再多他待人接物也是彬彬有礼丝毫不乱，所做账册丝毫无差，每日里向住持老僧早晚问安，有事禀报，住持老僧只是微笑听着，诸事让寂庵做主就是了。

寂庵有时候也希望再忙碌一些，这样才能减轻对清俊师父与元俊哥哥的挂念。

偶尔陈旉看见寂庵的眼睛里似乎有泪珠，见到人来寂庵就很快用衣袖擦擦眼睛，装作若无其事地笑一下。陈旉很能理解寂庵，有时也用话将他的情绪分散开。

第一个月万般忙碌下来，禅院与之前全然不同，仿佛新生。

陈旉在禅院修葺完工后带着昆班黎向寂庵告辞，陈旉说现在租禅院的田已下种，他也教会看田那农户怎么单独伺候那半亩实验苗，趁这几个月空当时间，自己还可以走好几个地方实地考察记录大宋农业情况。

寂庵很懂得陈旉对理想的执着追求，寂庵鼓励昆班黎要向陈旉哥哥学习。昆班黎看着寂庵与陈旉哥哥，使劲点头。

《禅之演》的剧本创作方面，有了子旭赞助的千两白银，寂庵准备好好地将资金安排下去。寂庵请子旭介绍了蜀中最好的演剧班，这演剧班在汴京城内与杭州以及其他一些城市都演过，他们的舞台置景与演者很受欢迎。

子旭说禅院修葺一新后，商盟会与《禅之演》，是要将崭新的禅院推出来，让那里变成一个热闹的道场，去的人多了更有利于佛法的传播。寂庵笑道就是这样的，只是这资金算来算去，还得好好计划出《禅之演》的剧本编写费用这一笔钱。

子旭听了哈哈大笑，对寂庵说："你的清俊师父与大慈寺宝范师父是多年的至交好友，我早在宝范师父那里听说了，寂庵自幼勤学博闻强记，又善于融会贯通，且行文端雅流畅，这个《禅之演》的剧本，寂庵何不自己来写？一则这禅宗故事你熟悉，再则这项钱不就出来了？”

寂庵听了想想，子旭这些话很有道理，自己写禅宗故事，写好后与演剧班演者可以直接交流。寂庵用了一天一夜写出了《禅之演》的剧本，演剧班拿到剧本便开始通读排练。

舞台搭好之后，演剧班用帷帐围好舞台在里面日日练习，子旭很喜欢这些故事，便说可为《禅之演》击缔鼓。子旭在舞台上尝试了缔鼓之后觉得其他的乐器都可以不用了，寂庵也说有了这缔鼓，再用上古琴，意境便出来了。

演剧班有古琴师父，排练时寂庵一时兴起弹了一小段，众人惊讶于寂庵的古琴竟弹得如此好，寂庵不好意思笑道：“小僧幼时跟着妈妈学的琴。”

子旭听了寂庵弹琴感慨不已，想到自己在成都一至交好友，家里有唐时传下来的古琴床，便上门去好说歹说将琴床借出来备着《禅之演》时用。这琴床的扩音构造极佳，寂庵将古琴放上去试了一下，琴音传至很远且十分保真。

子旭叹道：“这琴虽好，可惜还不是绝佳好琴。听说前些年唐琴九霄环佩在蜀中一现，可惜我却没有缘分一闻其音。”

寂庵笑笑，不好说什么。因为子旭所提及的天下名琴九霄环佩正在安州城他的俗世家中，寂庵幼年时妈妈正是用九霄环佩教会寂庵弹古琴的。

子旭坚持要寂庵在《禅之演》的舞台上弹古琴，与自己的缔鼓相应和，寂庵笑着点头答应了，每每弹琴时寂庵就会想到妈妈，妈妈是寂庵心底温暖的存在。

《禅之演》的舞台上，寂庵在侧幕弹古琴，有长长宽宽的竹帘间隔，琴，自古便是听，没有人看琴。

《禅之演》第一日与第二日，上演反响都很好，因为之前在成都做足了宣传，这两日成都与周边城市的报纸上也有了《禅之演》的新闻，到了第三日上午，早早地就有了很多观众，以至于影响到了商贸会舞台周围的商摊，最后由管理市场的官员出面协调，将临近舞台的商贸摊调整了角度。

这日的《禅之演》讲三祖僧璨，开演前子旭双手摸着缔鼓，眼里却盼望昨日台下观剧的麻衣女子。

【三祖僧璨】

三祖僧璨（510—606年），史料记载他最初是以普通人的身份前来舒州司空山拜谒在此避难的二祖慧可，那时，他40岁。

舞台上的他，浓眉大眼善思好学，他患了风疾，疾病不可怕，可是疾病已严重影响到他对开悟的追求，众人都说慧可得佛心法，我何不去请求开示？既可印证我的所学所悟，也可求得忏悔业力。

于是他打听到了二祖慧可避难的居处，他心想，这样的风疾，也许是往世里业力太重，如果我个人的忏悔力量不够，我就去请求慧可的开示与加持，如能开悟，就算风疾至死，也无所悔。

他在北齐天保初年（550年），跋山涉水来到二祖慧可身边，那时他还未出家，也没有对人说起过自己的姓氏，他来到二祖慧可面前，请求道："弟子身患风疾，请和尚为我忏悔。"

二祖慧可说："把你的罪对我说，我为你忏悔。"

他沉思片刻，发觉连个我都没有，又何来罪与忏悔？他便说："还有个罪吗？我找不到罪。"

二祖慧可说："我已为你忏悔过，你皈依佛法僧。"

他说："今日见到和尚，已知自己是一个僧人了，但不知何为佛法？"

二祖慧可说："是心是佛，是心是法，佛法无二，僧亦如此！"

他言下大悟，当即出言不凡："今日我始知罪也好，性也好，不在内，不在外，不在中间，心也如此，佛法如此，并没有个内与外。"

二祖慧可闻言便知他已开悟，深深地器重他，并为他剃度取法名僧璨。

就在这年三月，僧璨在光福寺受具足戒。其后不久，二祖慧可即将衣钵传于他，至此他成为三祖僧璨。

三祖受衣钵后，逢周武灭佛，他在司空山与皖公山之间隐居，韬光养晦长达十余年，这期间他只有一个叫道信的弟子。

这日上演三祖僧璨的故事，寂庵一段古琴后，子旭有一段击缔鼓的唱词。

子旭待到古琴结束时，便和着最后一个调击缔鼓。

此时子旭看见了昨日台下那位一见难忘的女子，那女子依旧一身麻质衣衫，皮肤苍白鼻梁直挺眉黑而秀，眼深邃不见底。子旭怦然心动，以至于他确信这个女子是自己从未见过的，如入另一番境界。昨日《禅之演》结束后子旭遍寻不得，今日这一见若不能闻其姓名，会成为终生的遗憾。

子旭原本就极其随性，他当即起身从舞台后面下去，再顾不得台上。

子旭离开舞台时，寂庵刚好弹完最后一个音，眼内余光见子旭下去。

舞台却不能空着，寂庵是在舞台另一旁侧幕之内，情急之下想也没想，寂庵便抱起古琴起身走至舞台中央。演剧班的演者也知此刻舞台出了状况，见寂庵即刻来到舞台中央后，演剧班主即刻关注聆听寂庵一举一动，演剧班一直备有舞蹈，此刻最希望的就是寂庵弹一曲他们熟知的。琴一起，舞蹈即刻便可和着琴声出演，这样，方能融为一体，以最大的诚意献给台下观者。

寂庵从竹帘后出来举步至舞台中央期间想到这些日子见演剧班排演时，偶尔听见他们说下个季度会在汴京出演一幕《东山》，取材于《诗经》。寂庵自幼熟读《诗经》，自然是记得《东山》，不过寂庵没有琴谱，寂庵心中一叹，先自己弹弹再说。

寂庵在舞台中央跏趺而坐将琴置于膝上，拨了个散音之后朗朗吟唱道："我徂东山，慆慆不归。我来自东，零雨其濛。我东曰归，我心西悲。制彼裳衣，勿士行枚。蜎蜎者蠋，烝在桑野。敦彼独宿，亦在车下。"

寂庵第一句唱出来后，演剧班主便明白了，拍手赞道："好个聪慧的寂庵师父！"

演剧班的一队舞者听见寂庵第一句吟唱后，便速速换上下季度备演《东山》的战国衣衫，备演的乐器是丝竹与战鼓，不过没有关系，这些舞者只需要和着寂庵吟唱的内容便可以舞蹈一小段，这一小段之后，准备好的乐手们自然就可以接下第二段来。那时，寂庵即可抱着古琴从舞者衣衫之后缓步离台。

寂庵将第一段弹唱完毕，见舞者与乐队都已备好到位，自己就在乐队起承时从舞者战袍之间抱着琴回到侧幕与出演三祖僧璨的演者站在一起。

这天的《禅之演》自然很精彩，战鼓中的舞蹈似乎将观者们带入战国，带入士兵对亲人的诸般思念。而战争的舞台后面，是禅院，战争在亘古未变的智慧面前，是有变数的。

再说子旭匆匆离台后，在人群中寻找那女子，找了许久，却在舞台后的禅院廊下看见迎风而立的那个女子，子旭待要走上前，却见那女子抬左掌止住了他的脚步，女子指指天空，再看看子旭。

子旭此人于情字上是很通达的，他便知道这女子的意思是此时人多，不是认识的最好时刻，子旭担心惊走她便不再向前走，只用含情的眼神看着女子。

如今修葺一新的禅院中已是人来人往，已有人将目光注视到美男子旭，子旭很坦然，只是挑眉一笑而已。

那女子见有人看过来，便要离开。子旭情急，却见那女子走向自己，擦身而过时，那女子在他耳边留了一句："今日夜间可见圆月。"子旭笑道："夜间我的车来此接娘子可妥？"

女子没有答话，擦身而过，子旭再转身时，已看不见那女子身影，泠泠语音犹在。

子旭还未娶妻，家中有侍妾，尚无子嗣。

这日夜色还未至，子旭便让小厮吩咐家丁驾了车，出了城向郊外禅院驶去。禅院前街道上正值商贸会夜市，修葺一新的禅院、《禅之演》与商贸会已将这里变为熙熙攘攘的热闹之地，夜市上各色花灯、脂粉、日用品、特产、餐饮与杂耍会至亥时才休歇。

子旭吩咐将车停在集市外，自己带着小厮下了车步行向禅院走去。

此时的禅院安静下来了，住持老僧与寂庵正在大殿诵经，回廊间只有月影。

子旭让小厮在禅院门口候着，自己走去白日里相见那处，好一会儿方听见身后有些衣衫声音。转身看时，见白日里那女子正盈盈地走过来。子旭赶紧上前两步迎着，看着女子眼睛含笑施了一礼，那女子却不甚理会他，只用手中纨扇遮了半边脸颊，在距离子旭三步外的回廊间长椅上轻轻坐下。

月光下这女子并不说话，只是用眼睛细细看着子旭。

子旭笑道："在下在城内有一处别院，最是适合赏月，车在外面，娘子可愿移步？"

那女子放下手中纨扇，看看子旭，再转头凝视天上圆月。

不知为何，日常见惯各色美人的子旭却被这容貌并非上上等的女子完全吸引，这女子浑身上下似乎有一种魔力，让他移不开眼转不过心。

子旭喃喃道："这是一见钟情？"

子旭见她似乎凝视了好久，渐渐地深邃眼里满含泪水，泪水顺着她清瘦苍白脸颊掉下来。

子旭从怀里拿出手绢走上前递给她，那女子接过来拭去眼泪，怎知眼泪越来越多，后来竟忍不住泪如雨下。

子旭心疼万分要上前去安慰，那女子躲开，子旭便不敢再动。

许久后，那女子说：“走吧，禅院夜间本不该你我俗人打扰。”

子旭见说，便知她要去自己城内的别院，便微笑着陪在那女子身旁，再唤来自己小厮吩咐将车移至禅院门口。

及至上车后，那女子坐在子旭对面，车行了许久后，她才说：“我叫本纪。”

子旭笑道：“好美的名字，本纪。”

本纪浅浅叫道：“子旭哥哥。”

子旭的别院清幽宽敞，书房前有一处宽台，最适合赏月。奴仆上了茶，本纪说：“哥哥，这样的月色，岂可没有酒？”

子旭笑笑，让奴仆拿了白玉杯、陈年美酒与鲜花水果。

宽台四角灯柱里各点着几只红烛，本纪与子旭在宽台上相对而坐，中间隔着香椿木宽几。

本纪伸手抚摸了一下几案：“香椿木。”

子旭却跑神了，笑道：“香。”

本纪看着他，子旭笑道：“本纪妹妹身上有一种淡淡的梅花香。”

本纪说：“这样的天气，哪里还有梅花？”

子旭一眼深情看着本纪，微笑吟道：“雪里清香，月下疏枝。更无花、比并琼姿。一年一见，千绕千回。向未开时，愁花放，恐花飞。”

本纪深邃双眸凝视子旭片刻，暗自叹口气。

子旭拿起白玉壶将面前两个杯子斟满，递了一杯至本纪眼前：“本纪之美，堪比月下梅枝。”

本纪接过酒杯，凄然一笑：“子旭哥哥只知世间皮相之美，可世间最美的却要看心。”

子旭笑道：“愿闻其详。”

本纪道：“世人无论男女，若心怀天下，愿为苍生作福，这便是美。皮相只在其次。”

子旭笑道：“我等俗人，哪能一眼即能见到人心呢？”

本纪想想，点点头，端起酒杯一饮而尽。

子旭说：“本纪妹妹不是蜀中人吧？”

本纪笑笑不答，看着天空圆月。

子旭见她神色含哀，劝解道：“本纪妹妹心头若有难解之事，这样皓月清辉，必要抒怀才是。”

本纪回头看看子旭：“这月亮是有灵性的，子旭哥哥说这月亮之上可有人儿？”

子旭笑道：“是嫦娥吗？”

本纪微微摇头：“我倒觉得是一位公主。”

子旭笑道：“这倒是旭第一次听说。”

本纪道：“哥哥可曾听过临谷公主的故事？”

子旭道：“前些时，大宋每个大城市的朝报上都有临谷公主的故事，我自然也是读过的。”

本纪蹙眉叹道：“可惜了公主。”

子旭道："临谷公主扑下悬崖而死，这一死虽然可惜，不过能与元俊总护卫在死后相聚，也不失为痛中之幸。"

本纪道："朝报上说临谷死了，我却希望她到了这月亮之上。"

子旭道："本纪妹妹这是如何说？"

本纪想了想，道："是本纪极为喜爱临谷，所以希望她去了月亮之上，等待与元俊相聚。"

子旭笑道："女孩子是偶尔喜爱幻想成真的。"

本纪道："子旭哥哥，不久前朝报上还有一则消息，说蜀中多人在大地震动后见一物冲天而去，似进入月亮一般。"

子旭点头道："这消息不但朝报上有，官家邸报上也记载了，司天监关注记录在册，这也许是寻常的地动天象吧，自古各朝代都有这样的记录，不足为怪。"

本纪道："子旭哥哥说得是，正因为不足为怪，所以本纪便相信临谷是乘坐那飞行器到了月亮之上，在那里等待与元俊相聚。"

子旭见月光下的本纪提到临谷时神色中不再只是冷冷，反而有了温暖，便不再说什么只是笑笑："愿本纪妹妹吉言，这也是让人心温暖的佳话。"

本纪娉婷起身，向子旭施一礼。

子旭忙站起身要伸手扶住本纪，本纪向后退了一步："子旭哥哥不可，本纪是禁欲系。"

子旭收回手，挑眉微笑看着本纪。

本纪接道："人海茫茫，本纪遇见子旭哥哥绝非偶然。子旭哥哥在我大宋与西夏的平夏城之战中，曾为大宋军队捐出大笔钱帛，还购买了诸多马匹送至秦国公章楶军中，为我大宋平定边疆出了力。”

子旭叹道：“那年我家的商队在泾原路一带行商，受到西夏军队滋扰抢劫，货物丢失也就罢了，还打死我家十多位行商人员！其中包括我的长兄。兄长去世后，父母受此打击不久双双撒手人寰。我在那一年便接连失去三位至亲，自此后便觉人生无常，将学业与行商的雄心收敛大半，时常以音乐绘画为伴，及时体味快乐时光。”

本纪听了叹道：“哥哥心中藏有如此苦痛。”

子旭笑了一下：“这些都过去了，苦痛埋在心里便是，我父母、兄长泉下有知，也是不希望看见我终日愁思郁结。”

本纪道：“是这个道理，这点我要向哥哥学习。”

子旭请本纪坐下，复给她斟满酒。

本纪道：“外人只知哥哥俊逸潇洒，我却知哥哥有一颗报国之心。”

子旭笑道：“妹妹言重了，我不过捐些钱物至军中，这不算什么的。”

本纪道：“哥哥每年都捐钱物至军中，不是报国是什么？”

子旭摇头道：“妹妹过誉了。”

本纪也给子旭斟满酒，子旭举杯饮尽，本纪再给他斟满：“哥哥，本纪有一请求。”

子旭笑道：“就怕妹妹不讲。”

本纪从怀里拿出一个手掌大小的钱袋，打开袋子，将里面的金珠宝石尽数置于案几上，说道：“妹妹孤身来此，不喜欢住客栈，哥哥这别院清幽极合我心，我便以此为租金，在子旭哥哥这里住一段日子。”

子旭笑道：“妹妹何方人氏？”

本纪道：“我是孤儿，自小被一户人家收养，那户人家后来遭遇不幸我便再次孑然一身。”

子旭问：“妹妹如此姿容，可有定亲？”

本纪摇头：“我是禁欲系。”

子旭对她温柔一笑：“那是还未遇见让你动心之人。”

本纪心中一痛，对子旭道：“子旭哥哥若再这样，我要走了，再不相见。”

子旭赶紧点头道：“不提不提，妹妹要在别院居住，尽管住就是了，我再安排了奴仆伺候妹妹起居，这些金珠妹妹收回去。”

本纪道：“多谢哥哥，这些金珠哥哥若不收，我是不会住的。”

子旭只得笑着从案几上拿起一颗金珠，再将其余的装回袋里放回本纪面前，说道：“我就收一颗。”

本纪道：“哥哥若不收完，我就即刻离去。”

子旭为了留住她，只得全数收下。

本纪道：“天色已晚，哥哥明日还要去《禅之演》击缔鼓。”

子旭笑着点头，本纪说：“我很喜欢看《禅之演》，明日该是讲四祖道信的。”

子旭笑道：“明日我还有一段缔鼓吟唱，妹妹可要先听听？”

本纪起身道：“不用，我明日自去观看，我已习惯进出自便，哥哥切不可让我次次与你同行。”

子旭笑道：“我有耐心。”

本纪便不再理会他，子旭安排了奴仆侍候本纪去他的卧房休息，他却住在书房内，自此他知本纪的性格，也知她财务自由，不是要为生活依附他而来，便尊重她的想法。

【四祖道信】

这日子旭早早地乘车到了郊外禅院，在大殿前找到寂庵，为昨日忽离舞台一事致歉，寂庵笑道没有关系的。

两人说笑着去舞台前，再过半个时辰《禅之演》开场。

子旭笑道："寂庵如此年少，竟然将这间禅院修葺、商盟会与《禅之演》安排实施如此周全，不过两个月工夫，这里已是全然不同。"

寂庵说："我不过是拿了施主们的银子联络了一些人事，再将账簿记载清楚，事情是大家一同完成的。"

子旭笑道："寂庵过谦了！禅院修葺已是一件大事，加之商盟会前后联络，可不是跑几次就能完成的。"

寂庵不好意思笑道："寂庵俗世家中几代行商，这些事自小便是耳熟能详，想着父亲以前怎么雇佣集市人力、怎么与木作师傅联系、又怎么与当地商盟会联系，或是参加商贸会，或是自家领头做一个系列的商贸会，这期间要经过哪些手续，与衙门报备什么材料，父亲是怎么做的，寂庵便学着怎么做。大慈寺宝范师父与方丈师父及成都商盟会会长又在官衙为此作保，一切就更可行了。"

子旭道："说来不过这一段话，我见你前后奔忙可够辛苦的！瘦了好多。"

寂庵听了，开心笑笑："是子旭在内诸多人齐心协力在做此事。"

两人说着走至《禅之演》舞台，台下观者已是满员，就等四祖道信。

四祖道信（580—651年），出生于齐昌郡蕲州苞兴县衙内（今湖北省武穴市梅川镇），取名司马信，信4岁启蒙读书，积学孔孟老庄，闲暇时，信时常听僧人诵经，信一听上文便知下句，似乎他早已熟读过一般。信自幼喜爱模仿僧人庄重举止，信7岁时出家，法名道信。

道信14岁那年到了舒州司空山深处，寻到在此隐居的三祖僧璨，拜僧璨为师。此后十余年道信一直跟随在三祖僧璨身边修行，道信26岁那年，三祖僧璨将禅宗衣钵传于四祖道信。

四祖道信自幼喜爱医学，后精通医学，无数次以精湛医学解救各阶层人士。

四祖道信55岁，公元625年（武德八年）唐太宗李世民慕其名，多次派使者迎其入宫，四祖道信坚辞不去，唐太宗赐紫衣以示尊重与思念。四祖道信于公元651年（永徽二年）坐化，后被唐代宗谥为"大医禅师"。

禅宗自初祖达摩以来，是以居无定所、行无定处的游化方式传道修行。

到了四祖道信这个年代，随着社会的相对稳定，禅宗也更适于建立固定的道场，于是四祖道信开始提倡择地开居，营宇立象。他在双峰山开创了农禅并重的禅风。僧人们农禅并重，自食其力，这一创举不仅解决了僧众吃饭的问题，又减轻了百姓经济负担，在整个佛教史上具有积极意义。

这日关于四祖道信的《禅之演》，寂庵在演剧本上特别策划了一段舞蹈，表现僧人们耕种收获不但养活僧团，还领悟到农与禅的智慧。

最后，装扮极美的子旭在舞台中央一面拍打缔鼓一面吟诵四祖道信所著《入道安心要方便法门》：

“我此法要，依《楞伽经》‘诸佛心第一’，

又依《文殊说〈般若经〉》‘一行三昧’，

即念佛心是佛，妄念是凡夫。”

寂庵在侧幕观演，一面听一面道：“离心无别有佛，离佛无别有心。”

这日《禅之演》结束后，寂庵回后面禅院，一面伺候住持老僧服药一面念道：“离心无别有佛，离佛无别有心。”

住持老僧听了，思索后对寂庵说：“小和尚，这里的道场经你一番劳碌后，面目一新，道场热闹了，前来亲近佛法的人也会多，这有利于佛法的传播。过段日子，你可去峨眉山参学，这对你的修行大有益处。”

寂庵说：“住持师父，等你这番病好后我就去峨眉山参学。”

住持老僧对他笑道：“我病是小事，你努力修行将来有所成就，可是整个僧团的大事。”

寂庵点头道：“住持师父，这几日已有几位老居士对我说希望常住在禅院中，给禅院打杂干活，也不要分文工钱，只是在禅院吃住，还可跟着师父修行。住持师父，禅院的田已租出去，租田的陈夷道人所给的租金用途我已造账簿一一注明进出金额，田地

每年的收成陈焉道人九成是给禅院的，加之租金，这两项已够禅院自给自足了。”

住持老僧点头道：“小和尚这一番劳苦后，再不用为老衲担心，老衲年迈，圆寂前最希望见到小和尚于佛法上有诸多长进。”

寂庵使劲点头：“我会用心的。”

从禅院开始清除杂草那天起，寂庵大部分时间就住在禅院，与诸人早晚同商议同劳动，有时回成都市与宝范师父及成都商盟会会长一同联系完善商贸会诸事。寂庵在郊区禅院时，每到晚间便烧水为住持老僧熬药送服。这样的忙碌，寂庵虽辛苦但也历练了自己。

人总是被世事不断磨砺。前两日子旭在《禅之演》观者中对本纪一见倾情时，寂庵无意中见到了这一幕，昨日子旭见到本纪不顾一切追随而去时，寂庵已认出了乔装为女子的本纪，正是临谷公主的五名死士之一，香椿树屋落中的那位负责临谷私密文书与私密财务的本纪。临谷死后香椿树屋落化为灰烬众人离谷，本纪思念过深几乎入魔，就开始仿妆临谷，除临谷与蒲外，没有人知道本纪受过宫刑，只是见他清秀冷静肤嫩发美，少与人言，哪里又知道他双目深邃之中藏了多少秘密与心意？

本纪用极淡的妆容就将自己惟妙惟肖画成了临谷的模样，再穿上临谷日常绢麻的衣裳，绢麻绣鞋，这一举一动也自然与临谷有七八分相似了。只是这神态与凄美思念的性格，却与临谷毫不沾边。临谷的杀伐决断与冷血，是独具的。本纪也不愿成为那样的人，山谷中常年冷，临谷也冷，这世间也冷。

世人皆知临谷已逝，本纪却仿妆临谷，还让子旭为之着迷，寂庵不知道便也罢了，可寂庵看见了，不止当日在舞台上看见，而且昨日入夜时分本纪与子旭在禅院廊间相见一幕，寂庵在回廊转角处也见到了。寂庵思量，子旭为了《禅之演》不但捐钱还亲自上台击缔鼓，自己欠着子旭的情，自己不能因为子旭潇洒大度就将一些可能会有伤害的事隐瞒于他，这说不通。可若要将事情说通，也许会带给子旭更多更严重的后果。最好的，也许就是能有个机会与子旭还有本纪聚一次，探知子旭的态度才知道怎么回还子旭的人情。

寂庵想着,《禅之演》还有两场，这两场结束后自己应该请子旭品茶作谢。在第五日《禅之演》开始前，寂庵就对子旭下了帖子要在明日请子旭品茶。

这些日子相处下来，子旭越来越欣赏聪慧干练的少年寂庵，见寂庵相邀，立即应下。

【五祖弘忍】

五祖弘忍（602—675年），原蕲州府黄梅（今湖北黄梅县濯港镇）人，俗姓周。7岁，从四祖道信出家于蕲州黄梅双峰山东山寺，遂得其心传。

有一则记录在《五灯会元》的故事，是讲弘忍与四祖道信的渊源。书里记载弘忍的前世是破头山中的栽松道人。

当年四祖道信驻锡于破头山时，一位老迈的栽松道人拄着拐杖前来问道，四祖道信见他一片至诚心怀大愿，很是关爱怜悯地对栽松道人说：“你发愿为众生修习佛法、弘扬教化，我当然愿意将所知道的都传授你。可此刻你已年迈，不久将会尽形寿，不如你转世再来，我可以在此等你，将你从小培养。”

栽松道人听了欢喜答应，便离开四祖道信，在不远的一条小河边遇见一位姓周的洗衣少女（栽松道人未来的母亲），栽松道人上前问讯：“您这里可以寄宿吗？”洗衣少女不知栽松道人是讲禅语，她答道：“我家里有父亲与兄长，老伯您当然可以寄宿了。”栽松道人对未来的母亲说：“你同意了，我才敢前行。”说完这话，栽松道人拄着拐杖立刻转身离开了。

洗衣少女说完这些话不久之后无端感觉有孕，因为未婚有孕，被赶出家门四处给人做零工，受尽苦楚，几个月后生下小男婴，产后身体羸弱难支，她自觉生活无望便抱着孩子要在河中求死。哪知小男婴反向小河上游漂去，身体颜色也变得鲜嫩明好，气息充沛，洗衣少女便下决心要带着孩子，即便沿村乞讨也要勇敢活下来，人们称这个孩子为“无姓儿。”

这孩子7岁时，与四祖道信相遇，这是夙世因缘，四祖道信仔细看后便认出了这是栽松道人再来，四祖道信与孩子相谈数语，句句机锋字字含禅。

四祖道信问：“孩子，你姓什么？”

孩子答：“我有姓，却不是平常的姓。”

四祖道信问：“那是什么性？”

孩子答：“是佛性。”

四祖道信问：“难道你没有姓吗？”

孩子答：“姓名不过是因缘假名，时过则空，故无。”

四祖道信便知道这孩子慧根愈发，是个足以传法的根器。四祖道信让侍者寻到孩子的母亲，请求孩子的母亲答应让这个孩子出家。孩子的母亲自此便完全明白了所有难解的事情，知道这是孩子夙愿，便欢喜送孩子至四祖道信处出家修行。

四祖道信给孩子取法名：弘忍。

弘忍一直跟随在四祖道信身边。从四祖道信出家于蕲州黄梅双峰山东山寺。弘忍心量宽宏，纯洁无瑕，行住坐卧时时皆在觉照之中，不肯多语，白日里主动承担苦活重活，夜间禅坐至天明，勇猛精进毫无懈怠。几十年如一日，逐渐地，弘忍的修为、性格与品行成为同门的楷模。四祖道信在世时，就有许多人四面八方慕名而来亲近弘忍，向他请教禅法并学习他的品行。这些令四祖道信非常欣慰。

弘忍时常向四祖道信请学，四祖道信便常给他开示，弘忍穷研顿渐之旨，遂得到心传，在弘忍智慧与德行相宜成熟时，四祖道信将衣钵传于他，还将自己的弟子全部都托付于五祖弘忍。

五祖弘忍在49岁那年得法后，继续四祖道信的大愿，开法于黄梅冯茂山，又称东山，大弘佛法，门下先后涌现十位得意弟子，包括神秀、慧能、智诜、慧安、法如等人，其中又以慧能最为出色。

【六祖惠能】

六祖惠能（638—713年），就是写下“菩提本无树，明镜亦非台。本来无一物，何处惹尘埃”这首千古名偈的禅宗祖师。

初祖达摩曾经说过：“一花开五叶，结果自然成。”

初祖达摩带着释迦牟尼拈花而传的佛心法来到华夏大地，历经慧可、僧璨、道信、弘忍、惠能五人后，传佛心法的禅宗在华夏大地不断盛开出智慧的风华与果实。

六祖惠能不辞疲劳传播佛学，至晚年将木棉袈裟不再传，因为此时的佛学已融入华夏文明最智慧、积极、不可分割的血脉，扎根于华夏文化已遍地开花，佛学深入千家万户，它指引更多人追求圆满智慧，指引更多人用道德作为行为的准则。

释迦牟尼的木棉袈裟已成为文化符号，此袈裟非彼袈裟，是名袈裟。

寂庵在写《禅之演》剧本时，常被诸位祖师的心性行为撼动心灵，直至写《六祖惠能》时，不由得泪如雨下，一面写一面发愿：愿与诸位祖师同发大愿，愿所有生命能永断轮回。

禅院门前这六日的《禅之演》，吸引的不只是成都寻常观者，随着成都朝报与邸报报道，后来两三日来此观看《禅之演》的人增多了两三倍。市场官员又出面让商贸会所有商贸摊位水平方向伸延，保证观者都有座位与立位，这才保证了《禅之演》的顺利开演。

六祖惠能距离寂庵当时不过300多年，寻常之人也会常在雅集谈论中朗诵“菩提本无树”。

成都郊区这古老的禅院经过修葺后恢复了它原本年轻清新的模样，自此禅院常见人来人往。商贸会物品交易带来的热闹让禅院门外开始逐步形成商业小街，还有时常举行琴棋诗画与谈禅的精舍。六日的《禅之演》在成都文化圈深深烙下印记。六代祖师的故事，子旭的鼓与他邪魅狷狂的扮相，成为很久的热谈。

《禅之演》全部结束的这天，约定好寂庵请子旭品茶，子旭回到停在商贸会街外的自家马车厢内，小厮侍候他换了衣服，子旭便去禅院寻寂庵。

这天的禅院，有一位40多岁的行脚和尚背着行囊恭恭敬敬候在住持老僧的禅房门前，寂庵正用托盘端着住持老僧的药走过来。

行脚和尚在门口双手合十说："住持师父，弟子今日看了《禅之演》，望住持师父能为我开示。"

寂庵见这行脚和尚问禅，便站立一旁不去打扰。

好一会儿，住持老僧在门内问："你从哪里来？"

行脚和尚张口正欲回答，又忍住了，四下思量，没有答案，好一会儿才答道："弟子从门外来。"

住持老僧又问："还分个内外吗？"

行脚和尚言下有悟，却又不透彻，又开始回心思量。

住持老僧在房内看见托着药碗的寂庵，说："进来吧。"

寂庵正要抬脚，那行脚和尚以为在对他说，便答道："弟子从门外来还要进来吗？这个来，也有分别吗？"

住持老僧在房内听了行脚和尚的话，再看看行脚和尚，知他离开悟尚有一段时日，需要学习与开示。便对他说：“我问你何处来？你便答何处来就行了，生起这么多分别心干什么？”

行脚和尚合十答道：“弟子前些年溺水后患了失忆症，忘记了好多事情，背下的《金刚经》也全部忘记了，今日看了禅院门外舞台上演着六祖惠能的故事，弟子才又记起以前也是念过《金刚经》的。弟子诚心在此请教师父，师父的开示，弟子也不知能记住多久，望师父垂怜！若有一日弟子忘记了自己是个出家人，那便是永远没有解脱的一日了。”

行脚和尚悲从心来不由得含泪哽咽。

住持老僧叹口气，起身走出来看着行脚和尚：“你可还记得你的法号？”

行脚和尚答道：“弟了行囊中度牒上写有名字，弟子时常忘记了，便拿出来才又知道自己法号。”

住持老僧问：“你还要去哪里？”

行脚和尚说：“弟子请师父收留，弟子生怕再走，连个和尚也走丢了。”

住持老僧对他说：“没有关系，忘了的就丢开吧，你在此住下来，我送你个名字，叫‘只念’，你只念阿弥陀佛，便行！”

行脚和尚听了，合十行礼。

寂庵叫了行脚和尚一声：“只念！”

行脚和尚只念合十应道：“阿弥陀佛！”

住持老僧见了，点头微笑。

只念接过寂庵手中托盘，住持老僧从托盘里端起药碗，缓缓饮下。至此，只念和尚便留在禅院跟随住持师父，日日只念阿弥陀佛后来终于开悟。

寂庵看见在回廊间等待他的子旭，便微笑着走了过去。

子旭先开口说："寂庵今日到我别院去吧，下午时分那里清幽正好烹茶聊天，我的车在门外候着。"

寂庵心中倒很希望那个本纪也在。

寂庵与子旭在车上谈些诗词，半个时辰后到了子旭别院。

看门的家人对子旭禀报："官人，本纪姑娘正在院内。"

子旭听了，对寂庵说："寂庵，子旭这里住了一位佳人，冷冷之美，也通人事，可过于冷淡。"子旭吩咐小厮让奴仆在书房前备好烹茶黑铁壶、熏香炉以及水果点心诸物。

子旭带着寂庵去书房前宽台上，寂庵笑道："子旭这别院绿房清水芭蕉修竹，雅致脱俗，甚幽美甚适合读书静修。"

子旭笑道："左绵安州城雍家，寂庵师父的俗世家庭可是左绵富甲一方的大商家，是见惯富贵的，我这院子在寂庵眼里只是寻常吧？"

寂庵笑道："子旭过谦。"

说话间两人到了书房前宽台上，奴仆早已备好烹茶诸物，香椿木几案上摆放好十来碟水果点心，熏香炉内原本点着浓甜的梦萦香，子旭让奴仆换成檀香以示对出家人的尊重。

两人在几案旁软垫上坐下，黑铁炉上壶内水还未开，本纪袅袅娜娜走过来，他已看见寂庵，也知道自己这一出去寂庵必然会认出他在仿妆临谷。子旭资助六场《禅之演》，为了这份人情，寂庵必定会对子旭有所提示警醒。可是，又怎样呢？本纪心头凄然一笑："我早被公主影响到灵魂里，若不是心底还存有一份对自由的渴望，也许我早就疯了，这被寂庵师父认出来又怎样？大不了离开子旭这里，重新在人世间寻找自己的元俊。"

子旭见本纪过来，便笑着起身迎过去。

七　密移春色

寂庵见本纪衣着也是临谷日常的绢麻颜色，发型妆容也仿得极似临谷，只是神色间没有临谷冷血杀伐的寒气，反而多了泠泠的柔美。离开临谷控制的本纪，心灵上似乎失去了看见自己道路的自信，神色中好几分迷茫。

春日的风将本纪身上淡淡的梅花香散开，这梅花香味来自本纪使用的香，是由当年采摘的深山梅花提取出精油，再混入贵重药材精制而成，制作时还需几种价格不菲的千年木材再度精制提炼。这香做成精油，装入小巧的和田白玉瓶，每一瓶与等量黄金同价，黄金易得，这香却不易得。

子旭笑着为寂庵与本纪做了介绍，再请本纪坐在自己身边锦垫上，为本纪斟好茶。本纪入座后对寂庵点头致意。

这些日子下来，寂庵对子旭的理解逐渐加深，愈是理解子旭邪魅狷狂外相后一颗温柔忠诚的心，他愈是不能由着本纪对子旭逐步加深地引诱与欺骗。

本纪入座后，子旭对本纪笑道："本纪妹妹这几日观看的《禅之演》，正是寂庵做的全套演剧本。”

本纪听后，说：“全成都在谈论《禅之演》，原来出自寂庵师父手笔。”

寂庵道：“这是六代祖师们演化，寂庵不过用故事记录出来。”

本纪对子旭说：“旭哥哥的缔鼓声还在耳旁围绕。”

寂庵说：“除了缔鼓，子旭的扮相不美吗？”

本纪想了想，说：“旭哥哥若不美，还有什么是美？”

寂庵笑笑，说：“子旭的绝美，是天生。本纪的美，来自念念不忘，可惜，美则美矣，却不是自己。”

子旭听二人说话，想了想，笑问：“看来，寂庵与本纪妹妹原是相识的。”

寂庵话已至此，只是笑笑，便端起杯子品茶。

本纪想了想，对子旭说：“旭哥哥，寂庵师父可是在《禅之演》弹了六日古琴，本纪认识，本纪的耳朵也认识了。”

子旭常年在生意场与风月场中，是很会听懂话语的，他笑道：“旭与寂庵虽然认识不久，可我家与安州城雍家，是常年有生意往来的。寂庵出家前是雍家的长子。雍家的精妙制香是一绝，只是制作不易，每年的量少，本纪妹妹用的梅花精油，就是雍家商号的吧。深山梅花淡淡又遗世独立的美妙，与本纪妹妹是相得益彰。”

当日本纪在香椿树屋落偷听了寂庵向清俊师父所说一番话，知道临谷在山崖下一番际遇，心中有两番渴望。一番是渴望临谷不死，另一番是渴望自己能忘了临谷。

刚才寂庵一句话，似在提醒本纪又似在提醒子旭。自从山谷回来后，寂庵对人世间的理解又多了一重，也知道人生道路不是命定不变，权力与财富若使用不当，心底的欲望会反噬，最后只给自己留下残损，还会将残损带给自己身边诸人。

寂庵知道刚才的话本纪听了心里是清楚的，只要本纪明白了，不要将山谷的命运流泻沾染子旭，这便是对子旭好，寂庵是要这样还子旭资助《禅之演》的情谊。

本纪道："我本是不惯用香的，可我心里装着一个人，所以不知不觉就将自己当作那个人，就如寂庵师父所言，可惜不是自己。"

子旭对本纪微笑道："人生相逢便是珍惜。我倒不在乎本纪妹妹心中装着谁，只要我们当下在此品茶聊天，这最重要。"

寂庵点头道："寂庵的当下便是心佛无二。"

子旭笑道："旭是俗人，旭的当下嘛，一位是寂庵，一位是佳人。"

本纪起身道："这般和风宜人的时光，我来歌舞一曲，旭哥哥可愿为本纪和歌？"

子旭点头笑道："正是旭的心愿。"

本纪走至几案前方，袅娜起舞："雪里清香，月下疏枝。"

子旭开心地打着拍子应声和唱："雪里清香，月下疏枝。更无花、比并琼姿。一年一见，千绕千回。向未开时，愁花放，恐花飞。"

寂庵知道本纪在仿妆临谷的面目下，其实是有另外一张完全不同的面容，寂庵不清楚本纪的真实身世，只知道外界所知山谷的故事，皆是出自本纪手笔飞鹰传书，两天内便可传至大宋所有城市的报纸上。本纪在临谷的授意安排下，有自己独立掌控的人手与财富，本纪自小便只知有临谷，也从未考虑过自己还有离开临谷的日子，一旦真的离开临谷后，本纪才渐渐清楚对临谷的爱有多深，恨就有多深。

本纪来成都后就听说了子旭的大名，及至在暗处细细观看子旭后，本纪觉得子旭如果没有留那两撇小胡子，子旭如果皮肤晒黑，再将他邪魅狷狂的美收敛起来变作严肃认真，最后换上铠甲戎装，不就是元俊护卫吗？

本纪也恨临谷，如若不是自小临谷对他的控制与影响，他应该有另外一番人生，或者当初就在乱冈死去，或者成为公主府一名普通的奴仆，死去或者普通，这样的生活也会有痛苦，但，这样，还可以拥有自己独立的灵魂。

每日每夜，本纪似乎都能听见临谷在他灵魂里讲话，临谷不讲话的时候，本纪就看见自己的灵魂变成了临谷的模样在安静思考山谷的未来。分不清楚自己到底是临谷灵魂的一个分支还是独立的一个人格？本纪的理智崩溃了。

后来，本纪发觉只有自己装作临谷时，才能站在临谷的视角找回那个叫作本纪的人。

于是，本纪开始仿妆临谷，从外貌到衣着，后来听人讲到子旭的美，在暗中观看子旭时，发现子旭可能是这个世上最容易仿成元俊护卫的人。

本纪开始让子旭注意到自己，他知道以临谷遗世独立的美，是足可以吸引自视甚高的子旭。于是，本纪画作临谷的五官，穿着临谷独美的绢麻衣裙，出现在子旭视线里，再住入子旭别院。

“雪里清香，月下疏枝。更无花、比并琼姿。一年一见，千绕千回。向未开时，愁花放，恐花飞。”

这词是临谷最爱的也是临谷五位死士们最爱的。

本纪起舞时，临谷就在他心里笑，他也笑。

本纪回眸间，寂庵清楚他看见的不是临谷，是本纪自己找不到面目的灵魂。

舞毕，子旭不由得起身要去扶本纪，本纪怯怯退后半步，自己独自回到座位。子旭笑笑也回到座位，再给本纪与寂庵杯中斟好茶。

本纪问：“寂庵师父，你可在报纸上读过临谷公主与元俊护卫的故事？”

寂庵笑着点点头。

本纪指着子旭：“寂庵师父，旭哥哥是我心中最似元俊护卫的男子。”

子旭听了，不解地问道：“元俊护卫？”

本纪说：“就是朝报上临谷公主故事里那位元俊总护卫。”

子旭点头笑道：“这样说，难道本纪妹妹见过元俊护卫？”

本纪说：“那是故事里的人，我哪里得见呢？只是故事里的人在我心里印记深了。”

子旭想了想，笑道：“故事里元俊护卫的忠诚是子旭敬佩的。可是，元俊护卫真的深爱临谷吗？”

本纪问：“旭哥哥何出此言？”

子旭说：“旭在故事里并没有读出元俊护卫对临谷过多的深情。

“元俊去山谷前是在秦国公章楶帐下，任谋士也上阵杀敌，去山谷担任天下谷物种子库总护卫一职后，也是将职责放在第一位，并不是将临谷放在第一位。”

本纪眉头微蹙：“元俊护卫若不是深爱临谷，又怎么会开启死门将自己封死在库内？”

子旭饮了口茶，笑道：“本纪妹妹还不太了解男人。那个故事里关于元俊与临谷的场面，看不见一个元俊对临谷亲昵的小动作，一个男子真的深爱一位女子，一两个动作就会出卖他的内心。”

寂庵与本纪认真地听着。

本纪沉默许久，问：“若如此，临谷岂非错付深情？”

子旭叹口气，道：“也不是。元俊心中是有临谷的，只是元俊这样的男人是将对大宋的忠诚放在心中最重的位置，情爱反倒是其次。旭虽然喜爱享受生活，但对于元俊护卫这样的男子，旭心中是极为尊重的。大宋的安宁与百姓的安居，最不能缺少的就是元俊护卫那样忠诚的心。”

寂庵听了心中感慨，世人皆能从中得知元俊哥哥对大宋的忠诚，这是对元俊哥哥最大的安慰。

子旭对本纪笑道：“刚才本纪妹妹将旭比作元俊护卫，旭怎敢与元俊护卫相提并论呢？”

本纪看着子旭，道：“旭哥哥，商业贸易对大宋同样很重要。大宋国防坚固，百姓富庶，才是千秋万载的根本。”

说至此，本纪顿了一下，再说：“当然，还得圣上不被奸臣所愚。”

子旭听了这句，便举杯笑道："朝廷之事有时过于复杂，旭更加愿意安然于城市热闹生活，或者与高僧烹茶谈禅，或者与佳人歌舞同乐。"

寂庵听此话，便知子旭的狷狂只是外相。

子旭见本纪情绪低落下来美目含泪，便觉自己刚才一番话，有些伤了本纪。他只当本纪是一位沉浸在故事里的柔情女子。为了让本纪开心些，子旭笑道："本纪妹妹，你说我最似元俊护卫，那我就扮一回元俊护卫。"

本纪听了，一双深邃双眸中渐渐升起喜悦："旭哥哥要怎么扮？"

子旭沉吟道："本纪妹妹说呢？"

本纪嫣然一笑："我替旭哥哥将头发全部束上，再换了那故事里元俊护卫的衣着，故事里元俊护卫是着戎装，旭哥哥只需换一身黑衣束宽腰带就似了。"

本纪这一笑，子旭便觉如寒梅淡放一般的美，不由得伸手要去握住本纪。

本纪自然躲开一些，侧着身子站了起来："我给哥哥束发。"

子旭笑着将身体再坐端，本纪绕至子旭身后，伸手将他的白玉冠轻轻取下，再将半束的头发顺顺地散开。

寂庵笑看着本纪为子旭束发，束作元俊哥哥的发式。

束好头发后，本纪在子旭耳畔说："旭哥哥自去换一套衣衫，再回来。"

子旭看着她，含笑点头起身回房去了。

本纪坐下来，看着寂庵。

寂庵道："你可见过子旭近男色？"

本纪说："寂庵师父是出家人，红尘事勿要关怀。"

寂庵道："施主怎知我在关怀？"

本纪说："寂庵师父不关怀，正好。"

寂庵道："山谷以往，譬如前世，你是要将那里的艰险再次点燃，让子旭可能身处不安吗？"

本纪说："他与你可是至亲故交？你这般关心！"

寂庵不答他这话。

本纪冷冷笑着，轻轻抬起右手，纤纤手指向寂庵脸庞靠近，寂庵只是凝视他。

靠近寂庵脸庞时，本纪手一翻，掌中现出一把狭长柳叶刀，冰冷刀刃抵在寂庵下巴上。

本纪的刀尖渐渐移到寂庵咽喉处："小和尚，这样可以让你永远不说话了。"

寂庵看着本纪的眼睛，淡淡一笑。

本纪说："小和尚不怕死吗？"

寂庵用右手指弹弹抵在咽喉上的刀刃，笑道："死不可怕，寂庵若死，佛会来接引。可你活着连自己是谁都不知道，生不如死。"

本纪看着寂庵的眼睛说："我是谁？山谷里最后发生了什么，你还能不知道？"

寂庵点头笑了一下，道："小和尚还知道临谷不在之后，你怎么自己造了个临谷来魇怔住自己？"

本纪听了这话，一时愣住了，柳叶小刀静静掉落回衣衫间。

寂庵不再理会他，自己端着杯子品茶，观赏春日午后的风景。

听见子旭走过来的声音，本纪很快拭去泪水，泠泠而立迎接子旭。

子旭束了发，换上黑色深衣，黑腰带，本纪说："旭哥哥这模样，是故事里的元俊护卫。"

子旭哈哈大笑："本纪妹妹这般有意思。"

寂庵见了也哈哈大笑，放下茶杯站起身来，笑道："雄兔脚扑朔，雌兔眼迷离；双兔傍地走，安能辨我是雄雌？"

寂庵说完合十道："小和尚还有事，先告辞了。"

子旭知寂庵年纪不大，却有主见也懂得克制，见他告辞便不挽留，只笑道隔日再去看望寂庵，便将寂庵送至别院门口，让小厮备好车再吩咐家中车夫好生驾车。

寂庵乘车回了大慈寺，在宝范师父禅房内将这段时间诸事做了禀报，宝范师父一一听着，再拿了几部大乘经典给寂庵，接下来一段日子，寂庵便在大慈寺读经书，坐禅，思悟世尊智慧。

子旭送走寂庵，再回院内，一路上想着寂庵说的那话："雄兔脚扑朔，雌兔眼迷离。"寂庵聪慧含蓄，是看出了什么用这话如此点醒自己？

正想着，抬头看见了本纪，见她看着自己，子旭想到寂庵的话，便伸手要去扶本纪袅袅细腰。

本纪心中略略不安，刚才寂庵一语点破，子旭定会疑心自己。本纪转念又想，疑心又如何呢？旭哥哥又伤不了我，我随时可以全身而退，又有何惧？这样一想，本纪用手中纨扇轻轻隔开旭哥哥手臂。

子旭笑笑，并不计较，只站在面前很认真严肃地观察打量本纪，许久之后，本纪先说了："旭哥哥若是不愿我在此租住，我便告辞。"

子旭说："妹妹哪里的话，旭不是那等刨根问底之人，妹妹在此安心住着，若哪一日不喜旭在一旁了，旭便再不会牵绊妹妹。"

本纪看着面前的"元俊"，说："元俊哥哥，人生相遇最难得。"

子旭摇头笑笑："一时游戏装扮可以，妹妹却不能沉迷过久，须知人都有各自的生活。"

本纪在心底叹口气，他又何尝不知，可是他怎么也控制不了自己。看着自己这个"临谷"面前的"元俊"，愈看愈真，不由得一笑。

子旭忽然想到一事，本纪见他眉头一皱，便问："旭哥哥，有事吗？"

子旭邪魅狷狂的眼神盯着本纪："妹妹这是装作了故事里的临谷，这不是妹妹本来的样子。"

本纪心间一颤，静静看着子旭，没想到几日工夫就被子旭看穿。

子旭见她不语，伸手拍了一下自己额头，点头叹道："旭可是后知后觉了！"

本纪说："旭哥哥，本纪已找不到自己本来的样子了。"

子旭说："旭也会游戏风月富贵，却一直牢记定而后能得。你无定力？竟然能将自己忘记？"

本纪说："哥哥看见的，就是我。"

子旭叹口气说："妹妹这是将自己扮作另一个女子，旭不知道便罢了，可现在旭知道了，妹妹还是不肯让旭看见真实的你。那我们这一场相逢，又是什么？"

听见这话，本纪心中一痛不知如何回答。本纪想离开，哪知心底已开始对旭哥哥种下情根，眼看着旭哥哥却又无法说话。

子旭喜爱的是面前这个人，五官、身段、气质。即使她洗去妆容，是一位容貌普通的女子，那也无妨，她那份遗世独立泠泠之美已赛过世间无数。子旭最爱的是她的这份美，而且子旭相信洗去妆容的她，会是更真实的美人。

两人在风里对视许久，各自心中叹息。

再一会儿，子旭说："站了这许久，妹妹累了，回房休息吧。晚上我约了汴京来的商户在酒楼订了座，妹妹想吃什么就吩咐奴仆做，或者遣他们去酒楼买回来皆可。"

本纪点点头。

子旭看看她，挑眉笑了一下转身离去。本纪在身后喊了声："旭哥哥！"

子旭停了一下，没有回头。

本纪怔怔地，好一会儿才对自己说："旭哥哥再不会来看我了，我也该离开这里了。"

本纪回到房间，慢慢收拾自己简单的行李，他在成都的房屋离这里十里远，一个简单洁净的小院落，独自住着。本纪转身离开房间时，在屋内落地大妆镜前看见镜中人，他呆呆看着，镜中人分明是临谷，那本纪又是谁？谁又是自己？

八　大乘起信

寂庵这日在禅房窗下书桌前端坐阅读《圆觉经》。书桌上还放着《金刚经》《法华经》《大乘起信论》，天青瓷小香炉里冉冉飘出平静祥和的老山檀，少年寂庵又长高些，五官也愈发俊朗神采。

禅房的门半开着，子旭好些日子没来大慈寺，这次来是专寻寂庵的，见寂庵正在禅房，便站在窗下伸手轻轻敲了敲窗牖。寂庵抬头看见子旭，起身笑着："子旭，善来善来！"

子旭束着发，头戴黑色网巾，淡黑色织锦长袍外罩一件同色纱衣，腰间吊着羊脂双鱼玉佩。子旭进屋后吩咐跟来的小厮将手中的大捧盒放在寂庵禅房几案上。

寂庵与子旭在几案前软榻上坐下，寂庵拿了几案上杯子给子旭倒茶。

子旭笑道："寂庵，看我给你带什么来了？"

子旭揭开大捧盒，里面是一包茶叶与各色点心。

寂庵从盒内拿起装茶叶的绢袋，轻轻闻了闻："这茶是千佛飘雪。这等绝妙佳品每年产量极少，即便花钱也不一定就有，子旭这一大包定费了不少工夫和银钱吧?”

子旭哈哈笑道:“这茶我可是一点银钱也没有花。”

子旭笑着指指寂庵:“前几天我去了安州城，与你的父亲雍大官人洽谈了好几笔生意。”

寂庵开开心心听着，问道:“子旭，我的父亲可安好?”

子旭点头笑道:“你的父亲雍大官人安好！我与你父亲闲谈时提到你，你父亲得知我们一番熟识因缘，便执意在雍府设家宴款待旭，家宴上我还见到你的祖父祖母，尊祖父尊祖母都安好！尊祖父还特意嘱咐旭带话，让寂庵勿要挂念，务必好好修行。”

寂庵合十笑道:“阿弥陀佛！寂庵谨记。”

子旭接着说:“你的三位弟弟，一位性情沉稳，一位古灵精怪，一位拄着精致手杖小小年纪举止言谈却带着一段名士风流。”

寂庵说:“性情沉稳的是我二弟，拄着精致小手杖的是我四弟雍寂雨，你说还有一位弟弟?”寂庵笑道:“那是我三妹，自幼喜欢着男装。”

子旭拍拍额头笑道:“我说呢，寂庵这三弟肤色洁白，明眸皓齿远在他人之上，原来是三妹!”

寂庵笑道:“雍家四个孩子中就一个妹妹，家里人对三妹的疼爱自然就偏多，逐渐地，三妹的淘气也就最多了。”

子旭摇手笑道:“这个无妨，以雍家的家境，再疼爱也是可以的。”

寂庵笑道:“若非母亲时常叮嘱，父亲还不知怎么样对三妹百依百顺呢。”

子旭指笑道：“千佛飘雪茶叶与这些点心就是令尊托我带给你的。”

寂庵笑道：“子旭，点心我留下，这茶叶着实难得，可否让寂庵转赠子旭？”

子旭笑道：“令尊已另外赠予我了，这些是特意带给寂庵的。”

寂庵看着茶叶，深情黯淡了：“以往这茶叶，皆是师父带着寂庵一同品的，在圣果寺大殿前银杏树下或者在师父禅房内，寂庵一面听师父讲学一面品千佛飘雪，那样的日子好似华严之境。”

子旭感慨道：“寂庵，这次在与令尊闲谈时我得知令师大宋名僧清俊师父，在安州城又意外听说了清俊师父对元俊护卫的养育之恩，然后旭联想到前时在朝报上读到临谷公主的故事，那故事里提到一位名僧与一个小和尚，虽未提名，可这样前后思索，我便猜想报纸上临谷公主故事里那位名僧想必便是你的师父清俊，跟在清俊师父身边的那位小和尚，便是指寂庵你了。”

寂庵听了合十念道：“南无阿弥陀佛！”

子旭问道：“这么说来，寂庵真的跟随你的清俊师父去过山谷，也见过那位传说中的临谷公主？”

寂庵牢记清俊师父叮嘱，便合十对子旭道：“子旭，以前种种，譬如昨日死。”

子旭听了，便知那山谷有许多事也许关系十分重大，寂庵不讲也在情理之中。

子旭长叹一声：“想不到那元俊护卫襁褓中便被亲生父母抛弃，不幸之中却得到清俊师父与一元道长悉心养育，加之自身不断勤奋努力，逐渐成长为赤胆忠心智勇双全的大宋名将，后来殉身国库，这样的人应该英名永留！”

寂庵听见提及清俊师父与元俊哥哥，牵挂之心如刀割。

子旭接着说：“寂庵，可记得曾租住旭别院数日的本纪妹妹？”

寂庵点点头。

子旭叹道：“你我这样的男子，听了元俊护卫与临谷的故事，都会感慨不已，更别说本纪妹妹那样柔情似水的女子了，可惜那日一别后，本纪妹妹搬离别院，至今旭再未一睹芳容。”

本纪是净过身的男子，这秘密只有临谷与蒲知道，这等痛心之事，本纪自然再不会对人提及。子旭虽然阅人无数，但一直未亲近过本纪，自然也不会知道。上一次寂庵说“雄兔脚扑朔，雌兔眼迷离；双兔傍地走，安能辨我是雄雌？”子旭只知是本纪沉迷幻想不分现实，对自己隐瞒过大，再如何也不能联想到本纪非但不是女子，还是一个净过身的男子。他虽已知本纪仿妆临谷，却随着时间对仿妆临谷的本纪妹妹越发不能忘记。

寂庵说：“若子旭你这般的情爱，若本纪那般的迷离，在寂庵眼里，并无半点益处。”

子旭问道：“这是如何说？”

寂庵说：“子旭，你活在世上，早已不是为了日有三餐夜有一寐。”

子旭点头道：“旭愿求对生活更好地领悟。”

寂庵问：“更好地领悟可是为了赚更多的金银？”

子旭说：“不全是。”

寂庵问：“是为了得到更高的地位？”

子旭说："地位愈高，枷锁愈重。"

寂庵问："子旭常来大慈寺亲近佛法，这便是为了求得领悟？"

子旭点点头："家中生意诸事便已烦琐，我是不愿意过多扩展家业，前些年兄长遭遇不测，父母又因此接连过世，留着旭一人孤孤单单，再多赚些钱财也没了高堂可赡养，所以在钱财上有些便可以了。不如多腾出些时间或者访僧谈禅，或者谈诗作画，或者缔鼓歌舞。要说这领悟嘛，我是真领悟到多一事不如少一事。"

寂庵道："要说领悟，世人常讲天分高低，可所有生命确是具有平等性智，这是没有个高与低的区别。"

子旭听了，沉默半晌，似乎有所悟："寂庵，这才是佛家所说的众生平等吧？"

寂庵点头笑道："是！"

子旭笑道："寂庵这话，我还一时不能参透，留在心中再慢慢领悟吧。今日我来大慈寺还有一事，日本国来了六位年轻男女，手持官家用印的牒书，特来我大宋国学习音乐，这一站到成都是特来学习缔鼓，知府大人托我在大慈寺演音院教授，此刻我便过去。"

大慈寺不仅是一座寺院，还是蜀中对外交流的文化场所。

寂庵捧起几案上的捧盒，对子旭说："演音院离此不远，会路过宝范师父禅房，我与你顺路。这茶叶与点心我拿去供养宝范师父。"

两人出门不久便遇见宝范师父带着两个徒弟迎面走来，行礼后，寂庵说明捧盒中茶叶与点心来历，并说将此供养宝范师父。

宝范师父在大慈寺还负责一部分寺院对外事务，见子旭在旁，便问子旭今日是否来演音院教授日本国来人缔鼓？子旭应道正是，宝范师父便让身旁徒弟将寂庵捧盒中茶叶留下，说茶叶正好可以用在大慈寺知客处，其余的让寂庵带着与子旭同去演音院，这些酥油鲍螺、紫苏糕、五香烩果等素食点心拿去演音院请日本国来人品尝。

宝范师父又说明日开始接连一月，寂庵与宝范师父座下几位僧人每日清晨在成都市内各处托钵化缘，为大众种下福田。

寂庵一一应道，再与子旭同去了演音院。

演音院内有十来间屋子，收藏有各类乐器。早有知府派遣来的知事与两个手下候在演音院右厢房，迎接子旭与寂庵。右厢房内正中设着罗汉高座，下面是十来张几案、软垫及数面缔鼓。

子旭自去高座，拿了缔鼓双手“咚”击出美妙一音，子旭再看着下面六位年轻男女，对他们说：“我今日听寂庵师父说，众生具有平等性智，在我心中，音乐又何尝不是？切不可因为自己领悟力不够，就认为音乐也不够，音乐可以用来表达天地间所有的情感。”

日本国的翻译接着将子旭这话翻译给日本国的学者听。

子旭先击了一段缔鼓，音节错落有致，清丽处如寒夜清月照梅，浓情处如久久呢喃恋人不舍。

日本国学者闻之如痴如醉，再见高座上子旭华服美颜邪魅狷狂直触人心，诸人不觉已被子旭完全吸引。

子旭一面击缔鼓一面吟唱道：“护卫元俊，铁血丹心。叹公主意，千绕千禁。”

子旭缔鼓吟唱，日本国学者也开始跟着子旭的拍子缔鼓吟唱。

寂庵听见元俊名字，便默默转身出了演音院，一路走着，寂庵心内默默念佛，愿佛慈哀护助，愿师父与元俊哥哥早日归来，愿众生早日离苦得乐。

次日清晨，月牙还在天边，寂庵便与几位师兄弟着清净衣，庄严戒体，列队出发到成都大小街道托钵化缘。

托钵化缘期间，也有人向僧人们请问什么是大乘佛法？寂庵说，大乘佛法就是让您成佛的方法。有人问是否需要学习经、律、论三藏佛经？寂庵说，深入经典可将佛法永为传播，造福无边众生。还有人问自己年事已高，可有什么修行方法能早从轮回中解脱？寂庵说，一心只念阿弥陀佛，便可以往生至净土，从轮回中解脱。

同在这些日子内，子旭每日上午来大慈寺演音院教习缔鼓至黄昏。那几位日本国来的学者原本是有器乐功底的，经过这十多日刻苦学习已能独自掌握好些缔鼓精髓，也学会了用汉语缔鼓吟唱："护卫元俊，铁血忠心。叹公主意，千绕千禁。"

再几日后，成都最贵最热闹的饭店内将有一个音乐、诗、画的雅集，子旭计划着将这几位日本国的学者带去，让他们在雅集上演奏一番，同时再款待成都邸报与朝报的文书来雅集观赏，待这几位学者演奏成功后，官家与民间的报纸上都会记录发行，这样大众皆知他们在大宋学有所成，自己也便将这件事向官方做一个圆满的回复。

子旭联络了雅集发起人，再联系了成都邸报官员与朝报老板，还特请了寂庵去雅集上弹一曲《流水》。

琴禅相通，宋时的大琴家多为僧人，雅集上有僧人以琴演禅是常见的。雅集是在下午进行，那时辰寂庵已从集市托钵回大慈寺了，子旭安排了车辆先送日本国六位学者与知府知事去饭店，自己再与寂庵坐了自己家的车过去。车上放了一张古琴，那是子旭家中的，子旭说正在寻访一张古琴要赠予寂庵，寂庵笑道切莫如此，自己过些日子要去峨眉山参学，身外之物多了就成麻烦。

子旭看着愈发俊朗神采的寂庵，点头笑道："我听说安州城雍家有张好琴，只是贵府向来低调。"

寂庵笑道："现在想来，寂庵出家前用过的、见过的那些个名贵难得的事物，是很容易让人着迷，若这一着迷就忘了人世间第一等大事，是最可惜。"

子旭笑道："寂庵所说第一等大事是什么？"

寂庵笑道："人生路上，往生净土成佛为先。"

子旭问："依寂庵所见，要往生净土，是参禅好还是念佛好？"

寂庵说："念佛法门，一心念阿弥陀佛往生净土是很容易的。参禅的人也最好同时修念佛法门。参禅人中如有根机钝的，恐怕今生不能大彻大悟，但是因为他同时修了念佛法门，就可以得到阿弥陀佛的接引而往生净土，就此脱离轮回，最终能成佛。"

子旭点头道："如旭这样人，被红尘诸事缠绕，只在心中念佛，也有希望将来往生净土，脱离轮回？"

寂庵道："佛学各宗，都非常注重修念佛法门，佛说凭借念佛法门可以走修行的捷径，即使宗门内已大彻大悟的高僧，仍然孜孜不倦修习念佛法门，因念佛法门而得解脱后，那无边的法门，就都能证入了。"

子旭听后拍拍额头："原来如此，我还以为读书识字明理甚浅之人才只知道念个阿弥陀佛呢！原来我误会许久，惭愧惭愧！"

寂庵道："大道至简，大乘起信！"

子旭认真听着，寂庵又说："众生平等，皇族贵胄也好寻常百姓也好万种动物也好，总之一切维度有情，只要是生出了脱离轮回的心，生起对大乘佛法的信心，他便可以因佛法得到永远的解脱。寂庵这么积极地做一个小和尚，正是因为对大乘佛法有无比的信心，发愿往生净土，再与诸佛菩萨一同普度众生。"

子旭点头笑道："寂庵说得在理，信心是一切成就的根本。"

车在饭店门口停下，小厮安放好踏脚小凳，扶着子旭与寂庵下车，饭店门口高挂着雅集的偌大牌子，牌子上列着雅集人名，子旭与寂庵的名字挂在前面，寂庵作为六场《禅之演》的总策划与琴师，已成为成都各雅集热谈的人物。

饭店共三层楼，雅集设在整个三楼，楼下还是人声鼎沸。上了三楼推开门进去外面的声响一点不闻，里面设有曲觞流水，案几上香炉中燃着并蒂莲篆饼香，长条桌上早摆好笔墨纸砚，流水正中的平石方圆一丈，平石中设一张琴桌，一个软垫，桌头上一个小香炉。若干个小案几，上面摆着各色水果、点心，以及各类果酒。雅集内早有三十来人，他们见子旭与寂庵一行到来，便纷纷招呼。

这日的雅集内有一人最期望见闻子旭缔鼓新曲《护卫元俊》，这人是本纪，成都朝报里面有他的股份，只要朝报上出现"谷物种子库、临谷"这等敏感词语，很快就会有人传书于本纪，这次也不例外。本纪早子旭与寂庵一步到达饭店，雅集在三楼，他便在二楼包了一个小间，将小间窗户开了手掌宽的缝隙，自己坐在窗下桌前，一面品茶一面看窗外的楼梯。他依旧穿着绢麻衣衫仿妆临谷。

在他看见子旭与寂庵踏着楼梯慢慢上了三楼，子旭依旧绝美，少年寂庵神色祥和坚毅，可不知为什么自己对寂庵有一种敬畏。上次自己用尖刀抵住寂庵咽喉，也不见寂庵有害怕，反而还让自己远离子旭。为这句话，本纪想了很久，寂庵说不要将山谷的命运沾染子旭。本纪反复思量，回想山谷中寂庵毫不犹豫扑下山崖又能全身而回，回想自己在香椿树屋落里偷听到寂庵对清俊师父所说的崖底之事，临谷留在这世上最后的时刻，只有寂庵在她身边。也许如寂庵所讲，临谷真的有所改变，如果临谷有所改变，本纪的心也应该有所改变才对，就如人移动了，影子自然也会跟随移动才对。

影子可以自己移动吗？佛经上常讲“众生平等”，如果是这样，难道本纪能与临谷平等？这怎么可能？如果众生不能平等，佛经上就不会这样讲了。

三楼的雅集上，众人各有自己的名字牌放置在案几上，或者绘画或者吟诗皆以案几摆放顺次而来。案几则顺着室内所设曲觞流水的春水东流方向，两臂宽的流水底铺着细白的碎石，还有一两艘细细的青竹条编成的小帆船漂在水上，小帆船里面刚好能放下一只小酒杯。

本纪给三楼雅集内的饭店小二赏了几两白银，那小二会在子旭缔鼓时提前小半个时辰来二楼告知本纪。

本纪在静静等待，他隐身在成都闹市，他在大宋好多地方的民间朝报都持有股份，除此还有另外一些生意上的投资，这些投资基本以对外贸易为主。他并不出面，他有很多投资的渠道，也有很多投资用的化名，以至于许多常年走外贸的大商家只知道自家大单生意上有这么一个名字的人，却没有亲眼见过此人，只是每到了特定时间会有人拿着投资票据来收应得的一份钱而已。

这些报纸与外贸生意的网络，是临谷逐渐搭建好，待到将本纪培养训练成熟后就让本纪来负责这些事宜。本纪最清楚临谷在这些生意上获得了多少利润，但他也不明白临谷那样朴质的生活要几辈子才能花完这些钱？临谷对他说，随着徽宗继位，她对大宋逐渐有很深的忧虑，若将来有一日大宋真发生什么危机，希望这些钱能帮助到大宋最普通的百姓。

离开山谷后，生活将本纪忽然从幕后推到了热闹的城市中心，他在城市没有一个朋友，独自住在一个安静的小院内，小院常年只有一位五十来岁的哑仆照看，哑仆养着一群鸽子。本纪很寂寞，在白日里也盼着夜晚，那天上的月亮圆也好，缺也好，只要能看见，本纪就对着月亮喃喃自语。

正想间，在三楼雅集内服侍的饭店小二敲门进来，对本纪说雅集上即刻是一位僧人寂庵师父弹古琴，之后便是子旭官人缔鼓。本纪听了点点头，起身上楼去。

本纪从雅集的后门上去，饭店小二早在一大株滴水观音后给本纪预留了案几与坐垫，坐在这个位置上可以看见雅集内所有的人事，自己又不易被人发觉。本纪坐下后饭店小二给他斟好茶。

曲觞流水内的蔷薇花灯漂至寂庵的座位前，寂庵伸手将小花灯从流水中拿出来放置在自己面前的案几上，然后再起身走至流水中央一丈宽窄的平石上。平石上早设好琴桌，古琴已放好，寂庵坐下来，雅集内更加安静下来，六场《禅之演》之后，成都文人雅士皆知少年僧人寂庵抚琴意境悠远，琴艺不俗。

寂庵轻轻拨了几个散音后，对众人说："寂庵此次与子旭同来，原本要抚一曲《流水》，此刻寂庵心中却想为诸位抚一曲《心经》。"

寂庵这曲《心经》，是清俊师父做的减字谱，那是几年前，寂庵听见清俊师父禅房内传出琴音，就去窗下听琴，师父看见窗外的小脑袋，就让他进屋，站在师父身边，寂庵问这是什么曲子？师父说正为《心经》做曲谱，寂庵便拿了纸笔将师父弹的曲谱记录下来。

寂庵抚琴吟唱道：

观自在菩萨，行深般若波罗蜜多时，照见五蕴皆空，度一切苦厄。舍利子，色不异空，空不异色，色即是空，空即是色，受想行识，亦复如是。舍利子，是诸法空相，不生不灭，不垢不净，不增不减。是故空中无色，无受想行识，无眼耳鼻舌身意，无色声香味触法，无眼界，乃至无意识界。无无明，亦无无明尽，乃至无老死，亦无老死尽。无苦集灭道，无智亦无得。以无所得故，菩提萨埵，依般若波罗蜜多故，心无挂碍，无挂碍故，无有恐怖，远离颠倒梦想，究竟涅槃。三世诸佛，依般若波罗蜜多故，得阿耨多罗三藐三菩提。故知般若波罗蜜多，是大神咒，是大明咒，是无上咒，是无等等咒，能除一切苦，真实不虚。故说般若波罗蜜多咒，即说咒曰：揭谛揭谛波罗揭谛波罗僧揭谛菩提萨婆诃。

雅集内诸人皆被寂庵的琴音与吟唱吸引，再观寂庵少年俊朗丰神内蕴，众人如饮清泉如沐春风一时忘己。

一曲终，寂庵合掌道："阿弥陀佛！"众人方从琴中醒来，赞叹不已。

坐在隐蔽处的本纪似乎在寂庵的琴音中看见一晃而过、自己的心，要再寻觅，却不可得，本纪认真地看着寂庵。

接下来是子旭带领日本国学者，缔鼓《护卫元俊》，子旭笑笑，带着诸人走至流水中央平石之上。子旭坐正中，六位日本国学者分坐在他两旁，先是子旭单独缔鼓一段，唱道："护卫元俊，铁血丹心。叹公主意，千绕千禁。"子旭缔鼓唱颂的音色一如他的邪魅狷狂美不胜收。本纪在暗处，听见"元俊与公主"的词语，心就开始滴泪，再看见子旭哥哥那般容颜倒有几分似元俊护卫，本纪暗自痴想。

子旭唱毕，日本国学者便开始缔鼓，这六位学者也有相貌姣好者，可在子旭身旁，如同落入了一个魔咒"再美也不可与子旭同框"，这一比较，更衬出子旭不落俗套的活色生香。这几位日本学者在大宋生活了一两年，拼命学习汉语与音乐，通过子旭悉心指导，他们的缔鼓演绎颇具韵味。

众人在他们缔鼓齐声吟唱"护卫元俊，铁血丹心。叹公主意，千绕千禁"之中，仿佛见到保卫大宋沙场征战的元俊，也仿佛见到临谷公主对元俊的深情。

这首缔鼓曲只这一段唱词，反复吟唱三次之后，子旭点头示意其中一位日本国学者，这学者是一位年轻女子，这女子按照先前排演，她要在缔鼓吟唱中扮演临谷公主，子旭接着站起身，他自然是扮演元俊护卫。在缔鼓声中，子旭与她的舞蹈缓慢优雅让人观之伤怀。

本纪在暗处见到他们的舞蹈，哀伤酸楚，再见那日本国青年女子要扮演临谷，便不愿意了。在本纪心中，只有临谷才能与铁血护卫相陪伴，其他什么样的女子都不能出现在元俊身边。

本纪想到此，脚下不由自主向曲觞流水中央石台走去，雅集内众人正醉心于子旭演绎，怎地就看见一位黑黑的长发雪白肌肤着绢麻衣衫的年轻女子向子旭走去。子旭一个转身看见本纪妹妹向自己走来，这舞还没有结束，子旭对本纪笑了笑，见本纪越走越近了，便让与他同舞的女子回位。

在本纪向子旭走去时，寂庵见了，心想定是缔鼓歌舞《护卫元俊》将他引出来。本纪的诸多隐瞒前些日子在别院被寂庵向子旭提示后，子旭心中便存了芥蒂，此刻见她站在自己面前，子旭问道:“本纪妹妹今日可是?”

刚问及此，就有琴歌声传来，抚琴而歌的是寂庵，寂庵担心雅集人多，子旭与本纪的对话会带给子旭麻烦，寂庵便开始弹唱他们都熟悉的那首“雪里清香，月下疏枝。更无花，并比琼姿。一年一见，千绕千回。向未开时，愁花放，恐花飞。”

寂庵唱出第一句时，本纪开始起舞，子旭微笑着拿起缔鼓站在原地轻轻拍打。寂庵的琴歌停止后，子旭的缔鼓声变得轻快深情，本纪继续起舞，子旭吟唱道“护卫元俊”这一句之后，雅集里面的众人便接着唱“铁血丹心。叹公主意，千绕千禁”。

子旭做的这首鼓歌节奏与歌词都很容易让人记住，刚才反复几次吟唱后，众人便记住了。这一刻忽地上来一位美人，还舞出遗世独立泠泠之美，再加之寂庵刚才那段琴歌，最后子旭带着日本国学者以及众人合唱，雅集内的气氛异常热闹起来，众人只当这美人是了旭鼓歌中的一段，再没有想到是个意外。

寂庵在热闹中冷静下来，看着石中央开开心心的两人，他在心里祝愿他们吉祥，愿他们在欲念纷杂、爱离别苦、求不得苦的人世间看见出离的希望，愿大乘佛法智慧的光辉照进本纪迷乱冰冷的心。

这一段热闹之后，子旭带着诸人回归先前流水旁的座位，本纪先是随在子旭身后，趁入座时他闪身离开，悄悄回到二楼的包间内。

跟在他身后进来两人，普通穿着，看身形与五官也很普通，只是眼神精干凌厉，这眼神不像是雅集中人，倒像是衙门的总捕头。本纪转身还未关上门这两人就推门进来，带着一股风将本纪向后逼退几步。本纪站定后，其中一人将腰牌出示给他看说自己是知府衙门捕快，旁边的官人是总捕头，要问本纪几句话。

本纪让自己镇静下来，也没有说话，一双深邃的眼睛静静看着面前两人。那总捕头冰冷着脸，上下打量本纪，最后眼神如刀刃一般留在他脸上。

总捕头问："刚才在楼上，听见你的名字叫本纪？"

本纪点点头，此刻本纪相信总捕头应该留意自己有些时间了，他们还知道些什么？

总捕头又问："你的名字应该叫赵临谷！"

本纪答道："那是公主的名字。"

总捕头说："钦差一行进那山谷，我是随行侍卫，自然见过你。”

这总捕头确实随行进谷，回汴京后再被蔡京差遣到成都，安了总捕头的职位，主要方便暗中巡查临谷余孽。

本纪说：“公主罹难，世人皆知。”

总捕头说：“我这人，什么事只信一分。”

本纪说：“真如你愿，公主还活着就好了。”

总捕头仰头哈哈一阵冷笑，笑得本纪背上发凉。

总捕头收住笑声，盯着本纪说：“你这妆容画得倒像是赵临谷，也就这画皮像，其实差得太远，做她太危险，还是做你自己吧。”

总捕头的意思是要本纪交代自己的来历，本纪在山谷中的身份与使命除公主外就其他四位死士知道，蒲已死，那三位死士的身上永远不会有出卖这个词语。本纪认定他不可能知道自己身份，便回答：“临谷心中有爱，我倒愿做她，在人世间遇见元俊。”

总捕头说：“休得胡乱提起元护卫！元护卫曾在秦国公军中上阵杀敌保卫大宋安宁，这名字可是什么人都能提的？”

本纪还未回答，见有人推门进来，是子旭与寂庵。子旭刚才发现本纪又不见了，情急之下要离座寻找，自己又不好单独离开，便拉了寂庵说与寂庵有事暂去去就回来。

子旭拉着寂庵出了雅集门便对寂庵说，若那日分离后再没见面也就罢了，今日既然见到就非得要寻到本纪妹妹，问一问她的心。还请寂庵与自己一同在饭店内再寻寻看。寻至二楼无意看见一扇半开的门内本纪正与两位官人问答。

天下谷物种子库在蜀境内，蔡京从京城分几路派出人员在成都以及周边城市清查临谷余孽，用的名义是“清查曾意欲加害临谷公主的奸人”。

也许本纪觉得人生无味又因为管理的公主财物是为百姓做不时之需，他若不妥善安顿财物就寻死，那是不忠，既不忠于公主也不忠于大宋。

生命孤苦是一种什么样的感受？他可以用每一丝每一毫来描述，那些在灵魂里面的孤苦是他人所不能看见，自己所不能抛弃。

子旭与寂庵进屋后径直走至本纪身边，子旭见两男子一人普通另一人眼神中有威严压人的气势，子旭举手对两人行礼：“两位官人！”

两人是知道子旭的，捕快再将腰牌展示给子旭与寂庵看了看，并说这位大人是总捕头，有些事询问本纪姑娘。

总捕头看了寂庵一眼，这总捕头当日在山谷也是见过寂庵的，寂庵眼中澄澈直达心灵，总捕头知道寂庵与山谷无纠缠，也知元俊护卫与寂庵渊源，因为暗自敬重元俊护卫，不愿有什么会牵连到寂庵身上，也就没有与寂庵有交流。

子旭对总捕头笑道：“总捕头大人，您认识本纪妹妹？”

总捕头对子旭说：“我不认识她，正在询问为何要仿作临谷公主？”

子旭看看本纪，心中叹口气，对总捕头笑道：“旭领知府大人命，教授日本国学者缔鼓，因今日唱吟元俊护卫一段，需要本纪妹妹配合一段舞蹈，为更加贴切人物，故特请本纪妹妹仿作公主，怎知带来误会。”

总捕头耳朵听子旭讲话，双眼看着本纪。

子旭见窗前桌上的茶水，便拉着本纪走过去，从怀里拿出手绢，再提起茶壶倒出水来将手绢湿透，子旭回转身，伸一手微微托起本纪下巴，另一手用湿手绢轻缓卸去本纪仿妆。

寂庵看见子旭手过处本纪自己的容颜露了出来，寂庵在心中说，无论这一次你将会面临什么，先用真心面对自己的心灵。

子旭托着本纪下巴，完全卸除仿妆后，子旭看见一张不同于先前的脸。这张脸也是如此年轻，清秀浓黑的眉毛，清澈双眸中透出迷一样的孤独与坚持，挺直的鼻梁，嘴唇缺乏血色。

子旭抑制住心内惊喜，对本纪说："妹妹以后若再扮演临谷公主，就用原本的容颜，须知各人心中皆有不同的临谷。"

子旭离开本纪身边，向总捕头走近并笑道："总捕头大人请看，这是本纪妹妹，她仿作临谷公主只是一时演舞而已。"

总捕头点点头："嗯！"

总捕头再看着子旭问："本纪与你是什么关系？"

子旭大大方方一笑："本纪妹妹是在下每日携手观月赏星之人。"

总捕头说："原来如此。"

总捕头再看着本纪眼睛问："本纪姑娘现住何处？"

本纪答道："住旭哥哥别院。"

总捕头略思片刻，说："某等还有公务在身，先告辞了！"

子旭待总捕头两人离去后，回头看看寂庵再看看本纪，见寂庵略微皱着眉头似在想什么，本纪神态如在观心，忽然，本纪问："寂庵，我可问你一事？"

寂庵看着本纪，点点头。

本纪说：“当我装作临谷时，我其实是本纪。那么，我这个本纪有一天老死，我死后，我又是谁？谁又是我？”

寂庵说：“你一直在，只是身份与身形容貌在转变。”

本纪喃喃道：“为什么身份与身形容貌要转变？”

寂庵说：“因为你的思想随着眼见耳闻在不断变化。”

本纪想了想，看着寂庵眼睛：“寂庵，有不转变的吗？”

寂庵说：“本来就没有区别，是你自己生出的区别。”

本纪思索，似乎懂又似乎不懂，微蹙眉头轻咬嘴唇。

子旭见状，过来一手拉着寂庵一手拉着本纪：“我们走吧，这里不可久留。”

三人下楼后，出饭店转条小巷，子旭的车停在巷口街边，小厮候在车旁。众人上车后，一路无话，车径直到子旭别院，此刻已是黄昏时分。

子旭请寂庵与本纪到内院子旭房间，坐定后，子旭对本纪说：“本纪妹妹，无论你以前是谁，来自哪里，做过什么，你若肯放下以前种种，旭愿照顾你一辈子。”

本纪说：“放下以前种种？”

子旭说：“今日饭店内总捕头与你的对话，旭虽愚钝也看懂许多，也知道那总捕头还会再来找本纪妹妹。柔弱女子，怎么可再而三面对衙门捕头？世事艰险远超过妹妹眼见，若本纪妹妹愿放下过往，旭即刻就带本纪妹妹离开成都，将妹妹安顿在一个安静不受打扰的地方，待一年半载风波过后，妹妹若要自行离开，旭送你，妹妹若要留下，旭陪你。”

此时的本纪，他看见子旭在对自己说话，也听见子旭说的每一个字，可他思索的却是另一件事。

子旭见本纪怔怔的，也不知她心中是什么打算，便又轻轻叫道：“本纪妹妹！”

本纪说：“本来没有区别，是我自己生出来的区别，是从哪里生出来的？”

子旭听不明白。

寂庵听懂了，他也知道本纪正在艰苦思索中。

寂庵说：“区别生自于自性。”

本纪看着寂庵，说：“自性？”

寂庵点点头。

子旭见夜幕已临，本纪毫无打算只是与寂庵说禅语，言毕，又陷入思索。

子旭对寂庵说：“本纪妹妹今日已对那总捕头说是住在这别院，若那总捕头还想知道什么，必然会来这里问询，妹妹想平安度日，便要早作计划，若真到不堪境地，就难以挽回了。”

寂庵看着子旭，问道：“子旭是要带本纪离开？”

子旭说：“旭不知道本纪妹妹以前做过什么，但旭相信本纪妹妹不是一个坏人，旭心底是喜爱本纪妹妹的，所以想带本纪妹妹避避眼下的难。寂庵，今日那总捕头可不是好应付的。”

子旭顿了一下，又说：“寂庵，说不准我们这里已经被暗中监视住了。”

寂庵点点头：“你带本纪离开吧，我过会儿再自行离开，我们一同离开的话，本纪反而走不了。”

子旭对本纪说："本纪妹妹，我带你走。"

本纪看着寂庵，问："寂庵师父，我如何才能看见自性？"

寂庵对本纪生出无限怜悯，知他离开悟还需要时间，此刻，寂庵对本纪说："只要你对大乘佛法生起信心，精进修行，便会看见自性。"

本纪说："大乘起信，便能看见自性？"

寂庵看着本纪眼睛，对他点头说："是的！对大乘佛法生起信心，便能看见自性！"

寂庵对子旭说："你带本纪离开！"

子旭点点头："寂庵，稍后你离开时，路上小心。"

寂庵对子旭笑笑，合十道："阿弥陀佛！"

子旭对寂庵说："寂庵，回见！"

寂庵笑着点点头。

子旭拉着本纪的手，快步向屋外走去。

月光从房门外进来，寂庵借着月光起身去点亮书桌上的烛台，再去关上房门。子旭的房间宽敞温柔，垂着欢宜香玫瑰帐幔，落地木座双凤大铜镜前也立着烛台，寂庵去点亮铜镜前烛台，大铜镜旁的衣架上搭着一两件日常的衣服。寂庵再转身，看见很大的一个梳妆台，上面摆放各式小盒子、玉梳之类。

夜里渐渐有些凉意，月光铺满别院书房前的宽台，宽台上围栏前站着一个人，正默默看着宽台下池水，水中偶尔有些细小动静，水面上倒映夜空星月。夜里水池泛出凉意，这人披着月白色斗篷，斗篷帽下露出雪白肌肤，挺直鼻梁，还有缺乏血色的嘴唇。

这人一直在这站着，时而靠着围栏坐坐，似在等待什么人，又似有无限心事。夜渐渐深了，别院里的奴仆们没有得到主人吩咐便不会来此打扰。远远听见打更声，又是一天。

这夜里来了位不速之客，是昨天下午在成都举行雅集那家饭店二楼小间内询问过本纪的那位总捕头。总捕头趁着月色弱的时分，悄无声息进入别院，主人房间烛光摇曳，香炉内慢慢散着梦甜香，房门半开着屋内无人。总捕头继续找，最后在宽台上停住脚步，总捕头看着十步外的人，低声叫道："本纪！"

靠着围栏的本纪转过身，看见叫他名字的人，月光黯淡，本纪看不清楚来人是谁，便向前走了两三步。

总捕头看着本纪："昨天找你询问之前，对你的来历已经有所掌握，你在成都的住处与那群鸽子还有养鸽子的哑仆，我已令人带回衙门。至于你，若能回答我的问题，我可以放过你。"

本纪看着他。

总捕头问："你跟谁联系？"

本纪摇摇头。

总捕头无声一笑，再仰天长叹一声："临谷这个人，充满复杂性，她已死，与她相关的事物最好就此灰飞烟灭。你若与她无关，怎么样装作她的模样唱歌舞蹈都没有关系，可你偏偏与她有关，殊不知，你的出现本身就是个麻烦，你还在逐渐将麻烦与危险带给无辜他人，比如子旭，还有那个寂庵和尚，他们若受牵连，至少会有几十人下狱。"

本纪听了，点点头。

总捕头说："我暗夜来此，是给你指一条路，这条路可以斩断你带来的危险。”

本纪看着总捕头，认真听。

总捕头说：“这个世界上没有你，你带来的危险我自会给你抹去，不让它们存在，就如你没有来过成都一般。”

本纪点点头。

总捕头从腰间拔出长剑，走近两三步，用剑尖指着本纪心脏。

总捕头说：“我也有好生之德，须知杀死你，正是救他人。”

本纪看着总捕头。

总捕头握剑的手一用力，剑尖穿破本纪斗篷直入左胸，血很快染红月白斗篷，本纪倒在地上。

再说先前夜幕刚临时，寂庵留在别院，子旭带着本纪上了自家马车匆匆离开，也没叫车夫，只让自幼就侍候在身边的心腹小厮驾车。子旭在车厢内悄悄对小厮说了个地址，小厮点点头，驾着马车在夜晚成都的街道上不疾不徐稳稳行驶。穿过人来人往的夜市，再转一些小街道，最后马车在一个普通小院前停下来。

这小院是子旭的众多房产之一，因为比较偏远，每年也就清明前出城扫墓时来此歇歇脚，日常就锁着门，钥匙照例由小厮保管着。

小厮停稳车后跳下来，要掀开帘子扶子旭下来，子旭让他只管去开门。

小厮从衣袋里摸出一串钥匙，借着月光吱呀打开了门，子旭扶着本纪进了门慢慢向里面走，小厮跑前面去找到灯笼点亮了提出来，给主人照路。

子旭扶着本纪进了一个房间，小厮放好灯笼再将房内的蜡烛点亮。房间内有一个铺着软垫的卧榻，子旭扶着本纪去卧榻上坐着。本纪一路无话，子旭也就陪着她沉默。此时将她安顿好后，子旭说：“本纪妹妹先在此歇歇，待天亮城门开后，我们出城。此刻我要独自回别院一趟，我不放心寂庵，定要看着他也无事了，才能放心。”

子旭又吩咐小厮在房门外好生候着，小厮应声后问：“大官人是驾车回去？”

子旭想想说：“还是骑马更方便。”

小厮便提着灯笼去院门口将车赶入院内，再解开其中一匹马，子旭拉缰绳上马出了院门向别院回去。一路骑行，哪知路过夜市遇见一位平日就熟识的知府衙门知事，这知事刚出酒馆红着脸酒兴犹在，看见子旭路过，举手行礼大声叫住，子旭只得下马回礼，知事酒叨叨地拉着子旭说了好一阵话才松手让子旭走。

来去路途加上这一阵耽搁，子旭回到别院时已是次日凌晨。

匆匆跑进内院见自己房间的门半开着，烛光中见房内无人，心想着寂庵是离开回去了。

正要走，又觉心中隐隐不安，便进房间拿了琉璃灯笼点亮提在手中，又去书房方向寻找，哪知刚到书房前便看见一人的剑从着月白斗篷的人心口拔出，那人瞬间倒在地上。

子旭惊恐一声叫道：“是谁?!”

握剑的人转过身来，平静地看着提灯笼的子旭。子旭认出是昨日下午见到的那位总捕头，子旭说："是你！"

总捕头用剑尖直指倒地之人："今夜之事，你若顾全多人不被牵连，就不要声张。"

子旭一听便知出了大事，放下灯笼跑前两三步俯下身子去查看，见月白斗篷内是本纪妹妹，见本纪的心口中剑，血染红衣衫，闭着眼，眼见其就快不行了。子旭心痛不已，他想定是本纪妹妹不愿连累自己，又猜到这总捕头不会放过她，所以随后就骑马赶回来，自己若不是路过夜市遇见熟人耽搁许久，也许事情还会有转机，可这一会儿，就要与本纪妹妹永别。子旭含泪道："本纪妹妹到底是不愿牵连于我，竟又回到此处受死！"

总捕头说："将她悄悄埋了，切莫对人提起，这事就此了结。"

子旭听了这话，懂得了这总捕头的意思，本纪来历的确不明，她若执着不离开成都，也许真的会牵连许多。

总捕头见子旭怀中本纪已死，便转身离去很快不见踪影。

子旭坐在地上怀抱着本纪，对她说："本纪妹妹怎么这么傻？你回来做什么？旭说到带你走，便会想法照顾你一世，妹妹却不给我一丝希望了。"子旭借着地上琉璃灯笼，再仔细看看本纪，伸手抚摸本纪脸庞要最后给她些安慰。

子旭的手触到本纪的耳朵，便察觉有些不对，再将月白色斗篷的大帽子向后揭开，子旭目瞪口呆，心中一个念头闪过，不敢相信自己的眼睛！他将怀中人放好自己起身脱去外衣，到围栏处将外衣在水池里浸湿，再回来跪在地上用湿衣服轻轻擦干净怀中人的脸庞，竟然是寂庵！子旭忍不住掉泪，哭道："寂庵！"

此时子旭明白了为何昨夜寂庵要让自己与本纪妹妹先走，原来寂庵猜到那总捕头会来此，再一联想往日寂庵提醒过自己的一些话，看来本纪妹妹真与那山谷有千丝万缕的联系。子旭叹着气，抱着寂庵，自责道："寂庵，旭宁愿受许多连累，也不愿见你为我们而死。旭与你自相识以来，敬慕你少年有志睿智天成，你若一死，旭永生难安！

昨日本纪问寂庵："如何才能见到自性？"寂庵说："只要你对大乘佛法生起信心，精进修行，便能看见自性。"寂庵知道本纪还需一段时日才能开悟，人生苦短，若本纪就此死于那总捕头手中，这一世就没有再学习大乘佛法的机会了，若能活下去修习佛法，本纪便不会再迷失，在世间会增加一分希望。子旭一直舍钱舍物护持正法，又怎么能让子旭因此受伤害？寂庵那时便已下定决心要为他们舍去自己生命。所以在劝子旭、本纪离开后，寂庵在子旭房间内找出大帽斗篷，再用梳妆台上之物如绘画一般将自己仿成本纪。

寂庵不怕死，因为他对生死充满信心，生，是为大乘佛法而来，死，回归净土，又有何惧？

他仿作本纪在平台上一面观水一面等待那总捕头的到来，寂庵不回答总捕头的话，也不回避再走近两步让那总捕头看清楚一剑刺入的是本纪的胸口，这样，总捕头知道自己一剑下去，本纪必死无疑就好。

这总捕头对丞相蔡京并非完全敬畏，他也知那临谷心中是有大宋百姓的，自己虽然领命来成都，但也不愿如蔡京那般做绝，所以决定剑下只死一人，此事便了。

子旭抱起寂庵向房间走去，大声呼来两个奴仆。

子旭将寂庵轻轻放在床上，奴仆又点亮几支蜡烛放在床头，子旭叹口气，将寂庵身上染血的斗篷取下，吩咐奴仆去取一床新被子要给寂庵盖好。寂庵虽面无血色闭着眼，但神色端庄一如生前。

奴仆捧来新被子，子旭弯腰整理寂庵的僧袍与项上佛珠，僧袍染上好些鲜血，子旭叹着气抚摸被剑尖刺破的寂庵心口处僧袍，子旭再抑制不住眼泪："寂庵，我尚且万分不舍，若你父母得知你逝去，又该是如何伤心！"

子旭擦着眼泪看寂庵，忽的一声咳似乎是寂庵发出的，子旭惊喜，又担心自己听错了，回头问床边那两个奴仆："你们可听见咳嗽声？"一个奴仆答道："回大官人，我似乎听见了。"

仿佛一阵热血冲醒自己，子旭急忙将寂庵僧袍解开一些，露出心口处，一位奴仆将烛台举近一些，子旭见寂庵出了很多血，但心口处的剑伤是横着三指宽，血已凝固，并非很重的样子。子旭轻轻摸着伤口，耳边又听见寂庵轻轻咳嗽了一声，这次很真切，寂庵咳嗽时心口也跳动，子旭的手感受到寂庵的心跳。

子旭赶紧吩咐一位奴仆出门请郎中，要驾车去，要快！再吩咐另一位奴仆赶紧叫醒厨娘给寂庵师父熬药膳粥与参汤。

子旭轻轻给寂庵盖好被子，再跪在床前伸出双手从被内去捂住寂庵心口，心想着这样也许可以让寂庵心口热得快些。子旭目不转睛看着寂庵，不断祈祷佛祖护佑寂庵快点好过来。

寂庵的心跳一点点在恢复，再一会儿寂庵慢慢睁开眼，看见跪在床前的子旭，子旭含着泪水正望着自己。

子旭说："寂庵你醒了，旭此生才能安心！"

窗外一阵小跑的脚步声，子旭见奴仆带着郎中急急走进屋，便起身将郎中带至床前，再轻轻揭开寂庵胸前棉被。子旭将烛台举近，郎中弯腰仔细查看寂庵心口伤痕，查看毕，到桌前打开带来的药箱。早有奴仆备了净手水，郎中净手后拿了药细细给寂庵的伤口消毒、上药、包扎，子旭就在一旁伺候着递送药膏等，郎中将寂庵伤口处理好之后再回桌前开药方。

子旭请问寂庵的伤口在饮食起居上要注意些什么？郎中说清淡营养为上，一个月内起居行动务必柔忍，一个月后伤口好了便可逐渐自如活动。伤口再换两次药也就好了。子旭心中一一记下，说过两日命人驾车去请郎中来换药。

子旭思量着这别院近期不宜居住，便吩咐备好车带寂庵回自己家里，那里好养伤，对外就说请寂庵在自己家中讲经，待伺候寂庵身体康复后再回大慈寺，这样无须多解释什么他人更不会疑心。

天亮前，子旭安排妥当将寂庵带回家中疗养，单独地住在小花园内的书房中，再吩咐了家人不许打扰，只安排了自己的五十来岁的保姆嬷嬷照看寂庵，那保姆嬷嬷是位常年念佛的慈祥人，对寂庵自是尽心。

那一剑刺入心口时，猛烈的疼痛令寂庵几乎窒息，寂庵没有感觉到血流出来，只是无法呼吸的痛已从心口辐射至全身。剑从心口拔出来那一刻，寂庵承受了更加剧烈的痛，这种痛与牺牲，只有寂庵心中的佛才能体会与理解。寂庵倒在地上，迷糊间看见自己的血染红了斗篷，寂庵知道压在子旭、本纪身上的危险就快要消失了。

流出身体的鲜血也在带走寂庵的体温，让他觉得很虚弱，虚弱到没有力气睁开眼睛。接着他听见子旭来了，将自己抱起来呼喊，寂庵一直告诉自己不要回答，自己若说话，便会被识破。其实寂庵那一刻的虚弱是没有办法发声的。

寒冷的感觉开始让寂庵愈发难受，身体更加僵直，此刻，寂庵又似乎听见子旭与那总捕头的对话，然后有凉凉的水在自己脸上擦洗，再一会儿自己被谁抱着奔走，然后自己躺在了另一个地方。

疼痛与寒冷让寂庵想到，自己4岁那年法门夺珠与今年山谷中扑崖遇险却能如日虚空住一幕，原来是自己佛珠中暗藏了一颗世尊舍利了。后来，临谷对大乘佛法生起信心，寂庵将舍利子送给了临谷，以助她愿心不退。世尊留下舍利子其中的一个意义是要让后来人对大乘佛法生起信心，信心是成就的根本。世尊舍利子在自己身上停留的缘分一定是要借此告诉自己一个道理，是什么呢？

在我毫不知情的时候，世尊舍利子就一直在我身边守护。在我知情的时候，我将世尊舍利子给了更需要守护的人，我却什么也没有失去，反而因帮助他人体会到快乐与幸福。在以后更长的时间里，我应该更加勇猛精进修行，将自己领悟到的大乘佛法的真谛与更多人分享，让更多人看见生命最大的希望！

想到此，寂庵在心底说："我懂了。"然后，寂庵的心底开始变得温暖，开始有了体温，一点点从心脏到躯干到四肢，温暖的感觉就是幼年时妈妈的怀抱，还有后来在《金刚经》里看见世尊慈悲智慧的关怀。

体温恢复，寂庵心脏的伤口也在温暖的自我恢复中，寂庵睁开眼，看见跪在床头的子旭。子旭很伤心，寂庵对他笑笑，表示自己并没有什么，养一些天就好了。

寂庵想睡一会儿，郎中来清洗包扎伤口，子旭带着寂庵离开别院回到家中等事，皆是在寂庵梦中一般，待他这一小觉醒来，已被子旭好好地安顿在家中。子旭正坐床畔观望自己。

见寂庵醒了，子旭忙起身过来，一旁的老嬷嬷忙出房门吩咐人将寂庵师父的药膳端来。

寂庵想到一事，便要坐起来说，子旭过来扶着寂庵，将厚棉被垫在寂庵背部与后颈部。

寂庵问子旭："本纪呢？"

子旭讲了昨日晚间暂时先带本纪去一僻静少人处，要待五更一点城门开时便出城远去居住一些时日，以望避过眼下危险。

寂庵看看门外天空，子旭说："此刻已近午时。"

寂庵叹道："是我睡得久了些！子旭，你现在去见本纪，对他说总捕头昨夜已将'本纪'杀死，希望他从此隐姓埋名安静度日。"

子旭点头道："那总捕头原意就是'本纪'一死，余事不咎。寂庵你舍命相救，我定好生相劝绝不再起波澜。"

寂庵说："此事永不再提！"

子旭应道："旭懂得，除了旭，无人再知昨夜你为何受伤。你在此安心休养，照看你的嬷嬷是我自幼的保姆嬷嬷，最是慈祥细心。"

寂庵让子旭快去，子旭去后，老嬷嬷将寂庵的药膳端来，还说寂庵师父的衣服是她上午亲自清洗的，晾干后再将衣服破损处缝好。

昨夜安置本纪的地方接近郊区，子旭骑马到达时已快过午时。子旭心腹小厮早在院门处张望等待，见子旭来了，开了院门忙迎上去将马牵着。

进屋后，子旭见屋内无人，小厮说："昨夜大官人离开后本纪姑娘就在这卧榻上坐着，像在思索什么，小的就在门口守着。过了好一会儿，小的听见门开了，回头看见本纪姑娘打开房门出来说：'我要走了。'小的回道：'我家大官人即刻便回还，请姑娘在屋内稍候。'

"本纪姑娘说：'告诉你家大官人，他的情在我心里，我走了，他才能安。'

"本纪姑娘说完便向院外走去，小的苦留不住，追出去时，黑黑的夜里，什么也看不见了。小的本想即刻去别院告知大官人，又担心路上会与大官人错过，便不敢离开只在此候着。"

子旭听了，呆呆地看着空空的卧榻，好一会儿仰天长叹一声，什么也没说，带着小厮离开。

回到家去见寂庵，说本纪昨夜里已离开，寂庵也没说什么，只合十念了一句"阿弥陀佛"。

寂庵在子旭家里养伤期间，认真阅读《圆觉经》《法华经》《大乘起信论》，子旭忙完家中生意后推了各类饭局与雅集，只回书房与寂庵说话，希望心中对本纪无尽难解的思念可以用佛法来化解开一些才好。

寂庵上一次提醒子旭“雄兔脚扑朔，雌兔眼迷离”后见子旭没有领悟到，又见本纪已让子旭如此思念烦恼，若此时再说本纪是个男儿身，子旭的烦恼只会增添不会减少。这也是两人该有如此的缘分吧，就让时间逐渐让他们的心变得快乐些。

休养了半个月后，寂庵的身体已经恢复健康，子旭不放心，还要留着再住些日子。寂庵见子旭苦留，便说再住十日，这十日要在书房打坐参禅。子旭便不来打扰，照顾寂庵的老嬷嬷这些日子在寂庵身边领悟不少，寂庵说老嬷嬷这样一心念佛求生净土是极好的办法。

第十日上，子旭收到镖局送来的一个托运盒子，盒子封印上落款处只是写着“雪里清香，月下疏枝”。子旭签收后撕掉封条打开盒子，见里面是厚厚一本书稿，封面用瘦金体写着四个字《公主于库》，书稿散发出淡淡的梅花香，是何等熟悉思念的味道。子旭翻开看了几行字，已是愣住了，便拿了书稿去书房找寂庵。

老嬷嬷说寂庵师父还在打坐，子旭不敢惊扰，在廊下坐着翻看书稿，里面记录了一个传说中的故事，子旭看见里面每一个人他们说的每一句话，每一次的举动，都是在他们的命运里面沿着时间走动，他们的命运又在大时代的命运里面走动。书稿尾页写着“愿从不认识，愿从未经历，愿不再轮回”。

书稿虽未落款，子旭已知是本纪手笔，本纪在书稿中已透露自己身份。

寂庵打坐毕，打开房门看见廊下的子旭，子旭将书稿递给寂庵，寂庵翻看之后对子旭说：“一切有为法，如梦幻泡影，如露亦如电，应作如是观。”

子旭听了，许久说道：“旭知也应如此。”想到本纪冷冷美颜青春风骨，却有这样的苦痛不能言，子旭心疼潸然泪下。

寂庵说：“今日一别后，小和尚我要去行脚参访。待学有所得后，我再回大慈寺受具足戒。”

九　与时相奔

寂庵离开成都后到峨眉山参学，此时他不足17岁。

子旭将本纪所写《公主于库》改作一个演剧本，里面没有政治，只是爱情与希望。演剧《公主于库》在成都很受欢迎，剧本逐渐传到大宋很多地方，在花朝节与七夕那日也有演剧班被邀请演出公主与护卫的故事。

寂庵的家乡，蜀中左绵安州城春日社戏的舞台上，就演出过《公主于库》。只是在时间流逝中，故事的原稿也逐字风化，千年以后，看见的残本就只有一些大概轮廓。

距离临谷死后的第22年（1126—1127年），大宋发生了靖康之乱。

金兵南下包围汴京，宋徽宗、宋钦宗为求活命，答应金人开口索要的金1千万锭，银2千万锭，帛1千万匹，马7000匹。后因实在筹不够这些数量巨大的“金国犒军金”，便将上万名宫廷、宗室以及京城女性明码标价给了金国。

金人离开汴京临行前俘虏宋人不下10万人，被掳去的还有金银、朝廷各种礼器、文物、典籍、工匠，等等。金兵所到之处，尽其践踏至极，抢掠至极，生灵涂炭如人间炼狱。被掳北上的女性前途更是意想不到的悲惨。

临谷公主的故事一直在北宋与南宋民间流传演绎，因为她的冷酷刚烈与善于筹谋的心机为蔡京、童贯等所忌，在她死后皇室宗族中竟不留她一字于后世。她的故事被她的忠诚死士本纪所录，后来以演剧的方式流传下来。

临谷虽早逝，她死或者不死，对宋徽宗的朝政是不会有什么改变的。但相比于靖康之耻被掳北上的皇室女性，临谷的幸福她们不能比拟，她是为自己的理想与所爱而死。因为临谷与天下谷物种了库的关系，南宋时很多地方春播春社时也会请演剧班来演出《公主于库》，寓意丰收。

人类历史上找不到没有战争的岁月。一个国家若能在100年内没有任何战争，也是极为难得。遇见和平年代，各种生活资源的丰富，大多数的人忙于发展与享受，这样背景下能居安思危为生命未来做考虑的，仍然只有极少数的人。

这些极少数的人，对我们这颗星球上的生命怀有最深关怀与忧虑。他们不只是怀有忧虑提出问题，他们还积极寻找能让生命得到永久和平快乐的方法。

寂庵对生活的志向，是要将生命走向和平与快乐的方法交给更多的人。如果寂庵没有成为僧人，或者他不是一位男士，或者寂庵生活在我们这个时代，我想，外在的环境再怎么不同，寂庵始终会是寂庵，寂庵始终会成为真歇清了，他的心愿很大很大，不只是要自己出离轮回得到和平安乐，更是要众生都能达到永远解脱的彼岸。

这样伟大的心愿需要依靠弘扬佛法来实现。佛法通过经典与僧人传播，僧人们是在与时间赛跑。寂庵也加入了与时间相奔的行列，16岁少年寂庵在世事磨砺中成长，寂庵的身形容貌继承了父母的优点，心智上则逐渐更似禅宗六代祖师们。峨眉山含藏华夏文明璀璨精华，到峨眉山后，寂庵心灵上放松了许多，此时的寂庵在峨眉山道上行走时会向鸣叫的鸟儿招呼一声，看见僧人弹琴他也会吟道："蜀僧抱绿绮，西下峨眉峰。为我一挥手，如听万壑松。"他的心里充满了对生活的热爱及对求学经历的喜悦。

对佛法的深爱源自对生命的责任，这一份责任感让他充满力量，不知疲倦地学习与思考。寂庵在峨眉山藏书丰富的寺院与道观参学了近两年时间，不知疲倦地阅读学习华夏典藏书籍，也认识了好多不同性格、学派、宗门的饱学之士。日益精进的学习让寂庵更加拓宽了眼界与学识，在与各类人士言谈中寂庵不仅能融会贯通各类学说且言语流畅自然无碍，与众人相谈甚欢。

有时谈到国家社稷，寂庵说国家社稷安宁是各类学说各宗门延续发展的基本条件，这一点诸人认同。在谈到学说门派、宗门发展与经济的关系，寂庵说如宗门有条件可适当扩建道场，让更多人来亲近其学说，这样更利于学说延续与发展。在佛门中亦如此，合理规划银钱修葺寺庙道场，让更多人乐于来此亲近佛法，这对于传播佛学是很重要的。

十　木夫人因缘

寂庵11岁在安州城圣果寺出家时受了沙弥十戒，现在寂庵快18岁了，他要回到成都大慈寺宝范师父座下，为试经度僧与受具足戒做准备。

寂庵的行囊很简单，里面就一本《法华经》，一件换洗的僧衣，一个钵盂，还有一些碎银。这些碎银一半是一年多前离开成都时子旭供养寂庵的，还有一半是更早些爹爹供养沙弥僧寂庵的，在峨眉山寂庵吃住学习皆在寺院与道观里，只在来去途中用了些。

寂庵没有视金银如蛇蝎，他认为金银得当地使用，可以好好经营寺院，让大众愿意来环境雅致的寺院修习身心，又可让出家人不用为三餐操心，安心修行办道。

寂庵对金银的态度应该在很小的时候就受到母亲的影响，母亲说金银出现在世上，就是让人们用来做良性循环的，用在利国利民的事业上，将它用活了事业就会活，国家与百姓就会受益。

离开峨眉山寂庵向成都方向行走，原本计划晚间在途中客店住宿，可近黄昏时忽然而下的一场急雨让寂庵只得暂时在路旁一户人家屋檐下避雨。初夏的这场雨却一直下，寂庵也不着急，就站在屋檐下观雨中的景致。一直到黄昏时分，雨依旧下着，寂庵听“吱呀”一声，一位10岁左右的童子将门打开，出来看见寂庵，说：“原来是位和尚。”

寂庵对童子笑笑，合十道：“阿弥陀佛！小僧在此避雨，多有惊扰。”

童子摇摇手：“不惊扰不惊扰！我家主人在静坐，忽然说门外有高人在观雨，让我出来请高人不妨进屋饮杯茶，待雨后再走。”

寂庵道：“小僧只是个头有点高。”

童子挠挠头，说：“反正都是高，和尚请进吧！”

寂庵摇头道：“不打扰了，待雨停后小僧便上路。”

童子想了想，说：“我家主人说若高人不肯进来，就对高人说这雨会一直下到明天早晨。”

这家主人倒有意思，寂庵笑笑：“那小僧就进去饮杯茶。”

童子在前带路，进门后沿着回廊，这是个两进的院落，黄昏雨中，隐约见这院落布局设置清新简洁不落俗套。童子将寂庵带到内院，内院正中几间屋明烛高亮，几个仆人正准备烹茶的黑铁炉与泉水。

一位中等个子清秀身材的女子从屋内信步出来，这女子穿一身考究的湛蓝衣裙，白玉簪高束乌发，唇红齿白，眉目间有些潇洒与婉约，正在正中那间屋子门口静静站立等候寂庵。

童子将寂庵带至这女子面前，对寂庵说：“这便是我家主人。”

这女子向寂庵施一礼：“我姓木，请问高僧法号？”

寂庵合十道："阿弥陀佛，不敢当，小僧法号寂庵。"

木夫人请寂庵进屋。大厅内正中挂着松鹤图，图下一张雕花罗汉床，香炉冉冉飘出老山檀香，沿墙书架上排满各类书籍。

罗汉床上一张木几，几上已置好茶具，木几两旁各放着一个青色坐垫。

木夫人请寂庵上座，寂庵推辞道："小僧是受戒的沙弥僧，不宜与女施主如此对坐。"

木夫人点点头，便指着大厅内地毯两旁的木椅说："寂庵师父请坐。"

寂庵点点头，在木椅上坐下，木夫人则在地毯另一旁的木椅上坐下。这木夫人看上去很年轻，若再细看，神情间却比面目年长10岁。这样状态的人，内心一定有深解不开的结。

仆人给寂庵与木夫人分别奉了茶与一些素食点心。木夫人让仆人退出，在门外候着。

木夫人看着寂庵，见寂庵身量面容远非寻常人可比，虽不足20岁，但容貌态度有天成的端庄自然，朗眉下一双罕见美目，那目光能透彻人心。

寂庵从不回避任何人的目光，男人或者女人在他眼内都是同样的，世俗男女之情他太清楚不过，他不会着眼于此更不会着心于此，他的心内蕴含无尽量的世界，这样的心，常人难以体会。

木夫人细细关注寂庵后，慢慢说道："寂庵师父是修行人，我也是。"

寂庵点点头，认真听着。

木夫人说："我在此居住有些年了，我是发愿要出离轮回的人，因为喜爱修行，这些年也不怎么与人交往，日常好静坐。”

见寂庵认真在听，木夫人接着说：“寂庵师父可知道开悟是怎么回事？”

寂庵说：“开口处不可得。”

木夫人听了，叹口气：“10年前，我一连几日茶饭不思，心中只思索《圆觉经》中所讲，即便在梦中也是辗转反侧念念不忘，终于在一日半夜时分醒来一眼看见天空明月，顿时间恍然大悟，再后来喜极而泣，这可不是苦尽甘来？”

寂庵听了，便知道木夫人是在讲她明心见性那一刻，寂庵点点头。

木夫人叹道：“寂庵师父果然是明白人，我能洞悉你一部分想法。”

寂庵说：“明心见性之人若静心，自然能感受到。”

木夫人说：“可是这10年来，我在修行上却无增益，我一直不明白问题出在哪里？也试图请教，可惜所请教的人在一谈之下发觉他们未曾彻悟，又如何能解答我的疑问？今日静坐时，感觉到门外廊下听雨的人就是我要找的高人，我便遣童子请寂庵师父进来。”

寂庵说：“木施主是要让自己有何增益？”

木夫人看着寂庵说：“寂庵师父这样难得的外相是生就的，我却是自己少时修养出来的。我自小容颜普通性情内向，言语口吃难以成句，自觉丑陋便极少出门，日日只在家中博览群书，幸而还有几分慧根，10岁那年读了佛经后，对大乘佛法深信不疑，时常诵读《普门品》，几年之后我的容貌大改，口齿不再纠结，与人相处也逐渐能信达自如，认识我的都说我像是从内至外换了一人，我听后虽然只是笑笑，但我心内清楚这是修习大乘佛法的缘故。”

寂庵认真听着，看灯下此时娓娓道来的木夫人与她刚才所讲幼时的形状真有天壤之别。

木夫人说：“自开悟到现在，我最大的心愿是脱离轮回往生净土，可是修行上似乎不可能，10年了毫无增益，为此我心内很是痛苦。这番痛苦若说与旁人，毫无意义，我只有盼着能遇见帮我找到原因指点我的人。今日下午打坐时外面开始下雨，雨声入耳心极有所动，便知盼望已久的人已至门外。”

寂庵说：“如你所讲，你是开悟之人，应当自己可以找到原因，为何不依照佛陀所讲的来修行？”

木夫人说：“开悟之后，我心内欢喜，因为看见了智慧真相，便喜好在山水间宴乐间体会身在其中身离其中的游乐。前几年我的父母过世后我便搬来此处居住，我不愿嫁做人妇，只愿早尽形寿，早往生净土。”

寂庵说：“你却未能如愿，明知心安为何物，却一直不能安？”

木夫人点头说：“正是如此！”

寂庵说：“我与你初识并不知你日常所想所为，这也是很重要的。”

木夫人想了想说：“寂庵师父，你在我这里住一些时日，我遣一男仆照顾你日常起居与饮食，我就当此处无你，你只在一旁观察我的日常，帮我找出原因，我定改进，以求早日得解脱。”

寂庵说：“依你所讲，我在此停留为你找出修行不能增益的原因，这也是正事，小僧就试一试。”

木夫人听了大喜，起身向寂庵深施一礼。

木夫人再唤来一男仆细细吩咐了要精心照料寂庵师父生活起居。

男仆带寂庵去内院客房，床被茶水点心一切齐备后，男仆退回旁边小屋。寂庵灯下念《法华经》后，便在床上打坐。

已是深夜，这雨一直下，雨夜木夫人院内四处的石灯内均点亮烛台。木夫人依旧在内院大厅内，坐在松鹤图下宽大罗汉床中，背后放着厚厚的垫子，左手拿着一卷书右手肘靠在床中木几上，右手掌内握着精致白玉酒杯，木几上放着一壶酒，一盏灯。

此时的木夫人已换了衣装，穿了身魏晋风骨的宽袖三重衣，乌发散在背后用一根丝带轻轻系了，双眉化淡，脸上敷了白粉，唇上一抹绯色，木夫人一面看书一面独酌，也听见屋外的雨滴在石板上绽开的水花声。

一壶酒快饮尽时，仆人进来说了句什么，木夫人点点头。再一会儿进来位商人模样的中年官人，木夫人也不甚理会他，那官人却是极为殷勤周旋，又拿出好些带来的物品，也有吃的也有用的，再添满了酒坐在一旁为木夫人斟酒。木夫人自己看着书，有时饮口酒，直到快醉了，才放下酒杯靠在木几上睡了过去。那官人忙让仆人抱来被子，自己又轻轻将木夫人抱起来放平，再将被子好好给木夫人盖上。自己则在罗汉床前脚蹬上坐着，看着熟睡的木夫人，再一会儿那官人困了就将头靠在床沿上睡着过去。一直到天亮时雨才停住。雨停了那官人也离开了，直到那官人走远，那官人不知道木夫人只是闭着眼却一直未睡着，在他离去时也一直看着他的背影。

这一天上午木夫人处理了一些家务，午睡后静坐了一个时辰，然后让仆人准备车辆，待黄昏时进城。木夫人甚为爱惜自己容貌，又乐于装扮，每日总要换装两三次，妆台上摆满各色胭脂唇膏眉黛，那一头乌发每日也是束上去了，又放下来轻轻绾着，虽然不用金饰，但银饰与玉饰也是晨见与夜间换着戴。

饮食上除了爱美酒，各种肉类菜蔬也未停歇过，只是桌上摆得多她吃得少。她喜爱独酌，有时也独自饮醉，醉了就弹琴，又在屋内高歌，还对着镜子哭笑。

这天黄昏木夫人坐了车换了男装戴着黑网巾，腰带上系着香囊、玉坠，手中拿了折扇，让一个男仆跟着。入夜时分木夫人带着男仆到城内最热闹的酒店，这里是年轻男女们最常来的地方，或者吃饭或者弹唱，一直会热闹到很晚。木夫人似乎很开心，后来拉着一位年轻官人的手到一旁打开折扇遮着耳朵说了好久，也不知说些什么，直到快醉了才让男仆扶着离开。

有一日木夫人安排完家事，静坐了一两个时辰猛地睁开眼睛捧着心口，一时难以呼吸，许久才缓过气来。这天午间那位商人模样的中年官人又来了，木夫人留着他一同午餐，午餐后将他拉进自己房间直到次日午间才让那官人离开。

那官人离开后木夫人又开始饮酒，依旧坐在大厅内松鹤图下的罗汉床上，一杯接着一杯，快饮尽一壶时，寂庵走了进来。

木夫人有些醉了，看着寂庵叫道："寂庵师父！"

寂庵说："等你清醒了我告诉你。"

木夫人说："我此时并没有醉。"

寂庵转身走出去，直到黄昏时分，木夫人沐浴更衣后才去请寂庵师父来大厅内。

待寂庵坐下后，木夫人给寂庵奉了茶，自己才坐下。

寂庵说："木施主说寂庵是修行人，木施主自己也是。小僧在这里住了一些时日，我看见的木施主是在修行，让自己融入轮回的修行。"

当时木夫人说自己不怎么与人交往，日常好静坐。

寂庵的眼睛看得见她的心，寂庵说："因为读诵《普门品》专注洞悉智慧，所以施主的容颜得以改变，这改变是为了增益你修行的信心与坚持，却不是全部用来装扮与游乐，你说最大的心愿是要脱离轮回往生净土，可你却如此喜爱轮回之乐。"

木夫人听了，心内恼怒，愤然说："我已是明心见性之人，又怎么会不能出离轮回？"

寂庵看着木夫人，冷冷说道："你是说你能不落因果？"

木夫人怔住了，这是她从未想过的问题，寂庵这当头一棒，让她从头冷到脚，再从脚臊到头，谁呢不落因果呢？

寂庵说："你说要断离轮回，这些日子，我并没有见你做断离轮回的功课。"

木夫人说："我喜爱美酒与外出宴乐，可我在酒乐时依然能回见自性圆融无碍。"

寂庵说："木施主以为明心见性之后，只要等到尽形寿，那时便自然脱离轮回？"

木夫人问："难道不是吗？"

寂庵摇摇头说："不是！明心见性之后，你若只是将时间用于美酒宴乐华服装饰，那么此生要脱离轮回也就是个妄想执着，对你并无益处。”

木夫人说：“10年了，我竟然不知道这个道理。”

寂庵说：“木施主10年前开悟后若能继续参研佛学，相信不久便会知道这个道理。”

木夫人叹道：“开悟后我去了一次寺院，听见座上师父讲明心见性，见性成佛，便以为我已能脱离轮回。”

寂庵说：“是木施主没有继续听下去，后面还有一句。”

木夫人问：“是什么？”

寂庵说：“明心见性，悟后起修。”

木夫人低着头想了许久，抬头对寂庵说：“我真是愚笨，还以为开悟之后能不落因果，故此这些年放浪形骸，也时常静坐，静坐中偶尔因定生出些小慧，还在心内自觉与他人不同。寂庵师父，我若继续如此度日，会如何？”

寂庵说：“种什么因得什么果。”

木夫人说：“是啊，我若继续放逸时日，将来还得在轮回中无尽翻滚。”

寂庵说：“木施主此时明白这个道理了，木施主，你能否知道明日之事？”

木夫人摇头说：“不知。”

寂庵又问：“你可有万分的把握，坚信自己明日还会活着？”

木夫人想了想，摇摇头：“世事无常，我无此把握。”

寂庵说：“小僧也无万分的把握坚信自己明日还会这般活着。”

木夫人看着寂庵的眼睛。

寂庵对她说："我们可以把握此刻，用一个一个此刻来修行，这样才有出离轮回的希望。"

木夫人喃喃道："此刻，一个一个此刻？"

寂庵点点头。

木夫人又问："我该怎么修？"

寂庵说："木施主修净土法门吧。"

木夫人懊恼道："我知道净土法门，却自持太过，故从未修习过。这10年，我都干了些什么？"

寂庵说："木施主不要过于自责，此刻起修不晚，净土法门一心只念阿弥陀佛，便能往生净土脱离轮回。"

木夫人说："我记住了，专心念佛专修净土。"

寂庵点点头。

木夫人又问："寂庵师父，我还能继续饮酒外出宴乐吗？"

寂庵说："生命只在呼吸之间，若你有万分把握下一刻便能出离轮回，那你就放逸自己；若你并无把握，为什么不收摄身心珍惜时光与初心呢，要知道念念不忘必有回想。"

木夫人点头，再想了想："寂庵师父，我再问一事，请寂庵师父恕我冒犯。"

寂庵说："并无妨。"

木夫人迟疑后，问："寂庵师父，日常来我这里的那位中年官人，他待我极为细致周到，这些年我一直倾心于他，我虽不愿嫁做人妇，却也与他共度长夜，我若以后也如此，这于我专修净土可有妨碍？"

寂庵看着木夫人，一直看到她心底。

木夫人不知怎么因寂庵目光心内一虚，又说：“寂庵师父，我与他曾珠胎暗结，因不愿嫁做人妇后受公婆妯娌间诸多不适，也未告诉过他，只悄悄用药堕掉胎儿。”

寂庵听后叹口气：“人身宝贵，此为杀生。”

木夫人不解地问道：“堕掉胎儿是杀生？”

寂庵点点头：“是杀生！”

木夫人身子颓然靠在椅背上：“我为什么一直不知道这些道理？”

寂庵说：“我见你那书架上，早有一本《佛说受十善戒经》，里面可解你在修净土法门中，对哪些事能做哪些事不能做的疑问。”

木夫人说：“我却不知家中还有这样一本经书。”

寂庵起身去大厅沿墙的书架前伸手取下经书，走过来将书递给木夫人。

木夫人翻开经书看了几行，参照书中所讲再想到自己日常，便流泪自责道：“我这些年都做了些什么？沉迷享乐荒废时日造下邪淫杀业却还不自知。”

寂庵说：“你既已彻悟自性不生不灭不垢不净不增不减，于此刻当下悟后起修。”

木夫人点头道：“我造成的过错该怎么办？”

寂庵说：“自此以后，以戒为师，诸恶莫做，众善奉行。”

木夫人问：“以戒为师？”

寂庵说：“释迦牟尼涅槃前，弟子们问：‘世尊您在世，我们以您为师，您涅槃后，我们该以谁为师？’释迦牟尼答道：‘我涅槃后，你们要以戒为师。’戒律是释迦牟尼亲自制定的，是成就的根本。”

木夫人心中感慨流下泪来，道：“我会谨记。”

寂庵见状，起身合十笑道：“阿弥陀佛！小僧在此停留已久，即刻告辞启程。”

木夫人向寂庵深深施礼问道：“寂庵师父要去何处？”

寂庵说：“我去成都大慈寺，为试经度僧与受具足戒做准备。”

寂庵说着向门外走去，木夫人忙起身恭送至门外，一直站立到看不见寂庵身影方回屋内，翻开《佛说受十善戒经》页页细读。她深具慧根，以前不知悟后起修的道理，以致荒废十年光阴，还做下恶业而不自知，还好遇见寂庵师父，否则她会一直以为开悟之后可以不落因果。

这日黄昏开始，木夫人也不思茶饭也不思睡眠，坐一会儿又起身在屋子里院子里走一会儿，直到次日黄昏才合眼休息了一会儿。

晚上木夫人坐在大厅内罗汉床上，炉内焚了清香，身边木几上点着烛台，木夫人拿着书在灯下思索，仆人禀报说郑官人来了。

这位郑官人便是前面提及的常来探望木夫人的那位商人模样的中年官人。郑官人进大厅后，木夫人也未起身只放下手中书卷请官人坐。

郑官人将一个精致木盒放在罗汉床木几上，与木夫人隔木几对坐，郑官人打开木盒，将里面两瓶美酒拿出来放在木几上，笑道：“这是藏了十来年的陈酒，特意寻访了送与夫人，夫人今夜饮酒无?”

木夫人摇头说:“酒先放着吧，我有话与你说。”

仆人上了茶与几碟水果点心，郑官人笑道:“夫人有话只管说。”

木夫人说:“我是外地人，幼时因容貌丑陋不愿出门，10多岁后虽容貌渐渐得到改变，但性情上确是不愿嫁做人妇，其一是因为自幼仰慕修道人的自在，其二是因为实在不能受出嫁后伺奉翁姑相处妯娌日常诸般琐碎的束缚，因此在父母过世后我虽已到适婚年龄，但我向家中兄长表明不愿出嫁的心志，兄长劝解多次后见我不改初衷，也就只得由我。兄长爱护，将父母遗产分了一半予我，我便搬来此处，在此置了些田地房屋，慢慢地也就过了这些年。官人是杭州人，我们在此地相识，也有七八年了吧?”

郑官人笑道:“八年前父亲遣我去成都办理一些家中的商贸事宜，还未到成都便在此灯市上有幸认识夫人，一见难忘，是我此生有幸。”

木夫人说:“这些年官人待我一如至亲。”

郑官人听了这话，细细看着灯下佳人，然后说:“与夫人相识相知，那时我未曾婚娶，多次向夫人表明心迹，愿迎娶夫人回杭州，夫人却说只愿与我共赏风月。虽然如此，我也特意将家中商贸要客皆选为成都的商家，每年也不顾路途多次来往，只要到了成都，三日之中也会乘车几个时辰来看夫人两次。”

木夫人说:“这些年，我自持天分非常率性而为，伤人也不自知。”

郑官人道："夫人聪慧待我情真，何曾伤我？我倒时常愧疚未能也不敢奢求予夫人一个名分。"

木夫人说："那是我自己不想要，我自思家中田地房产积蓄足以过好一世，故常将享乐放在首位。"

郑官人道："夫人自幼喜爱世外生活，因此与寻常女子所想自然有所不同。"

木夫人说："若不是寂庵师父当头棒喝将我唤醒，我还会继续将无知当作趣味。"

郑官人问："寂庵师父？就是前几天夫人说起的那位僧人？"

木夫人点头道："正是。"

木夫人从前些天寂庵师父偶然在大门外屋檐下避雨说起，讲了自己为何要请寂庵师父帮忙查找自己在修行上毫无增益，讲了自己沉溺放逸享乐做下邪淫杀生之过，讲了自己既未认真修习办道又以此为借口逃避为人子女为人母亲的职责。木夫人说着流下泪来。

郑官人忙拿了丝绢替木夫人拭去眼泪，片刻后才回味过来，问："逃避为人母亲的职责？这是从何说起？认识夫人这些年，以夫人性格以我对夫人心意，若夫人有子女是不会相瞒于我。虽然如今我不能再给夫人正室名分，但完全可以照顾好夫人与你的子女。"

木夫人叹口气讲了这几年前后三次与郑官人珠胎暗结，因不愿受到家庭事务的约束便隐瞒着郑官人自己偷偷用药堕胎。

郑官人听后接连惊讶接连叹气，然后问木夫人："这样做可是担心我因此变心不再真情待你？"

木夫人看着他，摇摇头。

郑官人说："是了，夫人这样的才情，只有自己担心夫人变心才是。"

木夫人说："我不愿因怀孕牵绊官人，也不愿以此约束自己不能再继续过自在享乐的日子。可是我如今才知道这堕胎也是杀生，我一己之私，接连杀死自己三个胎儿。"

郑官人沉默许久，叹气道："家中有孩儿是天伦之乐，怎么会是牵绊？当年你几次拒绝与我成亲，我回杭州后成了亲，杭州的夫人体弱多病一直调养，家中多处寻访名医为她诊治，我至今膝下犹虚却未对她有一字埋怨，反而时常开导她子嗣上顺其自然就好，哪知我却在此失去三个孩儿。"

木夫人说："如今我已知自己诸多过错，不知还有没有改过的机会？"

郑官人说："夫人这样讲，必定已有主意。"

木夫人点点头："请官人给我一个改过的机会。"

木夫人起身到郑官人身旁坐下，对他说："我想随官人回杭州。"

郑官人听后笑道："我这几年都有此想法，只是估计着你不会答应，也就没有冒失说出来。夫人既愿去，我自然为夫人妥当安排好一切。"

木夫人说："官人，我随你去杭州不是为了安稳享乐，我随官人去杭州自然应该住在官人家中。"

郑官人点头道："夫人与我认识在先，只可惜夫人去了我不能给夫人正室名分，要委屈夫人了。"

木夫人对他说："我若真求名分，早几年就有打算了。幼时我的性情过于孤僻，父母在时也未尽心孝顺，父母逝后对兄长也未好好侍奉，反倒让兄长为我日夜担忧。如今我愿以官人侧室身份勤谨侍奉公婆，以求用孝道来赎回我的罪业。只有如此做，我的心才能得安宁，我才有求生净土的希望。"

郑官人听这一番肺腑之语，很是感动，还劝慰她："夫人此去也不必担心，我的母亲常年念佛也是一心求生净土，夫人去了多陪着老人念佛就最让老人高兴了，其余家中琐事我自然不会让夫人烦心。"

当夜两人将去杭州一事细细商议了，拟了出发的日期，木夫人在此地的田地房屋也不急着出售，先着管家看守，待有了合适的买家与价格再说。郑官人说木夫人田地房屋将来出售后的银钱上，他会再增补一大笔，可在杭州置办一些合适的产业，这些产业就写在木夫人名下，这样可让木夫人不会有后顾之忧。

不久之后木夫人以侧室身份随郑官人回到杭州家中，木夫人是开悟之人，心中有大愿又得到寂庵师父指点一心念佛修持净土法门，所做所说不昧因果，勤谨做事和气待人又极为少语。渐渐地，家中众人都喜欢这位寡言少语的娘子，老夫人知道木夫人也是一心修持净土法门，便常带着她念佛，木夫人虽少语但对佛法奥义时常一语中的，老夫人渐渐对她另眼相看。

木夫人自此一直在杭州生活，20多年后当真歇清了（寂庵）成为普陀山禅宗开山祖师，在普陀山与杭州（临安）兴办道场传播佛学时，木夫人夫妇带着他们的孩子与诸多士大夫、知识阶层、民间人士跟随真歇清了弘扬佛法传播华夏文化，真歇清了圆寂后，木夫人的孩子参与了中塔院真歇清了静照舍利塔的设计与修建。这些是《真歇清了》第三部的后话了。

十一　龙衔异宝

寂庵从木夫人处告辞后，继续向成都行走，路上偶遇一辆车在身边停下，车厢内一位四十来岁的官人掀开帘子问：“行走的可是寂庵师父？”

寂庵合十道：“阿弥陀佛，小僧寂庵。”

官人说：“果真是寂庵师父！一年多前我在成都郊区那座老禅院前可是一连六天看了六场《禅之演》，寂庵师父的演剧本好，琴也弹得好。”

官人说着从车内下来站在寂庵面前：“寂庵师父走的这方向想必是去成都？”

寂庵点点头：“小僧回成都大慈寺。”

官人笑道：“我们顺路，寂庵师父请上车。”

上车后，寂庵见车厢内还有一位慈祥的白发老夫人，官人介绍说是自己母亲，身体尚好就是耳朵有些听不清楚了。老夫人手里拿着佛珠正默默念佛，见儿子请寂庵上车，便笑眯眯看着寂庵，待寂庵坐下后老夫人合十向寂庵行了礼，寂庵也合十道：“阿弥陀佛。”

官人吩咐车夫：“待会儿到成都，进城后先送寂庵师父到大慈寺。”

寂庵与官人坐在老夫人对面，官人看着寂庵感慨道：“刚才差点没认出寂庵师父来，快两年不见，寂庵师父不但又长高了，这容貌形态愈发出众难得，譬如远远一街市人，最让人瞩目的就是寂庵师父。”

老夫人听了责怪自己儿子说：“傻孩子，哪有这样说出家师父的。”

官人笑道：“往常儿子说什么，母亲只是当作没有听见也不理睬儿子，这会儿子的话母亲又听得这样清楚了？”

老夫人认真观察寂庵，然后说：“伏犀贯顶，是法门龙相，寂庵师父可受了具足戒？”

寂庵答道：“小僧回大慈寺正是为试经得度与受具足戒做准备。”

老夫人笑道：“老身一心念佛几十年，虽然眼拙，但也能看出寂庵师父心有大愿，若严持戒律，必定成就非凡。”

寂庵合十道：“多谢施主鼓励。”

官人问老夫人：“母亲也替孩儿看看，孩儿已是不惑之年，在仕途上可还有前程？”

老夫人问：“孩儿说什么？你知道母亲耳背听不见的。”

老夫人便不再说话，只默默拨动佛珠一心念佛。

寂庵对官人笑道：“老夫人慈祥睿智，是官人家中之宝。”

寂庵也会想到自己在安州城的祖父母、父母亲还有弟妹们，在家中时，只要寂庵提出想学什么，无论天文、地理、儒释道还是算学、农业、水利等方面的知识，父母亲总会不计代价想法请到好老师来家教习，孩童、少年时期各种扎实的基础学习为他开阔了眼界与思路，11岁出家后在清俊师父悉心指导下他深入经藏，学习经律论。

寂庵虽然没有成为家业继承者，但在父亲身上学到的诸如资金上的规划与运用这样的知识，日后寂庵在普陀山劝化700余户渔民停止杀业迁出普陀山时，寂庵很好运用了这些知识，不但将普陀山建为至今文化香火鼎盛的佛学道场，在当时还为700余户迁出的渔民们找到收入更多的净业。

这两年多在成都与峨眉山同各类人士谈论文化、历史、思想与宗门时，寂庵总能信手拈来融会贯通，毫无碍滞。与寂庵相谈过的各类人士皆感到如沐春风颇有所得。

寂庵虽还未参加大宋的“试经度僧”考试，但寂庵的声名已在蜀中传开。

车停在大慈寺门口，寂庵合十感谢告别老夫人与官人后，走进大慈寺，径直向宝范师父禅房走去。

宝范师父正在禅房打坐，见寂庵回来，很高兴地让寂庵快进来坐，寂庵放下肩上行囊，行礼拜见之后坐在宝范师父下首左方木椅上。宝范师父让侍者给寂庵沏了杯茶，寂庵端起茶杯饮下一口，醇香久久不散，寂庵笑道：“宝范师父，这是千佛飘雪。”

宝范师父点头笑道：“这茶还是一年多前你父亲托人带给你，你又悉数供养了寺院，我给你留了一点，原以为快两年了这茶味可能远不及新鲜时，哪知你一口就品出味道。”

寂庵笑道："可能是自幼就熟悉的缘故。"

宝范师父笑呵呵打量着寂庵："寂庵又长高了，眼神也越发明亮了，看来这一年多外出参访收获不少。"

寂庵向宝范师父讲了在峨眉山遇见的各类人士，以及参学心得。在外参访难免会风餐露宿，饮食也难以保证准时匀净，在野外与夜间还得时刻注意自身安全，遇见各类人等也需要小心面对切莫鲁莽行事。寂庵没说这些难处，只是讲他所看见的学到的。

宝范师父认真听着不时点头，寂庵讲完后，宝范师父赞许道："你自幼生长在大富之家，浑身上下却没有沾染一点骄纵，做事踏实积极，富贵艰难皆能不住于心，这些好品质要永远坚持下去。"

寂庵听后点头道："寂庵记住了，希望不久之后寂庵能以诸佛为榜样，为众生身心安乐，为生灵永不再受轮回之苦。"

宝范师父点头说："出家人有此大愿，是国家之幸，众生之幸。须知佛法在这个世界既有出现的时候就有灭尽的时候，佛法灭尽后的岁月长达数千万年，那时的人们所遭受的各类苦难是现在所不能想象的，即便苦难尝尽仍然看不见永远出离苦难的方法，直到数千万年后佛法才会再出现在这个世界，但不久之后又会灭尽。正是因为佛法难得，正法难遇，才有了我们这些出家人，我们离开父母家人是要将所有的精力集中起来，心无旁骛要在佛法灭尽前普度尽可能多的众生。"

寂庵看着60来岁的宝范师父，这些话清俊师父也给寂庵讲过，15岁时的寂庵在很想念清俊师父时会偷偷抹眼泪，现在快18岁的寂庵在想到清俊师父时会更坚定修行的决心。

宝范师父又说："三年前你师父清俊住持就从安州城圣果寺写信给我，叮嘱我将你的名字与大慈寺勤于修行的沙弥一同造册上交祠部，眼看着三年一次的试经度僧考试快要临近，你将《法华经》《金刚经》《圆觉经》与《大乘起信论》再认真研读，争取通过试经考试，等你有了度牒，外出云游参学就更方便。"

宝范师父吩咐侍者去书架上将这四本经典取给寂庵，宝范师父还说自己一个徒儿前几天外出参访了，他的房间就在自己院内目前空着，让寂庵就住那间。

接下来的日子，寂庵在大慈寺每天除了洒扫宝范师父的禅院，余下的时间就全用来研读经典，大慈寺来了天竺僧人有时宝范师父也让寂庵临时担任翻译。

五月初五是"圣日"（宋徽宗的生日），这天是大宋各路、府进行试经度僧考试的日子。蜀中登记在册上报祠部经审核后准许参加试经度僧考试的人员，这天上午早早地集合在知府衙门。

试经度僧，据《大唐大慈恩寺三藏法师传》卷十记载，在唐中宗之前，叫作"诠试业行"，指有意出家者通过考试可正式成为僧（尼）的制度。初入佛门的童行或者沙弥，通过勤学佛典、精修佛道后，被师父推举参加国家考试，通过考试的就正式成为沙弥或者比丘。此国家性的考试制度即为试经度僧。

唐中宗时试经度僧的考试科目为背诵《法华经》，由各都督主考，宋代的僧道之籍由祠部职掌、鸿胪寺分掌。各地寺院道观每隔三年将未参加试经、日常能勤学经典精于修行的僧道童行造一份名册上交祠部，祠部审核后再将准许试经的名单发回各地，这一年在皇上生日那天，各地则开展试经度僧考试。考试合格的童行，则成为正式的沙弥，考试合格的沙弥则成为正式合法的僧人，通过考试成为正式的僧人后便可以拥有国家发放的度牒。拥有度牒的僧人道士在寺院与祠部皆有名册备案。度牒上记载着获得度牒者的本籍、俗姓名、年龄、到院的年月日、所属寺院、师父名等，并附有礼部等长官的连名盖印（度牒由礼部下祠部发放）。

根据《宋会要》与《佛祖统纪》，每三年进行一次试经度僧，发放度牒数目也是有限的。宋代试经度僧主要测试《法华经》的读诵与背诵能力，此外就是对经律论的理解能力，考试成绩中等以上者才能通过试经得到国家发放的度牒。

在知府衙门院内参加试经度僧考试的人员分为两处，同时进行考试，一处为僧人一处为道人。

考官属朝廷委派，有官员，也有各路、府学识渊博的僧人道人。参考人员皆在考室外小院中坐着等待，前一人考完，下一位待叫到自己名字就入考室。

寂庵排在第21位，他不怕考试，他对自己喜爱与擅长的事业似乎有与生俱来的学习能力、信心以及流畅表达。

听见叫到自己名字，寂庵整整衣服走进考室，主考官员前三日到达成都在接风宴会上就听诸人提起此次试经度僧中将参考的寂庵之名，待此时见到站在考室中的寂庵，主考官倒想好好考考寂庵，以此证实寂庵是否如传闻那般丰神内蕴好学踏实。

寂庵合十向诸考官行礼。

主考官员说：“我大宋试经度僧历来以《法华经》为基本，我来念前一句，你接着将这一品后面的经文背诵出来。”

主考官随手翻开放在面前考桌上的《法华经》第五品“药草喻品”其中一句，念道：“迦叶，譬如三千大千世界、山川溪谷土地，所生卉木丛林、及诸药草，种类若干，名色各异。”主考官念完此句便停住不再念，只用眼看着寂庵。

寂庵接着往下背诵：“密云弥布，遍覆三千大千世界，一时等澍，其泽普洽。卉木丛林、及诸药草，小根小茎、小枝小叶，中根中茎、中枝中叶，大根大茎、大枝大叶，诸树大小，随上中下、各有所受，一云所雨，称其种性而得生长，华果敷实。虽一地所生，一雨所润，而诸草木、各有差别。迦叶，当知如来亦复如是、出现于世，如大云起，以大音声、普遍世界天、人、阿修罗，如彼大云遍覆三千大千国土。”

寂庵语音宁静平和不徐不疾，一字字清清楚楚传入诸位考官耳内，直背诵至第五品最后一句偈“渐渐修学，悉当成佛”。

主考官点点头，接着让考官中学识渊博的僧人就经、律、论向寂庵提了几个问题，考官一语未了，寂庵心中就有了答案，不过他没有急于作答，再仔细想了想方才有理有据回答。

几个问题之后，主考官与其他考官皆点头赞许。照理至此，寂庵的试经应该很圆满地结束了，只是这主考官对寂庵渐渐有了欣赏的心态，他想再试试眼前这位18岁的青年才俊，主考官问诗、赋、论，寂庵所作内容皆以国家、佛法与戒律为主，不但贴合自己身份且结构工整流畅信达，以理性意境见长。

众考官听完寂庵所作点头赞许，主考官又以三史、三礼、三传向寂庵提问，寂庵微微一笑，这些幼时就学过的知识自然还清楚记得，寂庵在回答主考官所问时，脉络清晰，回答自如。

众考官听罢，面露喜色，考官中学识渊博那位僧人不由得赞叹寂庵道："量容机活，警敏用神。"

到此时对寂庵的试经考试应该是很圆满地结束了，主考官对寂庵的欣赏与好感在不断增加，出于爱才，他希望通过这场考试可以对寂庵多些了解，说不准将来能在适当的时候可以为寂庵做些推荐。

主考官对寂庵说："我有一额外的题目，你可愿作答？"

寂庵合十道："还请主考官多做指教。"

主考官点点头，沉默了片刻，问道："你可曾读过《楞严经》？"

寂庵答道："小僧读过。"

主考官道："隋代智者大师在研读《妙法莲华经》时，对经中的六根功德来源心有疑念。于是就向恰好来访的天竺国僧人请教。那天竺国僧人说在《楞严经》中，这方面义理阐述得十分详尽，只是这部经过于珍贵，天竺国视若国宝不准许带出国境。直到大唐中宗神龙元年(705年)，般刺密谛法师为传播佛法，将《楞严经》写在细白布上，再将自己手臂划开将布藏于手臂内，待伤口好些，便出天竺国境将手臂内的《楞严经》带入我华夏大地。这部经来得实在不易，而在末法时代《楞严经》又是最早灭掉的经典。可见正法难遇，佛经难得，寂庵，你能否就你研读《楞严经》的心得作一首偈？"

《楞严经》传入华夏大地这一典故，众考官们皆知，以前清俊师父也说起过好些次，寂庵屡屡听得热泪盈眶，此时听主考官说起正法难遇，寂庵心中热血沸腾，想到世尊慈悲，想到前辈们为传正法为国土安宁为国民乐业所付出的努力与艰辛，无限感怀从真心迸发，寂庵忍住热泪，合十念出自己心中所做佛偈：

上来现前清净众　讽诵楞严密密咒
回向三宝众龙天　守护伽蓝诸圣众
三途八难具离苦　四恩三有尽沾恩
国界安宁兵革消　风调雨顺民安乐
大众熏修希圣进　十地顿超无难事
山门清净绝非虞　檀信皈依增福慧

众考官听完这首偈心中赞许，主考官对寂庵说："这些年下官领君命在大宋各地奔走，也见过不少青年才俊，寂庵小师父虽才参加试经考试，但在下官看来却已有法门龙象的气概，望你日日勤精进永不退初心。"

寂庵合十道："寂庵谨记在心！"

主考官让寂庵在外面休息，下午知府衙门会张榜公布通过今次试经度僧考试人员的姓名，张榜后即刻就发放度牒。

寂庵出考室后也不与人闲话，在院内木椅上坐下后拿着佛珠默默念佛，午餐是出门时带的干粮。这天直到下午申时，试经度僧考试才全部结束，片刻之后知府衙门外便张榜公布了通过此次试经度僧考试人员的姓名。众考生到衙门外观看，上榜人员中有童行、有沙弥也有道人，各自数目都不一定，试经成绩中上才得过。张榜的官人敲着锣呼道："上榜的考生即刻到考试院内等候领取度牒，不得有误！"

寂庵见自己榜上有名，便与上榜考生一同回到考试院内，院内已摆好的两张书桌上整整齐齐放着国家统一印制的度牒。

主考官在发放度牒前又对众人诸多勉励，寂庵领到度牒便开心地翻开看，见自己的度牒上记载着寂庵本籍：蜀中左绵安州城，俗姓名：雍寂庵，年龄：十八岁，到院年月：元符三年十二月十四日，所属寺院：左绵安州城圣果寺，师父名：释清俊，度牒上附有礼部等长官的连名盖印。

众人领度牒毕，主考官与知府再一次勉励众人当勤精进，莫荒废光阴。主考官讲这话时特意看了寂庵，对寂庵点头微笑。寂庵合十行注目礼，他已知道主考官对自己的勉励。

众人领命依次退出，出了知府衙门便各自归去。寂庵在知府衙门外站了一会儿，他心中欣喜便又打开自己度牒认真看了一遍。

待将度牒合上小心翼翼放好，寂庵正要抬脚走时，一眼看见府衙大门斜对面街上大银杏树下站着两人，一位是浓眉大眼微微发福的中年官人，束发戴着青白玉冠身着暗青色衣衫；这官人旁边是一位肤色白皙清秀出尘的年轻娘子，这位娘子天资容颜难以形容，只觉静如深天明月动则有翩然出世之姿。这两人正含笑深切看着寂庵。

寂庵见了这两人，心中喜悦更难以掩盖，恍若回到孩童一般，走了几步就忍不住蹦蹦跳跳小跑起来，高高瘦瘦的寂庵跑到两人面前，对着中年官人还能严肃点规规矩矩合十行礼叫一声："寂庵见过爹爹！"

再对着爹爹旁边的年轻娘子，寂庵就绷不住了，开心地忘了行礼，伸出手就如幼时那般拉起年轻娘子的双手叫道：“妈妈，寂庵的好妈妈！”

这两位正是寂庵的父母雍大官人与雍娘子。

雍大官人对寂庵说：“我去年这时节去过大慈寺，得知今年你要在圣日参加试经度僧考试，我与你妈妈昨日就到了成都，在离大慈寺不远的饭店住下，担心影响你考试也就没有去大慈寺看你，只在这等着你出来。”

寂庵问：“爹爹妈妈，你们在这里等我多久了？”

雍娘子微笑着说：“我与你爹爹上午就来此，在银杏树后面的酒店要了临窗的位置，我们看见你早上进府衙考试，看见你下午出来在府衙门外看榜，见你开开心心进去领度牒再又开开心心地出来，18岁的大孩子了，走路还蹦蹦跳跳的。”

寂庵自幼就喜欢听妈妈讲话，妈妈的声音永远充满无尽关怀的亲和力，寂庵将怀里的度牒拿出来，放在妈妈手心。

雍娘子打开度牒与雍大官人认真观看。雍大官人指着度牒上一行字说：“这里写着寂庵的俗姓名‘雍寂庵’，我雍家的孩子！还有朝廷礼部官印。”

寂庵点头说：“佛祖当年出家后，接到父亲写给他的书信，佛祖说：‘父王生养我，我是父王的太子，我应该酬谢父王养育的恩德，但这并不一定要奉送世间上那些无常的财宝，或是那不实的爱情。说实话，人天稀有的宝贝，乃是胜妙的甘露之法，我将以此报答父王。’爹爹你看，佛祖都如此讲求孝道，寂庵更谨记在心，定要好好修行以此报答父母生养抚育恩德。”

雍大官人听了甚是安慰，点头赞道：“到底是又长了几岁，说些话出来爹爹听着很是顺耳呢。”

寂庵听了，摸摸耳朵不好意思地笑了笑：“以往在家时将爹爹妈妈的爱护照拂只当作平常，离家后见过不同人与物才知道寂庵真的是大宋最幸福的孩子。清俊师父也常教导说父母是这个世上活着的菩萨。”

雍大官人微笑看着寂庵说话，片刻后问：“寂庵，你清俊师父呢？这两年我一次也没有见到过，今年的千佛飘雪我还给清俊师父留着呢。”

听见爹爹提到清俊师父，寂庵心里一阵疼痛，他也盼着早日再见到清俊师父聆听师父的法语，可清俊师父嘱咐过的话，寂庵也不敢忘记。

寂庵对爹爹说：“清俊师父外出寻访一位朋友，嘱咐我在大慈寺好好学习经论。”

雍娘子从寂庵眼里一闪而过的情绪里读出了一些含义，她没有追问，寂庵长大了也在学会承担。

看着已近黄昏，雍大官人叫了车要先送寂庵回大慈寺向宝范师父禀报考试结果。寂庵扶着妈妈先上车，待到爹爹上车后，寂庵方才上车。

车厢内，寂庵坐在妈妈身边，很认真地说：“爹爹妈妈，大宋试经度僧三年一考，这次考官们给寂庵的题目有一半是寂庵出家前所学，为了培养寂庵能成为有用之才，爹爹妈妈从不惜银钱对寂庵有求必应，清俊师父不辞辛劳时时循机给孩儿讲授佛法奥义，上午在考室内答题时寂庵心想若非爹爹妈妈与清俊师父，寂庵是考不过的了。”

雍娘子笑道："这也是我们寂庵自己积修来的好缘分，妈妈知道孩儿在为理想积极努力。"

寂庵对雍娘子笑道："妈妈学识渊博尚且勤奋好学，寂庵自幼耳濡目染，就懂得学习与修行上一直要勇猛精进。"

雍娘子心内含笑看着自己心爱的孩儿寂庵，不只个儿长高了许多，心智也成熟不少，她深知清俊师父的德行与道行，也深知自己孩儿的天赋与品行，对寂庵跟着清俊师父修行一事，她很是放心。

寂庵轻轻将头靠在妈妈肩上："家里还有三个弟妹需要教导照顾，寂庵是长子，却一点儿也没能为妈妈做些什么，妈妈辛苦了。"

雍娘子微笑着劝解自己孩儿："寂庵的二弟举止有节是个规规矩矩的好孩子，三妹天资聪颖可就是调皮捣蛋，总会生出一两件事情要你爹爹去善后，四弟寂雨勤奋好学与你不相上下，只是性情上还需时间磨炼。妈妈同自己孩儿一块儿生活很畅心。"

雍大官人对寂庵笑道："寂雨不止好学，高兴起来还很会说话，长辈们喜欢他，安州城里喜欢寂雨的女孩子很多。上月左绵城还有个女孩子给寂雨写了首诗用锦盒装了托镖局送家里来。"

14年前在汴京那个电闪雷鸣狂风暴雨的夜间，寂庵将被人抛弃在大门处的小婴儿抱给妈妈，请求妈妈将弃婴当作自己生的孩子来养活，还给他取名叫雨儿。妈妈为寂庵做的每一件事都让寂庵无比放心与感激。

寂庵微笑地看着对面说话的爹爹。

雍大官人笑道："寂庵，你两年前在成都主持修葺郊区禅院，报备知府联络商户在禅院外进行商贸会，还有六场《禅之演》，我们不仅听商盟会的朋友说起，在朝报与邸报上也看到了，你翁翁还将那报纸放在怀里，出门饮茶与老友聚会时，谈到你就将报纸拿出来给朋友们看，一直称赞：‘眼看着我孙儿寂庵就有出息了！’你翁翁还说，寂庵虽然出家了，但毕竟是雍家的血脉，将来雍家的财产头一份就是寂庵的，过一些年等我家寂庵更有出息，像清俊师父那般也在某处寺庙做了住持能带领一方百姓向善修行时，就将属于寂庵的财产拿给他，他要扩建庙宇或者行善办道，都可以的。”雍大官人正说着，见靠在妈妈肩头的寂庵已经睡着了，雍大官人便放低声音，悄声对雍娘子说：“孩儿睡着了。”

雍娘子轻轻侧脸看了看，笑着点点头。孩儿这几年长得这么高这么有朝气，睡着了的模样还似幼时那般宁静甜蜜。

雍大官人看着坐在对面的娘子与寂庵，心中感慨不已：到底是自幼疼爱教导的孩子，现在还对爹爹妈妈这般亲热有礼，若不是家里有四个孩儿，又如何舍得寂庵离开自己身边？寂庵自小有主见有理想，这七八年的历练也没见他颓废抱怨闲散度日，反而不断增益自己学识与能力，如今只盼着这孩子在外能快乐平安健康。

雍娘子对寂庵的天分与心性要比别人更清楚，很早她就知道寂庵这孩子到这个世界上来是因为心怀大愿，上天安排自己做寂庵的母亲，在寂庵的幼年与童年时代全身心教导与陪伴既是作为母亲的责任也是顺应冥冥之中的天意，将一个心智健康勤奋积极的寂庵交到高僧清俊师父手中，清俊师父自然更知道该怎么接着来教导少年时代的寂庵，循循鼓励寂庵深入经藏体悟自性，带领寂庵外出参访，让寂庵（未来的真歇清了祖师）深入人世在通晓人性之后知道如何和光同尘传播佛法。

寂庵在开悟之后自号真歇清了。

历代优秀的禅宗高僧各自有着异彩纷呈的开悟过程，瞬间的彻悟后面，是在漫长到无法计数的时间里对生命锲而不舍地追问，一直到他们遇见了能详尽生命因缘、能让生命永离轮回的大觉者出现。他们追随大觉者，大觉者在世以大觉者为师。大觉者涅槃后以戒为师，在对生命的契悟中认识自身原本具有的圆满佛性，在依法修行中得以出离轮回回归圆满无碍。

寂庵顺利通过试经度僧考试那天黄昏，爹爹妈妈陪着他一同回大慈寺，寂庵在车上甜甜地睡着了，车停在大慈寺门外时寂庵醒了过来，用手揉揉眼睛看着爹爹妈妈不好意思笑了笑。

雍大官人先下车，接着寂庵下车后扶着妈妈下车，雍娘子伸手给孩儿整了整僧袍，寂庵开开心心地站在妈妈面前。

雍大官人对寂庵说："寂庵，僧团过午不食，爹爹就不带你去吃晚餐了，你先去见宝范师父回禀今日试经考试结果，家里长辈们亲手给你缝的僧袍还放在饭店房间里，我与你妈妈去取了僧袍再到大慈寺来找你。"

寂庵点头道："是！爹爹，寂庵就住在宝范师父禅院里。"

雍大官人点点头："爹爹知道了，你去吧。"

寂庵向爹爹妈妈合十行礼后转身进了大慈寺，大慈寺各处的蜡烛与灯笼已点上，淡淡的藤本花香在初夏入夜的空气中弥散开。

年轻的寂庵面带微笑脚步轻快，进了小院门就向宝范师父禅房走去，宝范师父正在看书，桌上的烛台罩着淡青色灯罩。寂庵在禅房门口止住脚步，合十行礼道：“宝范师父！”

宝范师父抬起头微笑着对寂庵招手让他进来。

寂庵走至书桌前从怀里拿出自己的度牒双手捧至宝范师父面前，并述说了今日试经度僧考试前后，考官们给自己出了哪几道题。自己每一题又是怎么回答的。寂庵自幼博闻强记过目不忘，做过的题他能轻松再复述一字不落，听过一次的琴他也能将减字谱写出来。宝范师父看了寂庵的度牒，仔细倾听寂庵所说，寂庵说完后，宝范师父说：“寂庵，过来将你今日在考场做的那首感怀《楞严经》的佛偈写下来。”

宝范师父说着起身让寂庵在自己木椅上坐下，寂庵坐下后将桌上的纸放在面前正中，正要磨墨时，宝范师父已伸手在细细磨了，宝范师父对寂庵笑着点点头，寂庵知道这是让自己莫多想只管写的意思，寂庵提笔将考场上自己所做的偈用楷体工工整整写出来，写毕寂庵起身将宝范师父扶回椅中坐好，自己侍立一旁，宝范师父拿起纸，认真看了一遍，又念道：“上来现前清净众，讽诵楞严密密咒……”

宝范师父念完后点头道：“寂庵，为学要日益精进如救头燃，这也是你清俊师父几年前就托我时常嘱咐你的。”

寂庵合十道：“寂庵谨记！”

宝范师再对寂庵说：“清俊师兄既然云游回归，老衲就按照师兄所托，寂庵，半月后大慈寺律院设戒坛传戒，明日我将你的名字报上去，大慈寺此次有六位僧人一同受具足戒，这些天你就在我这院里已受具足戒的师兄处请问受戒礼仪。”

寂庵心里是很盼望能够早日受具足戒的，听宝范师父如此一说，立即合十应道：“寂庵谨记！”

宝范师父看着寂庵，和蔼地笑道：“嗯，你回禅房去吧。”

寂庵再将今日爹爹妈妈来看望自己一事禀报了。

宝范师父笑道：“天下的父母为养育孩子皆是费尽心血，你去我们院门口接接吧。”

寂庵开心地行礼应道，然后去院门口等着。

初夏夜里清爽的风吹来，寂庵记得家里面爹爹给妈妈种了好多的蔷薇花，然后制出天底下最美味的蔷薇花香饮，好多个这样的夏夜妈妈或者弹琴或者听寂庵诵诗经，或者陪着寂庵做那些算学题，再晚一点天上的星星都出来了，妈妈会给寂庵讲“我们脚下这颗行星是怎么样在虚空里旋转”、什么是“中千世界”“一刹那是指一弹指的六十分之一”“能善分别诸法相，于第一义不动，是什么意思”。

再一会儿，寂庵看见夜灯下爹爹向自己走近，身后跟着的奴仆手中拿着一个大包袱。

寂庵迎上去向爹爹合十行礼。雍大官人见寂庵还在向远处看，知道儿子心里在等妈妈，他对寂庵说：“天晚了，你妈妈来寺院不方便就留在饭店，有嬷嬷陪着。”

寂庵只得点点头。雍大官人拍拍寂庵肩膀：“再一年多你便到弱冠之年，怎还似幼时那般时时要看见妈妈？爹爹在你这个年岁，已跟着你翁翁到杭州去商贸了，那也是个富庶繁华所在。”

寂庵听了只低声说：“爹爹你有四个妈妈，寂庵只有一个。”

雍大官人听了忍住笑着劝解儿子：“爹爹四个妈妈，说明爹爹自幼就有四个人随时盯着管教，再加上你翁翁又那么严厉，你可想而知我得多慎微啊！哪似你自幼那般逍遥自在，你妈妈和我什么都由着你的天性去做。是爹爹有四个妈妈好还是你只有一个妈妈好？”

寂庵看着雍大官人，笑道：“爹爹，这个问题等寂庵回到安州城，翁翁来圣果寺听讲经时，寂庵去问翁翁和婆婆们。”

雍大官人知是寂庵一句玩笑，就笑着又拍了寂庵心口一下：“你这几年翅膀结实了！”

寂庵笑了笑。

雍大官人说：“你妈妈让我给你带话。”

寂庵忙应道：“嗯，爹爹快说。”

片刻前雍大官人从饭店出来时，雍娘子让他将这些话带给寂庵，雍娘了说寂庵这番拿了度牒接着会受具足戒，也会外出参访，妈妈借用《华严经》里善财童子五十三参来勉励孩儿：众生能发无上觉心的，就已经很难了，假如发心以后，继续要求修学菩萨行的，那更是不容易了。我们寂庵是要决心成就佛智，确实非常难得，希望寂庵能参访更多的、真正的善知识，虚心地向他们请求开示，勿生疲懈，勿生厌足。寂庵如今就如正在展翅的鲲鹏，切莫要参访未得彻悟之前就草草落地。

寂庵认真听了爹爹转述的这番话，很慎重点着头对爹爹说：“是！寂庵一字不落记住妈妈所说了。”

说着话进了小院再到了寂庵禅房，寂庵先进禅房将灯盏点亮再将爹爹请进来。雍大官人让奴仆将手中的大包袱放在桌上。

寂庵正要请爹爹坐下再给爹爹奉茶，雍大官人伸手止住了。

雍大官人打开包袱，里面是分别齐齐叠好的三套僧袍并三双鞋袜，其中一套浅灰白色的僧袍与同色鞋袜给寂庵，另外两套用料考究的深色僧袍与鞋袜是给清俊师父与宝范师父的。

寂庵与清俊师父日常穿的僧袍洗到后来旧了就全成月白色了。

爹爹说这三件僧袍与鞋袜是家里婆婆们亲手缝制的，师父们这两套僧袍与鞋袜是用上等绢织衣料做的，两位师父已到老年，这衣料穿在身上柔和轻巧。寂庵的僧袍是用普通结实的布料所做，细细密密精心缝制。

寂庵开开心心拿起自己的新僧袍穿在身上，笑道："好合身！爹爹你回去一定要替寂庵谢谢婆婆们。"

雍大官人点点头，再指着给寂庵的那双鞋子："这鞋布料之间夹了一种海外购回来的材料，是外邦海岛中人下深海采出来的，这材料摸起来就如一块寻常布料般柔软轻巧，将它按照你的脚长短宽窄剪裁好，夹在鞋料中一同用极结实的鞋线纳得密密的，这鞋轻便遇水不湿遇泞不滑，上下陡坡也不会踩滑跌倒。你只管放心穿放心走路。你翁翁花重金将遇见的全买了，可以做40多双的，每年给你做，这也是家中居士们供养寂庵小师父的心意。你穿上我看看合不合适，回家好向长辈们回禀。"

寂庵答应着将新鞋换上，绕着桌子走了一圈笑道："爹爹，这鞋很合脚很舒适。"

雍大官人看了点点头："合适就好。"

雍大官人又说："寂庵，现在天色晚了，我就不去打扰宝范师父，你明日记得将衣服与鞋袜奉上，清俊师父的也一同放在宝范师父处，只待他云游回来。"

寂庵一一应道。

雍大官人说："爹爹该回去了。你自己要好好的，可要记得你妈妈的叮嘱。"

寂庵点头应道："孩儿记得。"

雍大官人从怀里拿出一个手掌大小的钱袋放在寂庵手中："你尚年轻才刚有了度牒，外出参访时身边钱财多了于你无益，这里面是成色很好的银两，我已让管家全部夹成很小的碎银，你参访途中吃饭住店用的时候就提前拿一小块，既方便又不显眼。"

寂庵说："爹爹，这也太多了，寂庵这里还有银钱。"

雍大官人说："你若只在寺内用不着什么银钱也罢了，可你若外出，多备一些无妨。这银钱若用到坏处它就是一碗毒药，用到正当处就是一碗良药。爹爹妈妈拿它来供养一位心怀大志勤谨好学的僧人就是用到了正当处。"

雍大官人该出寺回饭店了，院内回廊院外走道各处皆有灯柱，夜灯下父子俩慢慢地走着，跟来的奴仆走在后面。雍大官人对寂庵说翁翁念叨要修净土，寂庵得空就写封书信详细一点告诉翁翁该怎么修净土。寂庵点头应下了。再送了一段路雍大官人就说别送了，寂庵坚持要送到大慈寺门口，雍大官人也就由着孩子陪在身边，寂庵跟着妈妈总有说不完的话，跟着爹爹大多是爹爹说什么他就应着。

送到大慈寺门口，寂庵就停下脚步，雍大官人再打量着眼前高出自己已成人的孩儿，他此时觉得有句话必须得嘱咐孩儿："寂庵，你已是弱冠之年，僧人要守的戒条爹爹知道得也不多，可爹爹必须得嘱咐你，你的容貌才情气度早已在许多人之上，你既然心怀大愿，将来无论你遇见什么人什么事，切记要看清一切名利的诱惑，要遵守戒律，这是你修行能否有成的基础。”

寂庵看着爹爹，合十道：“爹爹这番话皆是为孩儿好，寂庵记在心里永不忘失！”

送爹爹离开后，寂庵独自回到小院自己禅房内，想到刚才爹爹所讲，再想到佛祖所讲，寂庵露出一丝微笑：“佛祖知晓寂庵每一分一毫心思，也请爹爹放心，寂庵的愿力无穷尽，持戒的动力也无穷尽。道正则龙衔异宝，偏则鹤宿银笼。”

身心与名利犹如银笼。

不落在正，也不落在偏，是个什么相？

寂庵想了想，道：“柳眼争芳，风烟混秀。未露处密移春色，不萌时暗染溪光。寒岩樵子歌谣，野渡渔人鼓腐。所以道正则龙衔异宝，偏则鹤宿银笼，不落偏正作什么相。万机休罢处，一曲韵无私。”

念毕，寂庵便去禅床跏趺坐至次日天明。

十二　真歇清了

寂庵试经得度半个月之后在大慈寺受具足戒。

受戒之后，宝范师父让寂庵继续学习经论，待六月的法会之后，就准备外出参访。

寂庵在学习经论之时，按照爹爹所托给安州城的翁翁写了封书信，悉数讲了专修净土念佛法门的种种好处，他这样写道："捷径法门，唯有念佛。功高易进，念佛为先。若不念佛而求出离者，终无所获。普劝清信，一心念佛，求愿往生，决不误矣。"

他还说："念佛法门，径路修行，接上上根器，旁引中下之机。直将阿弥陀佛四字，做个话头，二六时中，自晨朝十念之顷，直下提撕，不以有心念，不以无心念，不以亦有亦无心念，不以非有非无心念，前后际断，一念不生，不涉阶梯，顿超佛地，得非净土之见佛，简易于宗门乎？信知乃佛乃祖，在教在禅，皆修净业，同归一愿。入得此门，无量法门，悉皆能入。"

寂庵在信尾还写道："日常遇见僧人谈禅，寂庵也谈禅，寂庵也不忘念佛，这便是寂庵所悟到的念佛禅，今写于翁翁，望翁翁一心念佛以求往生净土永断轮回之苦。”

寂庵（真歇清了）在后来的传法岁月里，以“一心不乱”的理论阐述净土念佛法门，同时还开启了以参究念佛替代参究公案的风气之先。是他最早提倡：“乃佛乃祖，在教在禅，皆修净土，同归一源。”并著有《净土集》传世。

大慈寺六月为期七天的《楞严经》共修法会上，宝范师父在经堂上大座，为各处来此僧俗共两千余人开讲，在当日讲经结束时，宝范师父将寂庵所作那首偈拿出来念给大众听：

上来现前清净众　讽诵楞严密密咒
回向三宝众龙天　守护伽蓝诸圣众
三途八难具离苦　四恩三有尽沾恩
国界安宁兵革消　风调雨顺民安乐
大众熏修希圣进　十地顿超无难事
山门清净绝非虞　檀信皈依增福慧

宝范师父对大众说这偈是僧人寂庵所作，并以此鼓励年轻僧人要精进修习，将来要承担起传播佛法造福国家与生灵的责任。

七日法会结束后，随着参会众人的各处归去，也将寂庵这首偈传播开去。

南宋时真歇清了在普陀山做住持期间，于结夏安居的日子里为寺院患病的僧人做了楞严会，法会上真歇清了带领众僧诵楞严咒，并以此偈“上来现前清净众……”作为普回向文。真歇清了在普陀山的此次楞严会被称为我国楞严会之始，至今的楞严会上僧众仍会念诵此偈。

在明朝，莲池、藕益大师为方便佛门弟子修行，与高僧大德们不断推敲斟酌开始制定早晚课诵时，将真歇清了这首楞严回向偈选入。清朝初年玉琳国师再次固定早晚课诵时，与众高僧一致认同将真歇清了这首偈选入早课内容。今日的寺院早课时间我们仍能听见900多年前真歇清了所作的这首偈。这是怎样一种存在？真歇清了以此来告诉我们他一直在守护我们最初发愿的心。

那年，年轻的寂庵拜别宝范师父离开大慈寺正式以受具足戒僧人身份进行参访。

寂庵将峨眉山作为参访第一站，事隔两年他再次到此礼拜普贤菩萨，然后东行沿着长江参学，在出蜀渡泸水时，当时郡守正建崇宁寺，郡守早已听说寂庵人名极力挽留他住下来。

寂庵想到母亲嘱咐与自己志向，便对郡守婉拒道：“寂庵是要决心成就佛智，希望能参访更多的真正的善知识，向他们请求开示。如今寂庵就如正在展翅的鲲鹏，切不能在参访未得彻悟之前就草草落地。”

寂庵继续前行，日落而止随遇而安，有时在市井客栈住宿，遇见寺院就凭度牒挂单，若遇见有真见地之人就多停留多谈一会儿，若未遇见就继续前行。一路上看了不少日出日落的美景与许多不同习俗的乡情。

寂庵这年在途中听说了高僧丹霞子淳之名。丹霞子淳是曹洞宗第十世，于芙蓉道楷处开悟嗣法，是实修有名的善知识，寂庵决定去丹霞子淳处参访求学。

丹霞子淳在京西南路邓州的丹霞山丹霞寺内（今河南省南阳

市丹霞山），寂庵来参学时，丹霞子淳45岁，他是一位说法直捷警悟的得道高僧。丹霞子淳在点悟接引参学人时，很善于用慧眼察其细微，他知道前来的人中有很多已久经修行，只是还差些火候，需要得到名师点拨。丹霞子淳在与参学人的回答之间，往往采用香象截流忽地打断参学人思路而引其入禅悟之境。

这样的点拨是很需要慧根判断，所以一旦有了丹霞子淳这样难得的名师，参学者是不惜千山万水也要前来求学的。

寂庵到达丹霞山丹霞寺山门时，已是日暮时分，寂庵回身而望，见丹霞山谷内晚霞遍满，如火猛烈，霞色犹如润泽光艳的丹砂，光彩如天空闪耀云霞。

年轻寂庵被这遍满山谷的丹霞美景吸引，他在寺门外的石凳上坐下来，微笑着观赏眼前美景。

这时来了一人，也在旁边石凳上坐下来观赏霞光美景。

寂庵见是一位四十来岁的中年僧人，中等身材目光睿智警敏，中年僧人微笑着说："这光是从哪里生起？"

寂庵说："光没有生灭，它充满法界，尽虚空遍法界无不在佛光普照之中。"

中年僧人笑道："小师父说这光可有生灭？"

寂庵说："有生灭的是妄缘。"

中年僧人问："没有生灭的是什么？"

寂庵答道："诸佛性光，没有生灭也没有穷尽。"

中年僧人问："诸佛性光在哪里？"

寂庵答道："我们身心内外无所不在，是心、佛、众生，无差别的自性光所感发的。'阿弥陀佛'无量寿光，即是我们的自性心光。”

中年僧人点点头，起身回寺院了。

寂庵继续在暮光中分享时间带来的景致，直到霞光渐灭夜风轻抚，寂庵方才起身进入丹霞寺挂单入住。

次日寂庵早课后去请见丹霞子淳住持，侍者告知说今晨住持外出要待几日后方回。

寂庵在丹霞寺修学经论、与师兄弟们一同参加日常劳作，歇息时饮茶谈禅。

几日后听说丹霞子淳住持已回，寂庵难掩欣喜向住持禅房走去。

及至见到丹霞子淳，寂庵才知道自己几日前初到丹霞寺那天傍晚在寺门口石凳上观霞光时遇见的中年僧人，就是丹霞子淳。

丹霞子淳睿智警敏的目光中含着微笑，待寂庵恭恭敬敬行礼毕，丹霞子淳让寂庵坐，在问了寂庵年岁、籍贯等后，丹霞子淳说自己与寂庵同是蜀中左绵人氏，寂庵在安州城，自己在梓潼。丹霞子淳说那日在寺门外几句话，便已知寂庵修学到何程度了，丹霞子淳让寂庵在自己座下先与师兄弟们学习一段时间。

寂庵心中对丹霞子淳住持已生出信心，便高高兴兴拜在丹霞子淳座下。

一日，丹霞子淳师父问寂庵：“如何是空劫以前的自己？”

这是问寂庵在天地万物未生成之前他是什么样子？

寂庵正要回答，丹霞子淳师父慧眼已体察到寂庵还差一点，便立即止住寂庵说话。

寂庵止语，看着丹霞子淳师父。

丹霞子淳师父说："你体会错了，暂且去吧，以后再说。"

寂庵听这话便知道丹霞子淳师父定是体察到自己刚才思维中的缺失。

寂庵自此刻后念念不忘又念念全忘，渐渐既外离相，内又不乱，犹入禅定三昧。

一天，寂庵登上丹霞山钵盂峰，呼吸之间，豁然开悟！

寂庵站在钵盂峰，吹在他身上的风再不能推动他的世界，开悟这一刻，寂庵喜极而泣，一双澄澈美目内掉下喜悦热泪。

寂庵真的看见了自己与诸佛无别的自性之光，无数劫的颠倒妄缘至此休歇。

这一刻，寂庵不止明白而且看见了自己心内的光明与无边法界的佛光融为一体，寂庵发愿道："愿众生皆能清清楚楚明见自性从而断离一切烦恼，了断无边轮回。

"愿众生能真见自己与诸佛无别的自性之光、无数劫的颠倒妄缘至此休歇。

"愿众生皆能清清楚楚明见自性从而断离一切烦恼，了断无边轮回。"

这是20岁僧人寂庵的愿力。

寂庵为自己取了新的名号：真歇清了。

真歇清了在丹霞子淳处开悟得证后去了江北真州长芦寺。

靖康之难后，真州沦为宋金杀伐征战之地，北宋叛国丞相杜充决黄河淹死20多万百姓之后马家渡战败，率3000亲兵逃亡至江北真州长芦寺。真歇清了面临或被掳掠献至金国，或被害亡于长芦寺，危急时刻得到元俊帮助，穿过战火泛舟抵达普陀山。

国家破碎远离故土，真歇清了在普陀山海岸孤绝处难以抑制悲愤与牵挂，他发愿要将普陀山建为清净无杀业的一方净土。

宋高宗得知真歇清了感化普陀山七百余户渔民放下屠刀永断杀业后，下诏将普陀山建为禅宗道场，真歇清了被后世尊为海天佛国普陀山禅宗开山祖师。

一直有人很秘密在金国活动，希望救出或者赎回靖康之难时被掳的高宗生母，同时也要宋徽宗与宋钦宗以死谢大宋百姓。

高宗之母归来后，临安市面出现关于韦妃的秽语书籍，真歇清了深切同情之下帮助韦妃渡过时难。

真歇清了的智慧与品行得到民间尊重与南宋朝廷的信任倚重。

元俊、雍寂雨、本纪等死士，还有传说中的临谷，他们在南宋初期的身影也终究隐没于历史。

《真歇清了》第三部，雾锁塔坞，欲寻真歇意如何？敬待下文。